大 地 文 学

（卷二十五）

中国国土资源报社
中国国土资源作家协会 编

海洋出版社
2014年12月·北京

图书在版编目(CIP)数据

大地文学. 第 25 卷 / 中国国土资源报社, 中国国土
资源作家协会编. –– 北京 : 海洋出版社, 2014.12
ISBN 978-7-5027-9013-4

Ⅰ. ①大… Ⅱ. ①中… ②中… Ⅲ. ①中国文学 – 当
代文学 – 作品综合集 Ⅳ. ①I217.1

中国版本图书馆 CIP 数据核字(2014)第 282452 号

责任编辑：鹿　源
责任印刷：赵麟苏

海洋出版社　出版发行

http://www.oceanpress.com.cn

北京市海淀区大慧寺路 8 号　邮编：100081
北京睿特印刷厂大兴一分厂印刷　　新华书店北京发行所经销
2014 年 12 月第 1 版　2014 年 12 月第 1 次印刷
开本：787mm×1092mm　1/16　印张：10
字数：230 千字　定价：25.00 元
发行部：62132549　邮购部：68038093　总编室：62114335
海洋版图书印、装错误可随时退换

大地文学(卷二十五)编委会

目　录

诗行大地

投稿信箱:dadiwenxue@126.com　　　联系电话:010-66557885

深蓝梦想

——"海洋六号"中国大洋第29航次科学考察纪实

■ 马 亮 刘 维 周怀龙

上篇：挺进深蓝

"我定要重返大海，去实现那奔涌的潮汐所召唤的梦想，那不羁的召唤、不争的使命，无法违抗；我只求海风劲吹、白云翱翔，我只求浪花跳跃、白沫翻飞、鸥鸟欢唱……"在诗人的笔下，走向深海大洋的进程总是浪漫而激情，但在真正的大洋科考工作当中，海洋地质工作者亲历并感受着更多复杂的情愫，其中，既有远航出征的豪迈，也有恋恋难舍的亲情，既有苍茫大洋中的寂寞孤独，更有为了"建设海洋强国"深蓝梦想而不懈地坚守奋斗……

2013年5月28日，随着广州海洋地质调查局"海洋六号"科考船在广州的鸣笛起航，中国大洋第29航次科学考察拉开帷幕，这也意味着远航出征的勇士，展开了他们为期160天漫长艰辛的大洋工作历程。

一、男儿又远行

"深蓝"远航

"海洋六号"科考船在太平洋全速航行，站在甲板上凭栏远眺，远远近近都是一片深蓝。

也许，只有在浩瀚的大洋深处，你才能更铭心刻骨体会到：蓝色，才是这个星球上最广泛最汹涌澎湃的颜色，它博大精深，无处不在。它负载着所有生命，乾坤挪移生生不息。它酿造了所有的文明，丰功伟业却静默如初，一直到如今，尚保持着宇宙洪荒时的洁净和富饶。

凭栏远眺太平洋，忍不住就会想起那也许被复述过多次的辛酸往事：

1950年3月，百废待兴，新上任的中国海军司令员肖劲光视察威海，由于没有军用船只，只好租借渔船前往刘公岛。船老大一肚子疑惑："你是海军司令员？怎么还从我这个渔民这借渔船啊？"肖劲光脸色如铁，沉着嗓子扭头对随行人员说："记下！海军司令员肖劲光，1950年3月17日乘渔船视察刘公岛！"

往事如昨，令人唏嘘。要知道，就是在30多年前，即使是中国的军舰，海上自持力也只有10到15天。

在国际上，根据作战类型，海军可以分为内河海军、黄水海军、绿水海军和蓝水海军。这些名称来源于海水的颜色——由近及远，从黄色变成深蓝。此刻，执行中国大洋29航次科考任务的"海洋六号"船，正航行于苍茫的西太平洋海域。在这里，海洋水深平均超过4000米，呈现出迷人的、比蔚蓝色更深一些的海水颜色。

从这个意义上来讲，在太平洋上迎风飘扬着五星红旗的"海洋六号"，其实已经意味着我们国家在另一条战线上的"挺进深蓝"。对于大洋地质科考来说，也只有像现在这样挺进"深蓝"，一个国家才算真正有能力去详尽地掌握国际海底资源宝藏。

在巡航柴油机的推动下，淡淡的烟雾从舰体的排气口喷出，瞬间又被猎猎海风吹散。螺旋桨搅动着舰尾的海水，在深蓝的海面上激荡起一片片雪白的浪花。4335吨级的"海洋六号"，在卫星导航、自动驾驶仪的操纵下，以15节的速度全速向前，驾驶室的仪表台上，雷达屏幕扫描着12海里半径的海面，仪器自动标注着船的航线……作为我国自主设计和建造的最先进科考船，"海洋六号"在每一个细节上，都彰显着建造者的用心。

这样的感觉，更多体现在"海洋六号"的动静之间——

当"海洋六号"驶入太平洋海域之后，船载的全海深多波束测深系统便已经开启，简言之，就是把一道道声波脉冲发射到海底，通过记录回波的时间和速度，从而计算出海底的深度。"海洋六号"航行期间，多波束系统便会以平均15公里左右的宽度扫描探测着几千米以下的海底地形。与多波束同时开启的仪器还有重力仪、声学多普勒海流测量仪、浅地层剖面测量仪……换言之，在高速航行期间，"海洋六号"已然不动声色地完成了诸多科考工作。

"海洋六号"的静，同样富含了诸多高技术含量，譬如"动力定位系统"。动力定位就是利用GPS卫星导航系统，进行高精度的位置寻找，在排除了各种干扰之后的位置精度误差可达 5 米以内。接到位置指令后,"海洋六号"上的电脑会通过感应器自动测得海上的风浪、海下的涌流对船体位置的影响,把这些数据变成指令直接通过电脑发到"海洋六号"的动力系统中, 综合利用可以 360° 自动旋转的螺旋桨推进器, 向不同的方向以不同的马力自动推进,从而消除可以移动船体的任何力量,最终使船牢牢定在预定的经纬度上。

为了这样一艘现代化科学考察船的出征,难以计数的科技人员付出了心血与汗水,他们中间,便有如今"海洋六号"的科考队员和船员。譬如电气工程师余天明、首席科学家助理柯胜边,他们都直接参加了"海洋六号"的设计和制造工作,近十年的时光与热情倾注于其中,每提起这船,他们就像谈起自家孩子一样,眼神中半是亲昵,半是自豪。

20 世纪 70 年代末, 当美国、英国等国家已经在太平洋圈定了第一批具有商业开采价值的多金属结核矿区时,我国才刚刚迈出大洋科学考察的步子。而如今,我国在国际海底区域的海底固体矿产资源勘查活动已经系统展开, 三块国际海底专属矿区已经获得……这一切的背后,是如"海洋六号"这样的一次次艰难远征,是一代又一代大洋地质科考人员挥洒在深海大洋中的青春与热忱。

此刻,在深蓝海水中劈波斩浪全速挺进的"海洋六号",驶出的正是迎头赶上的中国航速!

一起"晕"过的日子

就像初次上海拔 4000 米以上的高原,你怎么也没办法绕开"高反"(高原反应)那个有点可怕的词一样,初次出海去大洋,你无法避免的也有这么一个词——晕船。

对于已经尝过这两种滋味的笔者来说,两者的难受程度实无高下之分,一个是身子被巍巍高山架到了空气稀薄、头晕目眩的高处不胜寒,一个却是像把茫茫大海惊涛骇浪装入胸怀、24 小时不间断翻腾的涌动不休——不过, 可以负责任地说, 这两种感觉的确都很折磨人,但也都尤为珍贵。

在出海后的前 4 天,笔者在"海洋六号"的大部分时间是这样度过的:以标准的平躺姿势把自己瘫倒在床上不声不响,暗暗调动所有的毅力与精力来抵挡胸口不住翻腾的呕吐感和头上的疼痛不适,这种感觉会随着船的摇摆方向和幅度大小不断调整,如果是在左右摇摆且幅度不大的情况下,还可以勉强对付,如果是前后晃动并伴随船体轻微跳跃的感觉,那么很不幸,这意味着笔者又将开始频繁奔忙于马桶和床前。

当然, 在"晕"的日子里, 感受同样深刻的是温暖, 那就是"海洋六号"兄弟们的照顾和关怀。更多的时候,"海洋六号"的兄弟们会为我讲述他们初次出海晕船的经历以资鼓励——船长孙雁鸣当年处女航的时候"吐点"最低,"船还没出珠江口就躺下了,躺了整整一个星期";水手长梁广海的吐法最"宅","就在床边搁了个大桶,好几天脚都没沾过地";来自国家海洋局二所的张东声博士最敬业,"手扶着船舷,伸长脖子对着船外吐两口,又低下头来干活,干一阵子,再对着船外吐两口";绞车组老哥吴诚强的吐法最"豪迈","当时是在小艇上回收设备,风大浪急,手头的工作还不能停,脚边上搁了一大堆矿泉水,吐一阵子赶紧灌一大瓶水进去,确保一会还有东西接着吐"……

让笔者印象最为深刻的,是这些老大洋们在痛陈当年"悲惨经历"的过程中,无一例外说过的一句大同小异的话——"太遭罪了,唯一的想法就是回去后赶紧撤,再也不干这出海的活了"——然而，这么多年过去了，他们却无一例外地转战于"探宝号"、"奋斗号"、"海洋四号"、"海洋六号"等多条科考船，在南海、太平洋、大西洋的苍茫海域里迎风而笑、踏浪而行，代表着13亿国人走向深海大洋，维护着一个海洋大国的海洋权益。

30多年前，1978年4月22日，"向阳红五号"科考船从太平洋深处收获的5块锰结核，最终帮助中国敲开了"国际深海采矿俱乐部"的大门。而今，经过30多年的努力，在太平洋和印度洋，我们已经拥有两块面积总计8.5万平方公里，具有专属勘探权和优先商业开采权的国际海底专属矿区，这个面积，相当于两个海南岛……这些了不起的成就，凝结着一代又一代曾经"晕"过、却坚守下来的海洋地质人的心血与汗水。

也许有人会说，晕船就是那么回事，出海多了就不晕船了。实际上，碰上大风大浪，再老资格的老大洋一样会难受、会痛苦。但"海洋六号"的兄弟们从不会把"为了国家利益，为了海洋事业"这样的话挂在嘴边，他们只会说上这么一句："晕船是没有终点的折磨，所以一定要把折磨给抛开，要享受船的摇晃，谁小时候不喜欢摇篮啊，这个跟摇篮差不多！"话语间的轻松豁达，像极了船外太平洋温柔时刻的那一抹风轻云淡。

关于晕船，"海洋六号"首席科学家助理、技术负责肖波的一句话最为经典——向所有被大海折磨得晕过、吐过、难受过、动摇过，却最终坚持下来、依然为海洋地质科考事业而坚守着的可爱的人致敬！

大洋上"迟到"的父亲节

"爸爸，早点回来！"

随"海洋六号"科考船航行已经20多天，海水的颜色由灰变蓝，直到深蓝。风浪和潮白渐去，海面开始呈现古老宝石一般的静谧沉静。但是出航前码头的一个场景，却仍印在脑海里，时不时会闪现——不知是船上哪位兄弟的小女儿，一边唤着一边招手，船笛响起时，奶声奶气的声音当然已听不到，但小女孩依然执拗地向着船上挥手，直到大陆渐行渐远，码头边送别的身影再也瞧不见……

一别就是万里波澜的漫漫阻隔，一别就是160多天的悠悠思念。

6月17日，父亲节过后的第二天。晚餐时，"海洋六号"上不当班的科考队员难得地聚到了一起，共同庆祝船上一位兄弟的顺利"升级"——28岁的李华龙刚刚收到来自遥远家乡的喜讯，妻子当天中午12点生了个大胖小子，六斤二两，母子平安！

消息传过来，一船人都跟着高兴，哪怕已经"恭喜"过好几次了，但只要一碰到李华龙，依然连连说祝贺。"胖哥"何哲平、袁建梁等，更是卷起袖子整整忙活一下午，张罗了一大桌子的好菜。晚饭时，不管啤酒还是饮料，每个父亲或准父亲（第一航次63位出海人员全部为男性）都满满倒上一大杯，伴着涛声笑语觥筹交错……

这个年轻的父亲不容易。因为要执行中国大洋第29次科考任务，李华龙从5月28日就随"海洋六号"出海奔赴太平洋，离开了待产的妻子，几多不舍几多牵挂。此刻，虽然得到了孩子出生的消息，他依然无法在第一时间赶到亲人身边，要等到半年之后远洋归来，才能亲眼看到孩子的笑脸、妻子的容颜。

其实，像李华龙这样的情况，"海洋六号"上的男人不止一个。首席科学家助理马维林就忍不住端起酒杯，与李华龙"狠狠"地碰了一下："我儿子出生的那天，我也是在船上，在大洋"；船长孙雁鸣同样也有点"愧对亲人"，孩子出生当天，也正是他要出海的日子，只在医院看了刚出生的孩子一眼，就提着行囊匆匆离去，再回来时，孩子已经满月……

莫道"无情"，有谁愿意离开待产的妻子，又有谁不想想念怀中娇嫩的幼儿？只是在面对沉甸甸的使命和责任时，这些习惯于在长风大浪里奋勇向前的男人们，怎么也不会轻易说出"拒绝"两个字来。

在海上已经数十天，笔者却从没看到"海洋六号"上的男人们把思念挂在脸上，尽管，他们早已饱尝分别的滋味。房间、食堂、作业区，三点一线；深海作业、设备维修、辗转航行，24小时轮班连轴忙碌……只是在每天两次的收发邮件时，很多人都会静静地定在电脑屏幕前，守候着来自远方的思恋。

以前，科考船出海是没有海事卫星网络的，与家人的联络主要靠写信，所有的焦虑、期盼、牵挂、甜蜜都从心里流出，在厚厚的信纸上化成千言万语，直到靠港补给，第一件事情就是把这几十天的苦苦思恋全都打包邮寄。现在，虽然有了海事卫星网络，但又太金贵。1M十几美金的收费标准，让人咂舌。船上规定，海事电话只能用于与岸上的工作联系。即使能发邮件，每天也就那么两次，而且还不能带图片。可就是邮件里那些或长或短的文字，依然紧紧牵着此处和彼岸的心。笑容腼腆的小伙子胡波，曾创下了"海洋六号"船邮件最多字数的纪录，2011年随船出海的120天时间里，他每天给热恋中的女友一封长长的情书，写大洋上的工作，写孤寂的生活，写深深的思恋，而且文采飞扬——"我在夏威夷看到的最美丽的风景，就是在麦当劳蹭网视频时，看到的你笑脸……"有"好事者"偷偷替他统计了一下，胡波一共写了20多万字，女友回了10多万字。船上的队员都忍不住开玩笑说："120天40万字，这么长的情书！不知道能不能创下吉尼斯纪录？"

笔者听了，刚开始也是跟着笑，但很快笑容就凝住了——"海洋六号"60多位科考队员，平均年龄不到35岁。他们是承担社会和民族重任的脊梁，但他们又何尝不是担负家庭重任的主心骨？为了祖国的大洋地质科考事业，他们在大洋上忍受着寂寞与孤独，但他们的父亲、母亲、妻子、儿女、恋人，又何尝不是饱受思恋和牵挂的煎熬？

但对这一切，科考队员们并没有太多抱怨，他们只是说："比起以前已经好太多了，海上能够通信，能互相报个平安、倾诉思念，对于家人和朋友而言，已经足够。"

但对这一切，科考队员的家人们更多的是理解和支持，就像二副黄棉煜母亲在信中写到的那样——"儿子，妈妈懂得你投身于海洋事业所要付出的代价。但纵然面前有家庭的压力，还有这年纪要面对的困难，也要相信，接下来，会更好的……"

二、笑对艰辛踏浪行

茫茫大洋，一船独行。

辽阔的西太平洋海域，正在执行大洋第29航次科考任务的"海洋六号"，就像一位孤身奋进、万里远征的大洋勇士，肩上负着以高科技手段为国家勘查、争取海洋战略资源的沉甸甸使命，跋涉在"千里不见船，百里不见鸟"的未知海域（离船最近的海岸全速行驶也得一周以上的航程），独自面对各种各样的艰难与险阻。

不论是恶劣海况，还是设备故障，"海洋六号"都会依靠团队的智慧、丰富的经验和过人的胆识，咬紧牙关，全力去承担或克服。笑对艰辛踏浪行，已经成为"海洋六号"面对各种困难时的一种习惯，或者说气质。

我们不妨通过"海洋六号"在科考中发生的两件事，来了解大洋地质科考工作的不易。

浅钻重生记

"浅钻终于修复了！完成了一个站位！"

6月17日凌晨2时，"海洋六号"可视工作室中，看到屏幕上的浅钻设备顺利完成钻进动作，并提钻正常回收，已经在这"苦苦"守候了十几个小时的科考队员全都激动地叫了起来。首席科学家助理肖波更是一路小跑着回到房间，把冰箱里"珍藏"的雪糕一股脑搬过来。在场的每个人都一气吃了两根雪糕，滚烫的情绪才稍稍平复。

10多天的辛勤努力、数个通宵的艰苦鏖战，终于换来了浅钻的重生，怎能让人不激动？

所谓"深海浅钻"，即是在深海钻探获取浅地层岩芯，是本航段科考任务中的一出"重头戏"。6月3号到达工区之前，科考人员对浅钻进行调试保养时，突然发现出航前已经调试好的设备，出现了些小麻烦：2号浅钻一加液压就高速正转，备用控制筒摄像功能不正常，只有1号浅钻功能还算正常。浅钻作业组只得马上联系厂家查找原因。还未开工就碰到这样的情况，大家心里不免多了一些担忧。

6月9号晚上19时，深海浅钻作业按照既定计划进行，这时更棘手的问题出现了。1号浅钻在海底钻进后，无法上行起拔，科考人员尝试多种方法均无效，只得进行强力起拔，结果心轴和钻杆一起"葬身海底"，这也意味着1号浅钻暂时残废了。

没办法，只得连夜将1号浅钻的控制筒更换到2号浅钻上，结果还是让人郁闷：虽然在甲板测试时状态正常，可下水100米后，绝缘不正常。由于需要对水下电机提供2800V的高压电，如果发生漏电，不仅容易烧毁水下电机和甲板单元的高压机柜，对人身安全也是极大的隐患，因此设备的电力线绝缘性要求非常高。浅钻作业只得暂停，改为其他作业。

接下来的两天，浅钻组的科考队员一边值班进行其他作业，一边抽时间联系厂家，不断检修调试浅钻，终于让2号浅钻在甲板检测正常。恰逢端午节，锚系回收工作完毕后，浅钻组决定进行下水试验，争取为端午节"献礼"。

浅钻入水后，绝缘正常，到达500米海深时，绝缘、通讯也都正常，浅钻稳稳当当落在海底。就在大家开始觉得希望很大，满心欢喜的时候，意外又发生了——绝缘再次出现异常，通讯也突然中断，作业无法继续。无奈之下，只能把浅钻回收到甲板上，接下来的端午节晚宴，几个人吃得索然无味，内心失望无比。

6月14号，深海摄像作业已经结束，浅钻组开始改变思路，启用新的方案调试维修浅钻。没想到，发现情况更糟糕了：原来还能用的1号控制筒，在上次入水试验时，已经有元器件烧毁；备用控制筒无法通讯；2号控制筒，动作异常。这，意味着两台浅钻都没有主机可用了。

控制筒内是精密控制仪器，是浅钻的"大脑"，内部有八九块电路板，几百个元器件，不是专业人员根本无从下手。科考人员并非专业的修理人员,不仅从来没有拆解过,就连相关的图纸都没有。而此时,航段工作量只剩下浅钻、CTD和释放锚系了,留给浅钻组的维修时间只有两三天,这也开始让"海洋六号"上的每一个人深感压力:如果这个航段浅钻任务无法完成,将影响到之后三个航段的计划安排!

"置死地而后生"。浅钻组最终决定大胆维修控制筒,修复主机。

于是,一边联系厂家,商讨维修方案和索要技术资料;一边拆开控制筒,反复调试控制筒,经过一个通宵的努力,终于初步明白每个控制筒的大概问题所在。但是没有技术资料,无法进行下一步的检测。在等待了一天后,终于拿到图纸,浅钻组马上再次投入工作,进一步分析3个控制筒的问题,评估修复的可能性。最终,大家决定将备用筒主控电路板和1号筒其他电路板搭配使用,结果还有问题,又经过几个小时查找原因、反复调试,终于恢复了浅钻所有动作指令。

大家兴奋起来,不顾两个通宵的疲倦,连夜进行拉力试验,试验浅钻的起拔力。为了安全起见,就用绳子和拉力计做试验,不断增加绳子的直径,多次试验,最大试验拉力达到两吨。由此证明,浅钻的起拔力是足够的。赶在最后一个CTD站位完成前,浅钻维修调试工作全部完成。

接着,开始在浅钻站位点作业,终于取得成功——浅钻组完成了一个几乎不可能完成的任务,让浅钻再获重生,这便出现了前文描述的一幕。

端午抢修排烟管

6月12日,是传统的端午节,而在"海洋六号"的甲板下面,轮机部的同志依然一片忙碌。巨大轰鸣声中,一帮人正在紧张有序地开展抢修工作。

故障是从凌晨6时30分发现的:1号发电机的排烟管靠近增压器一端有烟气外泄,值班管轮果断停机,由于机器温度过高,无法进行仔细检查。中午12时,轮机长下机舱安排检修。经过仔细排查,发现增压器前波纹管有破损,烟气就是从这里漏出来的。

换个波纹管,看起来是个简单的活,却让久经沙场的大伙儿摇起了头。其实工序不复杂,松掉紧固螺丝然后把波纹管卸下更换重新上紧就好。可问题在于,这上下12个螺丝很不好拆卸。由于波纹管连接着增压器与排烟管,长期处于高温环境下的螺丝已经膨胀变形。再加上螺丝附近空间狭小,没什么位置下扳手。拆洗工作相当棘手。

果不其然,第一个螺丝,花了大半个小时才卸下来。因为检修人员选定的这个螺丝位置最隐秘,在增压器前端一个狭小的空间里,要伸手进去才能勉强将扳手套上。而旁边的水管温度又特别高,船一晃胳膊就会碰到,即使隔着工作服还是会被高温烫伤皮肤。

更麻烦的是,没有合适的地方下扳手,最后还是"三方合作":一个人伸手到螺丝下端将套筒扳手固定,另一个人将一根1.5米长的加力杆伸进增压器下面一个很小的空间里,一点点地将螺丝打松。紧接着,再有一个人用开口扳手固定住上面的螺母,这才慢慢将这个螺丝松下来。

攻克下第一个螺丝后,检修人员便有了经验,用同样的方法将那些不好松的螺丝一个个拆下。接着,卸下已经破损的波纹管,打磨好粘着垫片残渣的接触面,这才将新的波纹管装上去。检修人员小心翼翼地将下端的垫片摆好,然后将波纹管一点点塞进去。最后左右配合,一点点地撬出空间,让上端的垫片能放在正确的位置。装复固定螺丝的时候,由于有了刚刚拆螺丝的经验,下手便快了许多。

下午17时左右,最后一个螺母上紧,检修人员检查了一遍机器,这才将其启动起来,这时已见不到有烟气外泄。观察了一阵,确保故障已经消除,检修人员随即将原本拆卸下的石棉网与外罩复原,检修圆满结束。

回到集控室,所有人都是一身脏兮兮的,厚重的工作服也都湿透了。有人开玩笑说,今年端午节没有传统的艾水泡了,只能泡泡汗水了。

三、莫畏长风下五洋

借一双"慧眼"看大洋深处

5000多米的大洋深处,一个长约2米、高为1米的"飞艇"悄悄下潜,犹如一位神秘的外星来客,寂静而缓慢地从距离海底3米左右的高处飞过,把一片可能还从未被人窥探过的海底景象载入镜头——黑色的凹凸不平的板状结壳、密密麻麻的如豆粒般散落的结核、树杈状的红色深海珊瑚,以及时不时游过的血红色小虾和各种不知名的小鱼……虽寂静无声,却让这片深海中的世界显得格外神秘莫测。

这是2013年6月9日,笔者在"海洋六号"深海摄像作业时所看到的一幕。透过深海摄像系统这双能够看清大洋深处的"慧眼",调查人员将西太平洋海山区的某海底海山地貌尽览于眼底,并保存下珍贵的视频资料。

深海摄像看似简单,实则相当繁琐困难,不仅包括水下定位、下放摄像系统、观测、记录等诸多程序,期间还要综合海流、风向等各方因素进行调整,更需要船舶驾驶、轮机密切配合以及后甲板科考人员的高度协调。

凌晨2时,经过几番调试,"海洋六号"后甲板上的工作人员操控绞车将深海摄像设备慢慢提起,几位科考队员分两队从两侧用绳索将其牵引稳定后,缓缓放入海中。深海摄像设备包括两个高精度水下摄像机和水下光源,以及高度计、倾角传感器和压力传感器,水下定位信标等。设备顶部由光缆连接,通过船尾吊架上的滑轮与深拖绞车连接,操控绞车,就可以对摄像设备进行精确操作。

"海洋六号"首席科学家助理、技术负责肖波介绍说,这条测线长度为19公里,"海洋六号"沿着测线以1节左右的速度行驶(1节=1.852公里/小时),拖动着摄像设备在海底缓慢移动,从水深3000多米的海山山腰处到水深5700多米的山脚远端。仅计算摄像时间就在十几个小时以上,看着屏幕,宛如看一部时间超长的"海底观山"纪录片。此外,摄像设备中配有高清照相机,每15秒自动拍摄一张照片。

打开设备,在灯光照射下,白色的"雪花"纷纷飘落,海底摄像设备以每分钟40多米的速度下潜,高清摄像镜头传回的画面稳定而清晰。将近一个多小时后,终于到海底了,摄像设备席卷着海流掀起了一阵浓液,但很快沉静下来,一片灰白的画面上分布一些斑驳的纹路,间或有些大石块,充满着神秘感。

由于海底起伏不平,进行海底摄像作业时,对绞车操作要求很高,科考人员眼睛要时刻盯着摄像画面和绞车转轮,手要时刻握住绞车操作杆,将设备时刻保持在离海底3米左右的高度,既要保证设备离海底很近,使摄像画面足够清晰,又要保证设备离底一定高度,避免触底。在精力如此集中的情况下,连续工作好几个小时,对人的精神和体力都是一个很大的考验。除此以外,当画面中出现结壳、结核或各种海洋生物时,另一名工作人员就要及时记录,内容包括时间、经纬度、深度、特征描述等。

"海洋六号"首席科学家何高文告诉笔者:"深海摄像是开展大洋科学考察的一种重要的调查手段,从资源评价角度来看,它可以帮助我们直接观察海底地貌等情况,清晰了解海底的一些资源分布状况,为圈定结核、结壳的分布范围提供参考。特别是通过海底摄像所取得的一系列图片,可以推算出一定范围内结核的覆盖率,把这个覆盖率与地质取样的情况进行比对,从而大致推算出这片海底区域的资源量。此外,深海摄像还可以为环境评价服务,画面中关于海底生物的种类、分布等,可为环境和生物学家提供海区环境评价的基础资料。"

莫畏长风下五洋

如果不是跟随"海洋六号"来到太平洋,亲身感受中国大洋29航次科考活动的点点滴滴,笔者可能永远都不会有这样的深切体会:中国大洋地质科考的步伐迈得是如此急切,而要想在新一轮国际海底资源分配中争取主动,时间对于我们来说又是如此珍贵。

刚刚随船出航,"海洋六号"首席科学家何高文便以《大洋工作面临的国际新形势》为题给全体科考队员带来一场讲座。何高文的讲述有着科学家所特有的沉静与严谨,但其中翔实的数据、精辟的分析,让在座的每一位听众,都萌发出一种"坐不住"、"等不起"的感觉——

占地球49%面积的蓝色大洋中(国际海底区域是指国家管辖范围以外的海床和洋底及其底土),蕴藏着巨量的矿产资源。当1994年成立的国际海底管理局要对大洋进行管理时,一些西方发达国家已经早早就"圈定"了海底固体矿产最丰厚的海底区域。换句话说,可供国际海底管理局"管理"的大洋已经不那么"完整"。然而,就是在这不完整的洋面上,勘探开发的竞争愈演愈烈。

作为中国代表团的技术顾问,何高文连续多年参加国际海底管理局会议,每次都能切身体会到各发达国家及其财团对于海底宝藏的虎视眈眈,尤其是2012年7月参加的第18届会议,"会议审议通过《'区域'内富钴铁锰结壳探矿与勘探规章》后,中国代表团随即提交了中国大洋协会有关勘探申请,而几乎就在同一时刻,日本也把一份富钴结壳矿区勘探申请送到了海底管理局相关负责人的手中!"竞争的白热化程度可见一斑。

也许正因为如此,"海洋六号"上的每个科考队员,肩头都有无相无形却又沉甸甸的责任,尽管他们从不把"责任"这样的词语挂在嘴边。在大洋深处,他们激情满怀却寂寞无声,默默无言地干着为中华民族子孙后代寻找资源的大事情:远别家人,横跨波涛万里,24小时轮替作业,不舍昼夜,无论阴晴,更谈不上什么周末、小长假,所有的精力、心血、汗水,都倾注在甲板后方的那片深蓝海洋之下。

从5000米海底捞起的一块小小的模样丑丑的多金属结核,会让这些"老大洋"痴迷地看上半天；为了从大洋深处钻取一段"白加黑"富钴结壳样品，科考队员可以不眠不休连续忙活十多个小时；而为了排除设备故障保证正常作业，几个小伙子一熬就是三四个通宵，满眼都是血丝和焦急……

茫茫大洋，一船远征，几多豪迈几多艰辛。而这样的图景，其实也可视为我们这个东方古国从"海洋大国"迈向"海洋强国"征程的缩影。虽然，这远航的征途太过坎坷激荡。

任何一个有雄心、积极进取的民族，都不会让这样的机遇擦肩而过。于是，在一个由厚厚黄土地承载出悠久文明的东方国度里，建设"海洋强国"的念头似乎从来没有像今天这样，如此深入人心而又矢志不渝——

党的十八大关于"提高海洋资源开发能力，坚决维护国家海洋权益，建设海洋强国"的睿智决策振聋发聩；从3000米到7000米深度，从南海到西北太平洋，随着"蛟龙"号深潜纪录的不断刷新和科考范围的逐渐扩展，越来越多的国人将目光投向遥远的深海；"鸟巢"等7个海底地名提案在国际会议上的通过，实现了我国命名国际海底地名的"零"突破，给"鸟巢"、"蓬莱"等富于中国意味的词语赋予了全新的内涵；在国际海底管理局会议上，中国西太平洋富钴结壳矿区勘探申请获初步通过，意味着中国在获取深海潜在战略资源勘探权方面，又迈出了坚实的一步……

而这每一项成绩的取得，都离不开如像"海洋六号"这样的科考船在深海大洋中的一次次远征，都离不开一代又一代海洋地质人的执著前行，他们默默地耕耘于深海大洋，竭尽全力犁遍一米又一米的海底，攀登一座又一座海山，如此朴实无华，又如此伟大不凡。

中篇：没有硝烟的战争

2000多年前古罗马哲学家西塞罗说：谁控制了海洋，谁就控制了世界。从那时起，人类对海洋的角逐就从未停息。进入新世纪，人类对海洋资源的竞争从海面深入到海底。

种种迹象也表明，随着深海稀土受到国际社会越来越普遍的重视，深海稀土资源有可能成为继多金属结核、富钴结壳、多金属硫化物之后，第四种国际海底潜在资源。对深海稀土资源的勘探开发，未来或将成为国际社会海洋资源竞争的一个角力点。

2013年7月至8月间，"海洋六号"CGS航段的60名健儿，跨50多个经度、5500多公里连续作业，连续战胜三个热带风暴以及三分之一时间浪高超过3米的恶劣天气，最终成功完成我国深海稀土资源的首次勘查，带回了第一份深海稀土样本和一系列成果数据。

一、蓄势而发

午夜探海人

鲜艳的晚霞，妩媚地飘荡在海平线上。海水倒映出的点点霞光，无尽地装点着海水和那些在"海洋六号"默默作业的探海人。

当地时间 7 月 5 日,已走航两天两夜的"海洋六号"渐渐逼近作业区。几项重点调查手段将逐一展开:其一,利用我国自主研制的声学深拖设备开展高精度的地形调查,为即将开展的资源分布调查以及未来的开采提供海底地形图、浅底层剖面等技术支撑;其二,通过重力活塞取样,获取海底浅表层沉积物样品;其三,深水单道地震调查,揭示海底地层结构、构造、潜在地质灾害因素等。

房门敞开的 422 房间内,首席科学家邓希光博士正斜躺在椅子上,悠闲地抽着烟。其实,平时烟酒不沾的邓博士,此时心里并不平静,第一次作为首席科学家就接到这么重的任务,身上的担子是沉沉的。

这次 CGS 航段,是中国地质调查局首个航段,最核心的任务是开展深海稀土资源调查。我国深海稀土资源发现能否实现"零"的突破? 在此一举。

国际上深海富藏稀土的说法由来已久。2011 年,日本科学家高调宣布,在太平洋中部海底发现巨大稀土矿藏, 总量估计在 800 亿吨~1000 亿吨。而据美国地质勘探局调查结果显示,目前全球证实的稀土储量只有 1.1 亿吨,主要埋藏在中国、俄罗斯及东欧、中亚等国家和美国。而日本研究人员还宣称,在一些稀土含量较高的海底,一平方公里面积的海底稀泥中可以提炼出的稀土量,约相当于目前全球稀土年需求量的 1/5。这种广泛应用于高温超导、航空航天等高科技领域的原料,有着不可替代的战略作用。这一领域的风吹草动,无不牵动着世界的神经。

为了此次调查,邓希光博士和他的同事早在一年前就来到有"稀土之乡"之称的内蒙古、江西等地,对稀土的开采、提炼进行考察。然而,当地资源储量不断下降,因采矿造成的尾矿大量堆积、致使农田荒芜,甚至寸草不生,让他触目惊心。因此他更加坚信,今后最值得关注的出路,就是去深海探寻稀土资源。

掐掉烟头,邓博士收回思绪。他得利用当下的走航时间,仔细盘算整个航段的任务和进展。

此时,其他队员也分别在为进入调查区作最后的准备,船上呈现出即将投入战斗的紧张气氛。

深夜,粼粼波涛将月光倒映在海面上,相互推进着,将点点亮光推向最远处。海浪轻轻地拍打着船身,犹如母亲的手安抚睡梦中的孩子。睡梦中,远航的勇士们收起白日里坚强的心;早上起来,枕边一片潮湿。

深海 CT

7 月 6 日,经过三天三夜航行的"海洋六号"终于抵达太平洋东部的工作区,着手第一项测线作业。

甲板上,两个一大一小的橘红色箱体,是我国自主研发的首套 6000 米声学深拖设备,可潜至海底 20~100 米处,对海底实施高精度的声波扫描,数据通过光纤缆传回船体。这套设备开展的高精度地形调查,为即将开展的资源分布调查以及未来的开采海底地形图、浅底层剖面等提供技术支撑,堪称我国最先进的调查技术之一。

作为声学深拖技术负责人,来自中科院的曹金亮博士起了个大早。他清楚地知道,海山区地形复杂、起伏不定,虽然之前通过多波束对这一区域的地形做过测定,但误差有 100 米,因此在探测中要小心翼翼,容不得半点马虎。

早上,首席、助理及小组负责人领着队员拉着用缆车将设备缓缓放入水中,脱钩、入水、慢慢放缆下潜。100 米,200 米,300 米……缆绳下放,长达万米的巨型缆绳拖着设备慢慢下沉,设备也越来越接近海底。

设备入水后,工作重点回到四层可视化工作室,王俊珠等几位小组负责人在这里通过操作杆控制缆绳速度、调节设备姿态。同时,驾驶室的兰明华船长、大副们也在船速和行进方向上予以配合,沿着测线以 2 节左右的速度行驶,以保持设备在与海底合适的距离。

经过两个多小时的下潜,指挥人员立即发令:放慢缆绳速度。

此时,设备传回来的各种数据在多个显示屏上显示出来,可视化工作室里沸腾了:"这个是等高线、这是微地形、这是浅剖……浅剖可达到地下 30 多米,岩线变化非常清楚;地形又起来了,前面突然隆起了一个山包。"

经过近 6 个小时的拖曳,设备完成了 25.7 公里的第一条测线。首战告捷! 然而,在第二次测线中,困难不期而遇。

7 月 7 日清晨,科考队员将设备下放到水下 1300 多米的时候,突然发现信号传递受阻、设备发生故障。这是继第一航段深海浅钻抢修后,"海洋六号"本次科考遇到的最大挑战。作为深海作业设备,所有的组件按深海高压设计,一般配件根本无法替代。

从 7 月 7 日中午 12 时开始,几名小组长积极对故障进行排查——橘红色的工作服被汗水湿了一次又一次……经过一个昼夜的检查,最终确定故障原因是,连接设备的光纤通路远远地超出了声学深拖系统的要求范围。

接下来,要不重新连接原光缆,要不用旧光纤材料重新加工一条光纤通路。经过与设备研发单位的隔海连线,最终确认采用第二方案。"这个方案听起来简单,但其实不容易,新光纤线路的水密性是最大的问题,一条缆要在水密盒上(两端各一个)穿过去用螺丝固定再用水密胶密封好。"首席科学家助理肖波说。

又是一个不眠的昼夜。在没有先迹可循的情况下,"海洋六号"年轻的工程师们根据自己的专业知识,在 7 月 8 日成功完成了新光纤通路的制作,且甲板测试正常。

7 月 9 日 8 时 46 分,检修后的声学深拖设备入水,仪器监测数据正常闪烁;10 时 30 分,设备抵达海底作业范围,数据传送成功;晚上 21 时 10 分,完成任务的 6000 米声学深拖成功回收。

第二天的总结会上,作为研发单位特派技术代表的曹金亮忍不住感慨:在没有先迹可循的情况下,"海洋六号"兄弟们成功完成了新光纤通路的制作,"我除了佩服之外,只有感谢。我去过其他很多科考单位,很少有这么精干负责的队伍,如果不是在'海洋六号',第二次测线的任务也许只能放弃了"。

"我们这次成功为海底做出一张张高精度的'CT 图'来。相当于以前是远处看一座山,现在我们通过这个手段,走进了深山,甚至清晰地观测到树叶上的纹路了。"邓希光说:"这些高精度的微地形地貌和地层剖面数据,将为我国开展深海资源的小尺度分布规律、微地形及沉积作用的控矿机理等研究提供基础性和关键性数据资料,对我国海底资源勘探、评价以及未来的开采意义重大。"

第一份样本

进入新的工作区，风浪不期而至。在接下来的日子里，多数时间浪高都处于 2 到 3 米之间，风力一般达到 5 级。这样的海况一般不适合作业，好在胸怀博大的大海，没有忘记给它的儿女们以惊喜的馈赠。

7 月 12 日中午，许多午睡中的队员被"啪啪"的敲门声叫醒。还没来得及开门，邓博士带着孩子般的笑容闯了进来。

"快来，带你们去看一样好东西。"平时爱笑的邓博士一脸灿烂。

被强行叫醒的队员，不大情愿地走进四层的实验室。实验室内，只有傅飘儿在瓶瓶罐罐和各式各样仪器之间忙碌。

"邓博士，难道你就是拉着我们特意来看看飘儿的吗？"指导船长孙彦鸣开玩笑说。

在"海洋六号"60 多人组成的科考队伍里，傅飘儿是大洋第 29 次科考 CGS 航段唯一的女科考队员，大伙儿都亲切地称她"飘儿"。作为船上唯一的地球化学博士、实验室的"顶梁柱"，飘儿身上的任务和担子不亚于任何一个男队员。所有从大海中取出的样品，都要在实验室汇总，由她做初步的分析化验。当其他人完成任务放松休息时，飘儿却在实验室的瓶瓶罐罐之间忙碌。

这个出生于海边的小姑娘有着大海一样坚韧的性格。刚结完婚的她，还没来得及度蜜月就随其他科考队员远赴重洋，与丈夫两地分居。在傅飘儿的眼里，海洋地质工作苦中有乐，只要保持一颗平常的心，每天都会有不一样的新鲜事。航行期间，让她最为欣喜的是，第一次看到鱼儿飞出海面，在波浪中一会儿下去，一会儿又飞起来，"'海洋六号'队员们像一家人一样，让大家相互之间有着强烈的认同和归属"。

一阵哑谜之后，邓博士终于揭开谜底："惊喜在飘儿手里。这两天我们从试采回来的深海泥中，提取了第一份稀土样本。"

飘儿的掌心，托着一份乳白色的泥状物。

这就是"稀土"！所有人忍不住倒吸一口气。这种位于元素周期表第三副族的神奇元素，被称作"工业维生素"。它不仅在农业、冶金、石油化工等传统领域有着广泛应用，在高温超导、航空航天以及微电子材料等尖端科技领域，更是不可或缺。广泛的应用，不可替代的战略作用，使得稀土资源领域的任何风吹草动，都牵动着世界的神经。

在航行和声学深拖间隙，邓博士安排调查部的队员，进行了海底沉积物试取样。在飘儿的"妙手"下，从这些深褐色的深海泥中，提取出了这样一份稀土样本。

"这可是'零'的突破呀，我们见证了历史！"

"飘儿你立功了！赶紧和我国第一份深海稀土样本合个影吧。"

小心翼翼地把样本保存起来后，傅飘儿显得十分冷静。她说："我现在用的还是稀土的'土法'提炼，对样本的品质和纯度还很难把握。因为我们起步比较晚，我国的海洋科考在技术手段、设备等方面，跟西方国家还有一些差距。但相信只要开了头，一点点往下做，我们的海洋科技一定会迎头赶上。"

二、破浪前行

拦路虎

站在太平洋深处的"海洋六号"上举目望去，水天茫茫，天地一线。这大概是人类目光所能望尽的极限了！然而，在浩淼的大海面前，人类显得十分渺小。

一路往东，"海洋六号"跨50多个经度、5500多公里连续作业，船行之处，一直被巨浪覆盖，整个作业过程仅有5天海况低于2米浪，最大浪高超过4米，多数时间都处于2到3米之间（风力一般达到5级左右），1/3的时间里浪高超过3米（风力6级左右），在航段作业的冲刺尾阶段，不断东进的"海洋六号"又连续遭遇东太平洋三个热带风暴。

恶劣的天气和海况，增加了科考作业的难度和不可预见性。

7月19日，一只没有预见到的"拦路虎"跳了出来。

早晨，船左舷甲板站满了穿着橘红色工作服的队员，首席、助力、部门长、技术骨干都出动了。这一次，要进行的是超大型重力活塞取样，这个目前国内同类取样设备最大的设备长22米，重约2吨，是典型的"巨无霸"。

准备工作做了两个多小时，细致入微，谁都不敢马虎。推动钢制托架的吊车，由经验最为丰富的首席助理柯胜边亲自操作。他还是"海洋六号"这个我国自主研发打造的首艘远洋科考船的缔造者，用他本人的话说，"闭着眼睛都可以走遍'海洋六号'的每个角落"。

4点左右，现场总指挥黎俊强一声令下，装有取样器的钢制托架被吊机平着推出右舷。A架外推，绞车放缆……一切显得顺利。

正准备分离取样器、收回托架、下放缆绳时，取样器突然急剧下坠，拉着绞车飞速回转，"砰"的一声，船体猛地一震，钢缆崩断，取样器沉入海底，杳无音信。

事发突然！这个国内最大的超大型重力柱就这样失踪了。大家都不敢相信这是真的，久久没回过神来。

最让大家担心的问题出现了！船上临时党委立即召开会议，一方面查找原因，一方面向后方汇报情况，同时部署安排下一阶段的调查。

对于这次事件，队员们心里不是滋味，暗暗铆足了劲。

然而，受海况、设备故障、海底地质环境等各种不确定因素的影响，既要排除这些困难险阻，又要在预定的时间内完成指定的科考任务，海上作业风险之高和难度之大可以想象。

艰难24小时

临近科考的后半阶段，"海洋六号"绝大部分时间都是在这种紧张而艰辛的节奏中度过。

8月4日凌晨1时，4500吨的"海洋六号"依靠动力定位系统，牢牢地定位在海面上。尽管如此，船体仍如一叶扁舟，伴随一阵又一阵的涌浪上下左右摇荡。当晚，海上风力4到5级，浪高接近3米。

临近 6 时,首席科学家邓希光被负责取样器回收的第四小组组长傅晓洲叫起。

"取样管又砸弯了!"傅晓洲说。在三层后甲板上,碗口大的铁管弯曲成了 S 型,第四组队员正忙着将弯管锯开,取出里面的样品。6 米长的样品管内只有可怜的 50 多厘米样品,约 20 厘米的黏土,然后少量的结核,底层近 30 厘米是较坚硬的含硅质黏土。

"这里位于一个小海山的山脚,水深超过了 5700 米。这么深的海底,沉积物竟然这么薄、砸不进去,这确实是一个奇诡的现象。"看着砸弯的取样管,邓希光不禁叹气。

接下来,他来到多波束室查看仪器显示的海底地形,与导航负责人蒋青吉沟通,决定向西北方向移 4 公里左右,重新开始取样。

又是一个通宵。

然而第二次重新作业中,设备下放至水下 200 米左右,船舶突然失去动力定位保障,海流牵引着缆绳斜挂着下放。真是一波未平,一波又起!邓希光连忙与助理肖波、作业组组长梁东红商议,并同驾驶台沟通,决定依然在这个点,采用常规的顺流作业。

8 月 5 日 10 时 25 分,绞车再次开动。取样器经过近 4 个半小时的入水、触底、取样、回收,慢慢收回甲板。

紧张的时刻到了!邓希光说:"晚上刚刚砸弯了一次取样管,这次不能再失败了。可是设备没出水之前,谁也不知道结果。"

下午 15 时,队员们协力将柱状取样器拉上甲板。这一次虽然再次弯管,但变形不是很大。可是,锯开取样管发现,只有管的表层和底层有样品,总共 60 厘米,没有达到 3 米的合格标准。

一天之内连续两次遭遇失败,打乱了最后几个站位的取样安排。"这个航段的任务不知能否完成?"看着不给力的海况和天气,所有人的心都沉沉的。

"海洋六号"临时党委会紧急召开会议,并敲定:一是继续进行多波束和浅剖探测,力求寻找合适站位,确保有效的海底条件,从而保障取样成功。二是采取措施,一方面将取样管换成口径更大、质地更坚固的管系,降低取样难度,另一方面全面开启动力定位系统,配合作业。

整整 8 个多小时,"海洋六号"像一头巨鲨,在风浪中游弋,仔细地寻找大海深处的猎物。

三层地球物理室内,多波束测深显示屏上的数字缓缓跳动:5503、5600、5807……蒋青吉一边记录着这些信息,一边向首席和驾驶台报告情况——"驾驶台,下面是一座隆起的海山,地形起伏变化较大,不适合柱状取样。都跑了半天了,还是没找到适合的地方'下嘴'呀。"蒋青吉对着对讲机喊着。

晚上 22 时左右,往返跑了数百海里的"海洋六号"终于停了下来,取样地点选好了,准备开工!

入夜,汹涌的海面依然泛着白色的浪花,最大浪高超过了 3.5 米,涌浪推动船舶起伏波动。

在动力定位系统的配合下,负责前半夜作业的第三组安稳地将柱状取样器放入海中。8 月 5 日 1 时 30 分,负责后半夜作业的第四组与第三组队员进行交接。由于之前连续取样失败,接手的队员们打起了十二分精神。首席科学家和两位助理来了,部门长协调各部门配合,值班人员各就各位,一些作业组组长也过来帮忙,真正是全面参与。

凌晨2时，取样器出水的时间到了，却又发生了意想不到的事情。队员们发现，连接重力锤与取样器的两根缆绳与平衡杆绞在一起，绞车无法将其提升到甲板。所有人心里一紧："完了，会不会是砸歪了？"

站在甲板上，笔者见到经验老到的吴诚强冒着危险冲在前面，不断试着以各种方式解开打结的绳索——用钢钳除去无用的细缆，以两侧的拉绳牵引重力锤逆时间摆动，用长杆撬开纠缠在一起的绳……工夫不负有心人。经过半个多小时的努力，重力锤与取样器终于分开了。

2时59分，在绞车和A型架的联合作业下，队员们终于把取样器平稳地放在了甲板上。这一次取样管没有弯曲！取出样管，褐色的沉积物样品长度达5.5米，符合设计要求！

来之不易的胜利！收到消息的大副管鹏关闭动力定位系统，开足马力，驾驶"海洋六号"全速驶向下一个站位。

这一天中，"海洋六号"的全体队员历经24个小时的努力，只完成了一个站位的作业。可以说，这普通的24个小时，反映了海洋地质工作的艰辛。

三、梦圆大海

跨越中西

当地时间7月25日下午17时40分，"海洋六号"的广播里响起了船长熟悉的声音："我们的船将越过180°经线，由东半球进入西半球，船上的日期将调后一天，即今天是7月25号明天还是7月25号。"此时，"海洋六号"已告别祖国、远离亲人，连续在太平洋深处作业了60天，剩余的海洋科考任务还有100天。此时，依靠动力定位稳定在海面上的"海洋六号"，正好处在180°经线上，船头在西半球，船尾在东半球。

180°经线，这条肉眼不可见的东西半球的分界线，既是一个地理上的界线，更是一个心理上的分界。

"百年前中国的沦落是从海上开始，当代华夏振兴也必须在海上立足。"这是中国儿女在饱经沧桑后发自肺腑的声音。经历了几十年改革开放和科技发展之后，中国重振海洋强国的信心和勇气，希冀再度认识海洋，拥抱海洋。在海洋强国梦的召唤下，中国的海洋地质事业正经历着百年不遇的发展良机。

肩负着以高科技手段为国家勘察、争取海洋战略资源的沉甸甸使命，"海洋六号"船踏上了大洋第29次科考的征程。在过去的两个月时间里，他们克服了各种恶劣海况、应对了多次设备故障，出色地完成既定的任务，"眼水、汗水和海水浸泡在一起"。

180°经线，有如一种心理上的界线。从东到西，本航次科考的任务近半，离家的感觉更近了。不止于此，更有人将这条界线作为东西方文明的界线。东方古国在海洋和大陆之间自建了一道鸿沟，此举拉大了与西方文明的距离。因此，才有了梁启超的百年之问："哥伦布之后，有无数量之哥伦布，维哥达嘉马以后，有无数量之维哥达嘉马。而我则郑和以后，竟无第二之郑和？"

而"海洋六号"的勇士们在祖国的强力支持下,毅然地挺进大洋,践行祖国的海洋强国梦。"中国能不能在郑和下西洋600年后,再度认识海洋,拥抱海洋,称雄海洋,成为中国能否真正和平崛起的最大考验和关键!"

"海洋六号"的健儿们,正用自己的实践突破中西之间的这条界线。

捷报与步伐

又是一个令人振奋的消息!

在牙买加举行的国际海底管理局第19届会议上,国际海底管理局理事会核准了我国提出的国际海底富钴结壳资源勘探矿区申请。该矿区位于西太平洋国际海底区域,面积为3000平方公里。至此,中国在西北太平洋国际海底区域又增加了一块具有专属勘探权和优先开采权的富钴结壳矿区。

"前不久,我们刚做完这一片区域的声学深拖。这次作业获取的高精度微地形地貌和地层剖面数据,对深入勘探评价以及未来资源开采有重要意义。"在三层小食堂,王俊珠、胡波等几位声学深拖的干将满脸自豪。

作为大洋科考的一员,我国每一块海底专属区的取得都有他们的贡献。

"大洋23航次我们就调查了那片区域,为大洋协会提出申请提供了依据,我们广州海洋地质调查局还是'富钴结壳资源勘查与申请工作组'的组长单位。我们一起为'海洋六号'干杯,为广州海洋地质调查局干杯,为中国干杯……"好消息到来后,晚上自然会有庆功宴。

80后技术骨干胡波兴奋得拿着杯子挨个找人干杯。"对手"也推杯换盏,毫不迟疑,一饮而尽。席间,几位稍微年长的队员也满脸通红,情绪激动。在他们那里,"海洋六号"和这些年轻的队员就好像他们的"儿女"。青春、激情连同自己的心血,都倾注在了这艘科考船上。

他们心里清楚,培养成就年轻人,就是培养未来,也就是培养未来的事业。

这天夜里,很多人醉了,说了一大堆醉话。

为了完成航段调查任务,队员们更是加紧作业。最终在短短的40多天里,完成重力柱取样30个测站、多波束测量1229公里、浅剖测量1229公里、单道地震测量230公里、温盐深(CTD)测量3个测站……

临近航段任务结束,换岗的队员该下船离别了。但靠岸后,还会有一拨新的队员上船,踏出新的科考脚步。

下篇:光荣与梦想

璀璨灯火渐远,浓重夜色泼墨般笼住海天。透过舷窗,黑暗中只见船侧白浪滔滔。

此刻,当地时间2013年9月28日20时,"海洋六号"缓缓驶离火奴鲁鲁港,告别盘桓8日的夏威夷,搭载着新伙伴"潜龙一号",满载希望与梦想,开启大洋29航次大洋科考最后一个航段。

这是起航，也是归途。远方，东太平洋作业区深处，是等待中国海洋科考工作者唤醒的宝藏；更远方，祖国大陆上，是祈盼"海洋六号"平安归来的亲人。

一、再见，夏威夷！

重头戏开锣

当地时间9月30日，东太平洋。"海洋六号"正在开赴作业区途中，大部分人仍困在晕船的痛苦中。

下午，20多人来到三层餐厅。舷窗外一时天一时海，海况恶劣，船身晃动得厉害。强打精神，大家认真聆听柯胜边授课，为了在之后10天共同完成一个开创性的光荣任务——我国首个自主研制的6000米水下无人无缆潜器（AUV）"潜龙一号"的首次大洋试验性应用工作。

俯瞰"海洋六号"三层后甲板，一抹橙色明媚亮丽。这个外形酷似鱼雷的物体，就是"潜龙一号"。

"AUV是水下无人无缆潜器也即水下机器人的英语简称。AUV的研究与开发标志着一个国家科学技术的发展水平。""潜龙一号"总设计师、中科院沈阳自动化研究所工程设计试验部部长徐会希告诉笔者。

AUV最早出现于20世纪中期，在发展初期，主要用于深水勘探、沉船打捞、水下电缆铺设、海上石油和天然气开发、维修等民用领域。发展到今天，已经广泛应用在了水下武器打捞、灭雷、港口战术侦察等军事应用领域。

中国的AUV研制工作起步较晚。上世纪90年代到20世纪初，中国曾与俄罗斯合作，开发了CR01和CR02两套AUV设备，但最终未投入应用，合作也不了了之。随着中国大洋事业的不断发展，对AUV的需求也日益强烈。

2011年11月，受中国大洋协会委托，中科院沈阳自动化所联合中科院声学所、哈尔滨工程大学正式启动6000米AUV项目。次年12月，"潜龙一号"完成出所验收。

这是我国首个自主研制的AUV。橙色的"潜龙一号"是一个长4.8米、宽0.8米的回转体，可以在水下6000米处以2节的巡航速度，连续工作24小时。

徐会希介绍，"潜龙一号"探测功能十分强大，它配有高分辨率测深侧扫声呐、浅地层剖面仪、照相机、CTD以及浊度计、溶解氧、PH值、氧化还原电位一系列化学传感器等探测设备。在海底的自由穿行中，它能够完成海底微地形、地貌精细探测、底质判断和海底水文参数测量等使命任务，广泛应用于各种深海调查和深海工程项目，为海洋科学研究及资源开发提供必要的科学数据。

2013年3月和5月，"潜龙一号"先后通过了湖上试验和南海海上试验。在南海，下潜深度4100多米。

但"潜龙一号"真正的战场，是茫茫大洋。只有经历过更大的涌流、更深的水深、更大的水压，只有在大洋底部从容穿行，它才称得上是合格的无人无缆潜器。

大洋 29 航次科考的重头戏——6000 米 AUV 试验性应用,即将开锣!

在洋底布放"卫星"

10 月 1 日清晨,凌晨时分刚赶到东太平洋作业区的"海洋六号"收获了第一箱多金属结核样品。接下来唱主角的,是"潜龙一号"的导航定位设备——长基线定位系统。"潜龙一号"要在水下给定的范围内沿正确路线工作,靠的就是它。在正式下潜前,要先做好系统布阵。

负责这套系统的李想介绍,系统由 6 套设备组成,包括 4 套应答器锚系、1 套测距仪,以及安装在潜器上的问答器。

4 套应答器锚系分布在海底,形成矩阵。"这就相当于在海底为潜器发射了 4 颗卫星。"李想说。当潜器在水下工作时,随身携带的问答器如同车载 GPS,通过每 24 秒向应答器发出信号,来确定自己的位置和航行路线。而在船舷一侧入水的测距仪,则不停地接收潜器问答器和 4 个应答器发回的信号,通过综合分析,确定潜器的精确位置。

上午进行应答器脱钩测试。在应答器尾端有一个吊钩,入海时,这里将挂上一块重达 300 公斤的压铁,确保锚系沉入海底。待锚系回收时,应答器要在接收信号后自主脱钩,抛掉压铁,浮出海面。因此,吊钩能否顺利打开至关重要。

测试一切正常。

下午,应答器锚系正式投放。在锚系的最前端是红色圆球状的长基线示位装置,紧随其后的是 4 只浮球,浮球后面是应答器,应答器尾端的吊钩则牵着一条 200 米长的绳索,用来捆绑压铁。

众人在船尾一字排开,从长基线示位装置开始,逐一将设备投进大洋。几簇水花激绽,放眼望去,雪白的绳索牵连着 5 个鲜艳的圆球,远远地在一片湛蓝中载沉载浮,煞是好看。船缓缓前行,甲板上,巨大的吊钩挂着数百斤重的压铁移向船外,浪花飞溅,压铁没入水中。海面上,几点艳色悄然消失。40 多分钟后,应答器锚系将沉入 5000 多米深的海底。

船只开往下一个投放点,如是反复,两个多小时过去,4 套长基线应答器在海底组成个完整矩阵。

但长基线定位并未大功告成。接下来,科研人员还要通过测距,标定应答器的精确位置,确保这 4 颗"卫星"能够给"GPS"提供准确的信息。

从 16 时起,李想就坐在电脑前,紧盯着测距仪传回的实时数据。

测距标定是一项枯燥而漫长的工作。科学家在每一个应答器周围选择三四个点,每一个点都要反复测量,最终通过数据叠加,测算出应答器在海底的精确位置。船舶要在几十公里的作业范围内往来穿梭,每到一个点,都需要两个人投放、回收几十斤重的测距仪。

次日清晨 6 时,李想终于和同事们完成了这项工作。应答器的精确位置被标定,在今后的 10 天里,它们将始终在海底工作,直到"潜龙一号"的任务结束,才会抛掉压铁,浮出海面。

玩转止荡绳

10 月 2 日早上 6 时,AUV 项目组的全体成员就齐聚三层后甲板,为"潜龙一号"下潜做好各项准备工作。

要在不停晃动的船上，把一个1.5吨重的物体稳稳地投入海里，可不是件容易的事。尽管船上有吊机，巨大的吊臂可以轻而易举地吊起数吨重的物体，但它无法保持保证物体在悬空时稳定。想象一下，逾吨重的物体在空中乱晃，是多么可怕的场景。此时，止荡绳隆重登场。

止荡绳，顾名思义，就是防止物体晃动的绳子，是海上作业的必备利器。

"潜龙一号"入水的第一步，是把潜器水平调转90度，使其与船体呈顺向，头朝内，尾朝外，以便顺利通过A型架。此时，潜器还固定在底座上。工作人员在潜器与底座的4个锁钩处系紧止荡绳，4组人拉起数十米长的绳子，将其绕在横梁或柱子上以增加摩擦力，随即在各自位置站定，等待指令。

吊机的吊钩垂落，勾住捆缚潜器的吊带，缓缓拉升。

两脚蹬地，身体后仰，4组人用力拽紧止荡绳。现场总指挥徐会希则站在潜器一侧，抓紧吊带，推动潜器调整方向。

海况较差，一个涌浪猝不及防地涌起，船身顿时大幅度地摇摆，已经吊起来的潜器随之大幅晃动起来。徐会希紧紧抓住吊带，试图稳住潜器。可一个人的力量如何能与1.5吨重的物体相匹敌？4组人丝毫不敢放松，竭尽全力地拉紧止荡绳，尽力控制潜器。后甲板的空间不算大，此时如果稍有松懈，潜器的晃动将不可遏制，极有可能伤害到徐会希，或者撞到其他设备。

徐会希不停地大声发出指令，各组人员按照指令调整绳索松紧度。在止荡绳的松紧之间，潜器慢慢地调整着方向，十几分钟后，稳稳地落在甲板上。

每个人都松了一口气，可在看向海面时，又面露忧色。海况愈来愈恶劣，远远超过了"潜龙一号"的作业要求。船上各部门在沟通后，不得不放弃了今天的下潜作业。但徐会希说没有白忙，这是本次作业期间第一次对潜器进行移位，潜器得到了全面检查，止荡绳的操作也更加熟练，这些都为之后的下潜工作奠定了基础。

二、"潜龙"入海

"处女秀"的遗憾与收获

时针转过两圈，指向10月3日6时，又一个太平洋的清晨。"潜龙一号"迎来它的大洋深潜"处女秀"。

7时不到，甲板上，设备各就各位，人员各司其职，止荡绳如射线般在半空伸展。绞车钢缆牵引着潜器，缓缓移向水面。

7时25分，"潜龙一号"入水，钢缆和止荡绳迅速脱开。

天阴沉沉的，海水不如在阳光下那般湛蓝清透。但在飞珠溅玉般的水花中，橙色的"潜龙一号"慢慢下沉，着实赏心悦目。

徐会希告诉笔者，现在，潜器依靠艏部的下沉压铁，旋转着无动力下沉。下沉几千米后，潜器会自动抛载压铁，艉部的螺旋桨开始工作，潜器将按照指令悬停一段时间，继而航行。

"处女秀"总是令人期待又紧张。

监控室内,电脑显示着长基线定位系统实时传回的潜器定位信息,绿色的航行轨迹不断延伸。众人挤在电脑前,心情随着数字的变动而变化。

很快,潜器下降到 1539 米深。

状况的逆转令人猝不及防。8 时 10 分,水面监控设备收到潜器抛载后发出的无线电信号。潜器已经浮出水面,铱星通信设备不断传回潜器的方位信息。

"海洋六号"迅速结束漂航状态,赶往潜器所在海面。远方,一点橙色在海水中若隐若现。

减速、靠近,在船和潜器相距几十米时,水面监控系统向潜器抛绳器发出无线电指令。"砰"的一声,海面上腾起一团水雾,一条细细的牵引绳猛然从潜器艏部抛出,静静地落在水面。

与此同时,前端装有捞绳器的绳索从船上抛向海面,稳稳地勾住牵引绳。

众人齐上阵,拉动绳索,将潜器拖至船尾部。

徐会希和李阳手持长杆,尽力探向数米外的潜器。长杆前端装有系好吊带和止荡绳的起吊锁,连在绞车钢缆上。只要把起吊锁扣进潜器艏艉部的两个吊环,绞车就可以吊起潜器。潜器在水中荡来荡去、起起伏伏,起吊锁好不容易才扣进吊环。

绞车启动,钢缆绷紧,止荡绳拉紧,潜器破水而出,很快被移到甲板上方。几个人抢步上前,合力把潜器稳稳放在支架上。李阳迅速拧紧锁钩,固定好潜器。

故障分析随即启动。故障代码显示,提前抛载是因为潜器深度计在下潜和上浮过程中出现短时通讯故障,遂启动应急保护机制,抛载压铁并上浮。检查后,项目组决定用温盐仪的压力数据代替深度计数据,深度计数据将只记录而不参与控制,互为备份。这相当于为"潜龙一号"的测深设计了双保险,一旦其中一个测深装置出现故障,另一套设备可随时替代。

万事开头难,"潜龙一号"的大洋深潜"处女秀"虽有遗憾,亦有收获。徐会希说,回收技术和声学设备抗干扰技术都是 6000 米 AUV 项目的技术难点。"以往,潜器要靠工作艇下水回收。而今天,我们在 4 级海况的不利条件下,在船上顺利实现了潜器的布放与回收,操作流程非常顺畅。"同时,在这次下潜中,声通讯机通过光缆连接的方式也得到了检验,效果不错,而提前抛载则验证了"潜龙一号"的应急保护系统非常灵敏。

海底 8 小时

大洋的夜来得猛烈而汹涌。苍茫暮色中,"海洋六号"破浪前行。"看到了!看到了!"欢呼声起,只见遥远的天际,一颗明亮红星在波涛间明明灭灭,越来越清晰。

找到了!当地时间 10 月 6 日一早下潜到东太平洋底的"潜龙一号",在 5000 多米深的洋底作业了 8 个小时后,顺利浮上海面。铱星短信和无线电把它在海面的位置精确、快速地传给了"海洋六号"船。

这是我国自主研制 6000 米无人无缆 AUV 首次在太平洋进行试验性应用。首次海底之旅就长达 8 小时,再加上下潜和上浮的时间,"潜龙一号"在水下时间超过 10 小时,创下了新的纪录。

8 个小时的海底之旅,"潜龙一号"都在忙些什么?

徐会希告诉笔者,下潜到预定深度,"潜龙一号"携带的各个传感器开始工作,它们要测量海水的温度、盐度和深度等水文参数,测量溶解氧、浊度、Eh、PH 参数……

当下潜到距海底 50 米时，潜器携带的高分辨率测深侧扫声呐开始工作。随着潜器的往返航行，它精确地测出着海底的山脊、沟谷、平原……首次试验性探测，"潜龙一号"就带回来 64GB 的海底精细地貌探测数据。

大洋 29 航次科考首席科学家助理邓希光告诉笔者，这些数据将在未来我国多金属结核专属勘探区的开采工作中发挥重要作用。"AUV 在水下能够自由活动，还能近底工作，这种优势是其他水下探测设备无法比拟的。"他说。

夜色中，一束探照灯射向船舶右舷处的海面，那里，"潜龙一号"正在海水中悠游自在地漂浮。红色的频闪灯持续闪亮，方便潜器夜间回收。

甲板上，众人早已准备就绪。投掷捞绳的工作非"猛男哥"陈克新莫属。他臂力惊人、准头又好，总能一击即中。船在前行，绳索在众人手中快速传递，最后由经验特别丰富的"连长"刘碧荣等人小心翼翼地将其调整到船尾。

看着大家默契的配合，笔者不由感动。在这个航段，"海洋六号"上的 60 多人来自 9 家单位，他们性格不同、任务不同，却能够心往一处用、劲往一处使，共同破难关、解难题。这样的集体，令人倍感温馨与鼓舞。

这是"潜龙一号"第一次在晚上回收。甲板上，AUV 项目组的人忙着检查调试各种设备。李阳和李荣庆快速拆卸潜器，并用淡水冲洗。张方生、曹金亮则连接脐带缆，上载数据。其他人清理缆绳，归置器械，冲洗甲板。一番忙碌后，已是子夜时分。

今夜月明，在下一个月明时分，"潜龙一号"将再次潜入深深的太平洋。

海底过夜

海上生明月，海面上月光粼粼，白浪翻飞。

"海洋六号"船灯火通明，可在漫天漫地的夜里，这灯光只如一丝幽微萤火，照不透那浓墨一般的黑。

今夜，"潜龙一号"将潜入太平洋底，执行第二次任务，它要在海底过夜；今夜，对很多人来说，将是一个不眠夜。

当地时间 10 月 8 日，20 时 11 分，"潜龙一号"在水中缓缓下潜。灯火照向幽深的海水，却被这幽深吞噬。一片白浪涌过，潜器转眼消失在人们的视线中。

石凯放下止荡绳，赶回集装箱控制室。这里摆放着数台电脑，组合成"潜龙一号"的水面监控系统。其中一台电脑专门接收潜器在水面发回的铱星短信和无线电定位信息。他要在潜器下潜到指定位置前，一直在这里密切观察，一旦收到铱星或者无线电传回的信息，就说明潜器出了问题。

其他人兵分两路，一路放声通讯机，一路赶到右舷放测距仪。清理好甲板后，众人纷纷赶回地质取样室，观察声通讯机和长基线传回的定位信息。

然而，海底的 4 个应答器中，离潜器最近的一个却始终收不到信号。这是极其反常的状况。难道是应答器出故障了，或者已经抛载了？

气氛顿时凝重起来。每个人的大脑都在高速旋转，试图抽丝剥茧，找出答案。

一片压抑的静默中，连呼吸声都清晰可闻。徐会希突然灵光一闪，推测道："潜器正好位于应答器上方，这样，潜器发出的呼叫信号无法到达应答器。"

果不其然,随着潜器的运动,几分钟后,应答器的标志由红变蓝,开始正常工作。

等到"潜龙一号"下潜到5080米的深度开始作业时,时针已经转动了一圈多,晚上21时30分了。

徐会希悄悄松了一口气,让其他人去吃点宵夜,赶紧回去休息。对潜器的观察一刻也不能放松,何况又是第一次在夜间下潜作业,会出什么问题,很难预料。AUV项目组的成员事先已经分好工,两人一组,4小时一班,轮流值班。徐会希的值班时间是早晨4~8时。

原本挤满了人的地质室,一时人去屋空。只有徐会希两人还守在电脑前,沉默地、紧张地盯着显示器上跳动的数字。

子夜悄悄到来,那钩新月和着波涛的节奏,在天上摇来荡去。新的一天开始了。

早上6时,正当大多数人还沉浸在酣梦中时,楼道里忽然电话铃声此起彼伏,对讲机中话音急切——潜器抛载上浮了。

一时间,说话声、杂沓的脚步声潮水般顺着楼道涌向甲板。

清晨的阳光在海面上反射出刺目的光,刺痛了一双双熬红了的眼睛。但众人心中,是喜悦。第一次夜间下潜,"潜龙一号"就顺利作业8小时30分钟,航行29.6千米,探测了约10.8平方千米的海底,声学舱记录数据达到67GB。这不能不令人欣慰。

8时30分,潜器成功回收到甲板上。不眠之夜后,新的忙碌开始了。

三、完美收官

太平洋上的科普之光

午后的阳光透过舷窗,洒满"海洋六号"的驾驶台。

"亲爱的同学们,大家好!"首席科学家刘方兰温文尔雅的声音,打破静谧,飞越万里,连接起广州和太平洋。

当地时间10月19日,"海洋六号"的"太平洋——广州"海洋科普课堂通过天上的卫星,将相隔万里的大洋与大陆、将漂泊在外的科考队员与守望在后的祖国、将海洋地质工作的今天与明天,紧紧相连。"

"这不是一堂普通的'海上课堂',而是一次把海洋地质工作展现给年轻人、展现给全社会的难能可贵的机会!"首席科学家刘方兰激动地说。因此,在航次进行中接到这项新任务后,科考队员们在繁重的科考任务之余全力备战。

台上一分钟,台下十年功。

几位老师——刘方兰、蓝明华、于彦江、李琦、朱峰,见缝插针地认真备课。"潜龙一号"任务完成后,利用转换工区的航渡时光,他们反复试讲、调整。第一次试讲,镜头前,人人紧张,个个不自然。首席和朱峰一紧张就忘词儿,船长一紧张就挠胳膊,于彦江板着脸,李琦倒是挺自然,只是坐不住……

回放视频时,看着自己的"洋相",大伙儿面面相觑,忍不住放声大笑。

为了上好这堂课,队员们纷纷"改行"。临时党委书记孙雁鸣首执导筒,举起一把两面贴有"开始"、"停止"字样的苍蝇拍，指挥若定；二副黄棉煜变身灯光师，电机员李华龙当起导播，摄像、镜头切换、卫星连线，人人都做得有模有样。

让我们回到课堂现场。19 日 14 时，海洋科普课堂开课。几位老师端坐桌前，面对镜头，看得出来，他们多少还是有些紧张的。

不过，当刘方兰亲切的声音响起，弥漫在驾驶台的那份若有若无的紧张，似乎慢慢消失了。

一连串的问题衔接起海洋科普课堂。

"海洋六号"是一艘怎样的科考船？船长蓝明华用谨严的语言，为孩子们全面介绍了这艘先进的科考船的性能。

"大海有多深？"朱峰的问题，似乎不是问题。大海有多深？课本早已给了标准答案，一用几十年。可是"海洋六号"船配备的最先进的多波束测深技术，改写了这个数字。

海底是什么样子，那里有资源吗？李琦娓娓道来，原来海底和陆地一样，有高山，有平原，有盆地。这里同样有着丰富的矿产资源，它们在等待着人类的勘探和开采。

人类怎样才能勘探发现位于几千米深的海底资源？问题环环相扣。于彦江运用比喻、拟人一系列修辞手法，帮助孩子们生动、直观地了解各种先进的海底资源勘探手段。

画面上实时传来广州课堂的场景。中学生们或认真聆听，或奋笔疾书。这令人欣慰——海洋科普课堂实现了它的价值。

"开办海洋科普课堂，目的就在于唤起孩子们、唤起全社会对海洋地质工作的关注。"刘方兰说。

少年智则国智，少年强则国强，科学进步则国家进步。"海洋六号"的"太平洋—广州"海洋科普课堂，犹如太平洋上的科普之光，照亮少年们的求知向上之心，照亮中国海洋地质事业的未来。

压轴戏之化险为夷

就像《老人与海》中那位老渔夫，打了一辈子渔仍会遭遇从未遇到的状况，险象环生；海上作业同样会面临波谲云诡、千变万化的风险和障碍。变动不居的风流、海流，难以预料的设备故障，瞬息万变的天气状况，有些时候，人们可以扭转乾坤，化险为夷；有些时候，人们则只能扼腕叹息，望洋兴叹。

10 月 22 日，"海洋六号"在中太平洋某海山进行深海浅钻作业时，就遭遇了一出化险为夷的"悲喜剧"。

两天前，"海洋六号"转战到新工区开展富钴结壳资源调查，这是大洋 29 航次科考的"压轴戏"。要在 3 天内完成 9 个站位的深海浅钻作业，难度很大。一来，有 8 个站位处于山坡上，周围坡度达 30° 左右，已达浅钻作业坡度上限；二来，工区海况始终在 4 级上限与 5 级下限之间徘徊，是浅钻正常作业的最差海况，而根据预报，之后海况会持续变差；三来，浅钻在第一航段遭遇严重故障，如今只有一台设备正常。

条件如此恶劣，但在各个部门的密切配合下，作业一直很顺利。24 小时不间断作业，仅用一天多的时间，就完成了 7 个站位的作业，获得了富钴结壳样品。

10 月 22 日晚上，因恶劣海况而被迫延迟的浅钻重新作业。这是第 8 个站位了，再做一个,"海洋六号"就可以踏上归途。

布放、回收、钻进、取样,一切顺利。地质室和后甲板的气氛很轻松。

然而21时20分,浅钻刚浮出水面,轻松的气氛瞬间凝固。

"当时我在地质室观察视频监控,我看到后甲板浅钻回收时,竟然先露出一个圆环状的东西,正在纳闷的时候,就听到后甲板汇报说有紧急情况,让我和柯助理赶快去。"于彦江回忆。

后甲板的景象让人心慌。

本应笔直下垂的深拖缆弯曲打扭,险险地勾住浅钻的两个承重头螺栓,把浅钻带出水面。而本应负重的承重头却歪在一边,根本没有受力。

"一旦深拖缆从螺栓上脱落,几吨重的浅钻就会猛然下坠,张力在瞬间剧烈变化,完全有可能坠断已经受伤的钢缆。钢缆断裂,浅钻会坠入几千米深的海底,万劫不复;而残留的钢缆则会横扫甲板,后果不堪设想。"至今回想起来,于彦江依然心有余悸。

甲板上人人面沉如水。

按照常规,在回收浅钻时,首先要由两名经验丰富的工作人员把两根细止荡绳固定在深拖缆上;当浅钻升至甲板高度时,再迅速把两根粗止荡绳穿过浅钻保护框架,再穿过A型架的扣环。这样,浅钻的回收会更稳,但耗时起码需要3分钟。

然而现在,深拖缆分秒间都可能出现变故。

当班组长王俊珠刚果断决定,直接用细止荡绳回收浅钻,能快则快。1分钟后,浅钻稳稳落到甲板上。夜凉如水,所有人厚厚的工作服却都湿透了。

深拖缆已经损坏,无法继续进行浅钻作业,最后一个站位怎么办?紧急商讨后,调查部果断决定,用岩石拖网取代浅钻。

甲板上又是一片忙碌。众人要将深拖缆承重头砍掉,再把这个几吨重的大家伙吊到四层甲板。

29岁的王俊珠灵活得像一只猴子,和技术员于立分三两下爬上几米高的浅钻顶部,开始拆卸钢缆。月明星稀,船随着海浪摇来荡去,两个人在高高的钻机顶部却如履平地。

大夜班组组长田烈余带着组员赶来帮忙。一时间,各类工具叮当不停。等到浅钻被吊到四层甲板,已是月上中天,午夜将临。来不及歇息,众人又步履匆匆赶到三层甲板准备岩石拖网作业。

拖网,完美的收官之战

当地时间10月23日9时多,"海洋六号"三层和四层后甲板站满了人。绞车巨大的滑轮缓缓旋转,地质缆一段段出水,又一圈圈地盘绕在滑轮上,海水淅淅沥沥地不停从空中落下。人人敛声屏气,一颗心随着缆绳的收回而收紧。

"哗啦"一声,最后一段地质缆携带着一个连接在三脚架上的沉甸甸的大网,破水而出。

刘碧荣和陈克新抢步上前,用力将大网拽到甲板中部,倒出一堆黑色的物品。

欢呼声顿时打破沉默!首席科学家刘方兰甚至情不自禁地鼓起掌来。

不容易啊!大洋29航次科考的收官之战——岩石拖网,经历一波三折,终于有了一个漂亮的收尾。

前一天夜里，因深海浅钻遭遇深拖缆故障，调查部随机应变，决定采用岩石拖网作业获取富钴结壳样品。

这其实是个不得已的选择。

所谓岩石拖网，就是把容量达几吨重的拖网，通过地质缆放到海底，随船舶在规定路线移动，网兜开口处的金属三角架仿佛一架铲土车，一路把海底表层的东西"铲"进拖网里。

"拖网历来都是风险很高的海底作业方式。"于彦江说。拖网不具备水下摄像系统，在作业时，科学家无法观察海底状况。而在复杂的海底，拖网随时有可能钩挂在任何东西上，哪怕一小块坚硬的岩石，也会让它难以移动分毫。以往，就曾发生过丢网、断缆的事故，因此拖网作业必须万分小心。

刘方兰等人决定在相对平整的海山山顶实施拖网作业。

这是大洋29航次科考第一次实施拖网作业。大夜班作业组的拖网经验不足，已经下班的刘碧荣和王俊珠主动留下来帮忙。

拖网的布放并不困难。凌晨1时，拖网入水。所有人员迅速撤离，并用拉绳将三层和四层甲板全部隔离，禁止无关人员进入。"拖网作业风险极大，一旦钢缆绷断，绷直的钢缆会以极大的力量剧烈回弹，在甲板上以极快的速度无序移动，人万一被打到，非死即伤。"于彦江说。

因此，在拖网作业时，工作人员必须始终观察地质缆的张力情况，一方面可以据此判断拖网是否有收获，一方面随时调整钢缆的收放。

凌晨4时，拖网回收上来，网里空空如也，只在三角架的钩齿里发现了一些有孔虫沙。相对平整的海山山顶竟然全是沙子，没有结壳也没有结核，人们大失所望。

"拖网专家"刘方兰被于彦江请到地质室。

凌晨时分，地质室灯火通明，几个人仔细地研究地形图，重新设置拖网路线，决定在山坡上，自下而上实施拖网作业。

早上7时，拖网入水，几十分钟后，到达3000米深的海山底部，开始作业。

刘方兰一直在仪器房观察水深、地形变化，指导作业，刘碧荣亲自操作绞车，于彦江和李琦在一旁观察地质缆的张力变化。

在近1个小时的着底拖网过程中，地质缆张力多次超过3吨，大家看到了一丝希望，但能否收获到理想的富钴结壳样品，谁心里也没底。

这是本航次的最后一项科考任务了，人人都盼着能够完美收官，也因此心情愈发忐忑。

这紧张与忐忑凝成了拖网回收时甲板上凝重的气氛。刘方兰、邓希光、柯胜边，"海洋六号"资历最老的几位专家都守在这里。9时许，当一块块黑色的富钴结壳样品堆积在甲板上时，场面顿时沸腾了。每个人的心情都如那会儿的蓝天，明朗到纯粹。这收获表明，在这片新的海山区开展富钴结壳普查，是有意义的。

甚至还有新的惊喜。在黑色的结壳样品中，竟然还有两种生物——白莹莹的海绵和粉红色的海蛇尾。"深海生物样品的获取非常不易，而通过拖网作业获得海底生物，更是罕见。"曾随"蛟龙号"下潜的董彦辉如获至宝，赶紧取来器皿"抢"走这两个难得的深海生物样品。

一波三折之后，大洋29航次科考终于完美收官。"海洋六号"载着沉甸甸的收获，踏上归途。

冷雨落在海面，四周灯火点点，大船小船都在雨中静默。锚链吱呀呀转动，巨大的铁锚坠入水中，扎进海底。锚球高高挂起，大副一声高喊："收工！"在大洋上航行了160天的"海洋六号",自 10 月 23 日返航,一路风雨兼程,终于在 11 月 3 日的夜晚,赶到珠江口外的桂山锚地,抛锚休整,等待进港。

紧张多日,船上备下酒席,犒劳大家。一群大男人齐动手,洗的洗,切的切,炒的炒,热热闹闹地办了一场晚宴。

酒过三巡,柯工醉了。"今天是我的生日,也是'海六'的生日。4 年前的今天,我去接的船。"这天,柯胜边 50 岁了,从 30 年前大学刚毕业就开始出海,到现在,他也记不清自己在船上过了多少个生日。"明年,我不再出海,我的任务完成了,为'海洋六号'培养起了一支队伍,'海洋六号'要交给年轻人了。"一道泪痕悄悄滑过这张已不年轻的面庞。

这泪痕,是对青春岁月的祭奠,还是对别离沉默的拒绝?是对这份事业无比的忠诚与热爱吧。

他们在大洋上栉风沐雨、劈波斩浪,他们热爱生活、热爱事业、甘于奉献,他们把泪水藏在心底,化成琥珀,默默地在大洋上为国家寻找宝藏。永远难忘,"海洋六号"上的男子汉!

(马亮,中国国土资源作家协会副主席,中国国土资源报社副刊部主任;刘维,中国国土资源报社网络舆情部副主任;周怀龙,中国国土资源报社采访部首席记者。2013 年,3 人作为报社特派记者分 3 个批次,随"海洋六号"参加了中国大洋第 29 次科学考察的采访报道。)

编者按 《中国国土资源报》2014年7月1日一版以《把忠诚镌刻在大地上》为题,报道了河南省焦作市国土资源局原副局长丁长春的感人事迹,在社会上引起强烈反响。河南省国土资源厅下发《关于开展向丁长春同志学习活动的决定》,在全省国土资源系统开展学习丁长春同志先进事迹活动。作为一名优秀党员、国土资源系统优秀干部,丁长春到底给我们的事业留下了哪些宝贵的精神财富?近日,记者深入焦作市,采访了丁长春生前的同事、亲人等,在一个又一个真实的故事中,找到了答案。

丁长春的"遗产"

■李 倩 袁可林 袁 华 张 涛

2014年8月6日,久旱的中原大地盼来了甘霖。

雨一直在下,细细密密,唤醒了干渴的万物和渐渐远去的记忆。

河南省焦作市博爱县清真东大寺,古寺巍巍,松柏静立。4个月前,也是这样一个雨天,人们在这里与丁长春永别,雨水和泪水模糊了视线。4个月后,我们来到这里,循着丁长春生前的足迹,找寻一个最美国土资源局长的"遗产"。

2014年4月2日,早上6点多,刚起床的丁长春感到身体不适,爱人程志红劝他去医院看看,可他说:"参加省厅会议的几个代表上午要走,我得去送,局里还有很多事,我得去安排。"

9时20分，硬撑着身子回到办公室，丁长春突然趴在了办公桌上。他太累了，已经连续几天没有睡过一个囫囵觉，是该休息一会了。可是，人们怎么也没想到，他这一"趴"就再没醒来。11时10分，丁长春永远地离开了与他朝夕相处的同事。局长冯进城痛心地说："长春啊，前些天你说身体不适，我让你赶紧去医院看一看，你说等忙完这阵子再说，咋就这么走了呢？"

他走得确实太早了，人们算了算，他才刚刚度过48岁生日。而这个岁数正是人生最成熟的季节，也是事业最美好的时光……

噩耗传来，巍巍太行群峰低垂，滔滔黄河无语声咽。在遗体告别仪式上，河南省国土资源厅的领导赶来了，焦作市的领导赶来了，各区县的同志赶来了，三邻四舍的乡亲们赶来了，局领导班子和机关的同志更是早早赶来了，数百人沉浸在悲痛之中，在偌大的清真寺里，人们眼含热泪，泣不成声……

"长春，这是咋回事啊！你快起来啊！"一个老局长使劲用脚跺地，那是怎样的不舍啊！

人们怀念他，敬佩他，因为他是一个平凡却用忠诚铸就事业的优秀共产党员、国土资源干部。

那一年，黄河滩

《最新土地法律政策全书》、《建设社会主义新农村的理论与实践》、《土地资源管理规范性文件汇编》……丁长春办公室的书柜里，一本本有关国土资源管理的书还在静静地等待着它们的主人。

在局里，丁长春是人人皆知的读书迷，这个平时不舍得吃不舍得穿的"抠门"局长，花钱买书从不含糊。他不仅自己爱看书，还爱买书送给局里的同事。

"网上看到的，对你的工作应该有用。"负责土地整治工作的王菁云，办公桌上还放着丁长春送她的一本《新农村社区规划》。

"国土管理政策性强，不学懂弄通咋行？可以说，国土业务学不精，就不能算一个合格的国土人。"在丁长春看来，忠于事业，首先就是要精于业务。对于省部下发的有关文件，他常常是逐字逐句学了一遍又一遍。在他看来，这其中既有刹车的"红灯"，又有通行的"绿灯"，认真研究政策也能出生产力。

"长春当副局长这几年，也是焦作经济社会发展最快的几年。焦作补充耕地资源严重不足，可从2008年到现在，焦作市没有一个项目因为补充耕地不到位而无法落地！"冯进城和同事们最佩服丁长春的超前谋划。

2007年，为了确保粮食安全，国家耕地保护政策作出重大调整，明确规定占补平衡必须先补后占。发展要用地，粮食安全也要保障，焦作的出路在哪儿？爱钻研业务的丁长春早早吃透了国家政策，经过前期大量周密的调研，他将目光锁定黄河滩区。在他的推动下，焦作市自2007年开始实施黄河滩土地开发整治，当年就完成了2900多亩的黄河滩耕地开垦任务。由于有了耕地储备，全市第二年上报的建设用地项目全部通过，而一些行动较慢的市县有些措手不及。一时间，这件事在全省国土资源系统被传为美谈。提起这漂亮的一仗，兄弟地市无不羡慕焦作谋划早，有眼光。

据统计,焦作市通过黄河滩开发至今已累计补充耕地12万亩。这些耕地不仅解决了焦作市的后顾之忧,更为全省补充耕地作出了贡献,为当地百姓做了件大好事。

2014年的夏天,黄河滩,满目春。站在田成方、林成网、路相通、渠相连的地头,农户们心里割舍不下帮他们过上了好日子的丁局长。以前在这里开小片儿荒时,下雨天,走的是泥泞难行的泥水路;刮风天,走的是让人睁不开眼的扬灰路;要去地里干活,当天得住下,转天儿才能回家。如今,上午来地里干活,中午不耽误回家吃饭。

"过去路不好,西瓜运不出去,在地头儿只能卖六分钱一斤,现在运到大路上三毛钱一斤没问题。"

土地整治不是一劳永逸的事情,地开出来了,还有操不完的心。2010年春天,焦作大旱,心急如焚的丁长春跑到项目区,蹲在地头,两只手扒开麦苗,抠出土来看墒情。

"这地今年要是不浇,肯定绝产。绝产了的地,明年老百姓谁还愿意再种?一年不种,这地除了滚滚黄沙,啥都没了,咱这土地整治工程还叫啥惠民工程?"

丁长春下定决心不惜一切代价,赶紧通电通水,要想尽一切办法,把地缓过来。

一天半夜,项目负责人去工地查看工程进展,老远看见地里有个手电筒的光线在晃。走到跟前,一看,不是别人,正是丁长春。

原来丁长春怕大伙儿夜里偷懒,自己跑过来监工。

那些天,安装变压器,架电线,施工昼夜不停。地就这样救回来了。

那年夏天,地里的花生刚下来,颗粒饱满,脆脆生生。项目区内一个村的村长带着全村人的心意,精挑细选了一袋子,亲自送到市国土资源局,让局里的同志们尝尝鲜儿。

向来不接受别人送礼的丁长春,推辞不要——"都是该干的,好意心领了……"村长急了:"一定要拿着!不然俺们就全都扔进黄河里!"其实,村长心里最想说的是:你们国土局的恩情,黄河水见证,老百姓永世不会忘。

爱"挖野菜"的局长

刻苦钻研业务,让丁长春一次又一次发挥出善于依靠政策抢机遇的特质。

焦作是一座因煤而兴,也因煤而困的城市。和许多资源型城市一样,煤炭资源几近枯竭,对焦作而言无异于釜底抽薪。如何实现从"黑色"向"绿色"的产业转型升级?这是2013年1月,丁长春分管地矿、环境等业务后,思考得最多的一个问题。

2013年1月,国家将焦作列入全国资源枯竭型城市,并给予优惠政策,焦作市委、市政府据此提出了"建设生态焦作、美丽焦作"的战略构想。为抢抓机遇,丁长春按照局党组的统一安排,一方面,在抓紧完成前两年矿山环境治理的基础上,争取国家和省投资2亿多元,在全市开展包括云台山世界地质公园旅游专线沿线废弃矿山治理工程在内的17个地质环境治理项目;另一方面,为了加大云台山地质公园的影响力,促进当地旅游业的发展,他按照部省要求,组织相关人员完成了云台山世界地质公园地质博物馆布展方案及施工图的编制工作。去年以来,丁长春每周都要去工地上转一圈,细心的同事们算过,他前前后后50多次到云台山世界地质公园地质博物馆考察,每次发现了问题都及时就地解决。

家里人发现,自打分管新工作,丁长春多了个嗜好——"挖野菜"。

一个周末,丁长春拉着家人去挖野菜。可是经过他的一路指点,到达目的地后,爱人程志红看着眼前到处是煤渣矿石,愣住了:"这哪儿有什么野菜呀?"

这个时候,丁长春才"嘿嘿"一笑,说了实话:"这里要治理成公园呢!"原来,他是想请家里人从群众的角度,给公园的规划设计提提建议。

这样的"当",家人上了不止一次。以至于后来每当丁长春提议去郊区挖野菜,爱人都会追问:"是不是又要去项目区?"丁长春不回答,只是笑。

有时候,回老家看望父母中途,丁长春也会特意拐到项目区看看。正是在一次一次看似随意的走访中,丁长春发现了很多问题,及时与项目设计和施工人员沟通解决。

2013年底,他在某矿山公园发现一处水渠挖得过深,他立即想到,如果下雨涨水后,老人儿童过渠会不会不安全?是不是应该降低深度,增加宽度,放缓坡度,增设护栏?于是,他找来设计及施工人员商量解决办法,最终使问题得到了妥善解决。

废弃矿山治理最难的是协调与当地各方面的关系。白鹭湿地公园施工方负责人杨伟峰与丁长春接触只有短短几个月,但印象特别深刻。在他印象中,这位局长没架子,不管施工中遇到什么问题,只要一个电话,随叫随到。有一次,施工方和当地群众发生了纠纷,丁长春接到电话立刻赶往现场协调。在现场,大家发现,丁长春拖着一只伤脚,脚上还缠着绷带,走路一瘸一拐——原来就在前几天,进山检查项目施工的丁长春崴伤了脚。这一幕,让纠纷双方既感动又觉得过意不去,很快达成了和解。

"无论办啥事,都得对得起良心,对得起群众。"这是丁长春经常对人说的一句话。矿山环境治理,是实打实的惠民工程。"为群众办好事,把事办成是应该的,但这仍不够,还要真正办好,办得让群众满意。"

咋让群众满意?丁长春心中有两个道儿:一是讲原则,绝不干叫群众戳脊梁骨的事;二是注意倾听群众意见,处处为群众着想。

一次,某山地公园绿化项目按照原设计,某个地段要栽刺柏,当地群众对此有意见,要求种核桃树,双方僵持不下。得知消息后,丁长春到村里开了个座谈会征求各方意见。

"群众讲得有道理,种树不能光图好看,还应讲实惠。"于是,他和有关部门商议,决定将部分地段改种800棵核桃树,事情圆满解决了。

龙翔矿山公园、黎明脚步山地公园、白鹭湿地公园、衡苑矿山公园……丁长春主管的一个又一个矿山地质环境治理项目,不仅让焦作市民有了更多休闲健身的好去处,更为全市人民打造了一道太行绿色屏障。

"提到项目,他就特别开心、激动。"程志红回忆,从焦作到博爱老家的路上,丁长春常常指着远处的太行山描述未来焦作的模样:"放心吧,咱焦作的山都会再绿起来,空气也会好起来。"

最大一次发火,最后一次批评

在同事眼中,丁长春是一个让人既爱又"恨"的领导。他不仅自己一心扑在工作和事业上,对同事也是高标准严要求。

"这事儿该咋办？"徐林一边想着，一边拿起本和笔，径直向三楼走去。走到二层楼梯，他心里蓦地一怔——丁局长已经不在了。他收住了脚步，不争气的泪水喷涌而出。

"遇到迷茫时，都会向长春局长请教。这些年，真是习惯了。"徐林是焦作市国土资源局登记评估中心主任，与丁长春朝夕相处 15 年。

徐林记得最后一次见到丁长春的画面：

3 月 31 日的上午，徐林经过丁长春在三楼的办公室。从门口看见，丁长春正拿着旧得旁人叫不出型号的飞利浦手机敲打后背。一定是因为太疼，丁长春用力太大，手机后盖和电池飞了出去。徐林想帮丁长春捡，但丁长春摆了摆手，一边说不用，一边自己推开椅子，弯下腰，把手伸到柜子底，捡起了零部件，动作娴熟地重新装好手机，然后继续俯身修改桌上的文件。

那一幕，永远地刻进了徐林的脑海中。

"您这手机可真有历史了！"徐林记得，自己还开了两句玩笑话。"当时要是多少有点医学常识，知道心脏的问题会辐射到肩部，我们也能提醒他赶快去医院就诊，说不准，长春局长就不会……"提起这一幕，徐林的声音哽咽了。

徐林对丁长春的感情不一般。

2000 年，丁长春是局里最年轻的副科长——建设用地科副科长，毛头小伙儿徐林是他的手下。有一次，局里组织法律法规知识考试，平日里忙于跑省厅上报审批材料，没有时间复习的徐林考了全局倒数第一。

"就不觉得丢人？"拿到成绩单，回到办公室的丁长春脚步声明显比往常重和急。徐林有些心虚，不敢回头看。

"啪！"突然，徐林觉得后背痛了一下，原来是身后的丁长春扬起了手中的笔记本。

在徐林记忆中，丁长春很少发那么大的火。

"丢人不丢人？这样的成绩咋能干好工作？我就不信你考不好，我陪你学！"从那天开始，每天下班后，丁长春都陪着徐林饿着肚子补课，这样的日子持续了一个多月。那年的 6.25 土地日全市国土系统知识竞赛上，徐林作为主力队员，给局里拿了第二名。

徐林告诉记者，正是从那次补课起，他养成了一个至今没改的习惯——下班后哪怕没什么要紧事需要加班，也要在单位多待会儿。

博爱县国土资源局局长李利梅最后一次听到丁长春的声音，也是一次"批评"。

3 月 30 日，丁长春去世前三天，那是个星期天。李利梅接到了丁长春的电话："你到博爱几个月了，为什么不来基层多了解了解空心村的情况？这个问题不解决，农民意见大了。"电话那一头，丁长春正在一个村里调研"空心村"的事。如何既不违背政策，又切实把农民住房这个大民生问题解决好，是他心里最挂念的事。

李利梅是丁长春的老部下，见证了丁长春凭着踏踏实实的工作，从局里最年轻的科长成为最年轻的副局长，她打心眼里敬佩他业务精、能力强。

"在他手下干，压力真的很大。"李利梅说，不管工作日还是休息日，随时都会接到丁局长的电话，年休假的事更是没有人好意思提及。每逢民主生活会，她和好多人都会给这个"工作狂"局长提意见。

2014 年春节前，丁长春找李利梅谈话，想让她去县里锻炼锻炼。谁都知道，国土部门不好干，尤其这个县长期有非法采矿，一直从事土地管理的李利梅有些畏难，推辞说干不了。

丁长春说:"去基层锻炼,外人看到的是你升了官儿,而你要把这当成是人生历练的好机会,人只有经历过事情后才会真正成熟。基层工作确实难开展,处理和乡镇政府、其他部门关系时,一定要把握好自己的底线和原则。只要业务精通了,就能既不出事又能干出成绩。"

"他推心置腹,就像个兄长一样。"李利梅记住了丁长春的每一句教诲,在工作中努力按照他说的去做。她说她不想辜负丁局长的嘱托。

两句"口头禅"

从1991年进入国土系统工作,二十多年间,丁长春把地籍、利用、耕保等多个科室的工作干了个遍。在同事们的印象中,丁长春在哪个科当科长,哪个科肯定是先进。当了副局长,丁长春分管哪个科,哪个科肯定是先进。

丁长春对于钻研业务有股子痴迷劲儿。办公桌上,一本《国土资源法律法规手册》翻了无数次,封面的胶带横着贴完又竖着贴。土地管理规定具体到哪一条哪一款、何时发布、文件号是多少,都能随口即出,谁也问不倒。

平顶山市国土资源局一位领导记得,一次和丁长春探讨一个业务问题,电话里说了好久却说不清,他以为这事也就搁下了。没承想,一个周末,丁长春和家人开车往返500多公里专程到平顶山,就那个话题,俩人面对面聊了半天。

——丁长春有几句全局人都熟知的口头禅:"你说说!"

丁长春较真,但也听得进别人的想法,遇事儿总要先听听别人的意见。他去世前几天,老同事牛玉辉接到了他的电话:"老牛,咱那个山上,怀菊花啥时开花,花期有多长?"怀菊花是焦作四大特产之一,种在山上既能绿化又能做药材。牛玉辉知道,丁长春肯定琢磨着如何让废弃矿山复垦给农民带来更大的实惠。

牛玉辉还记得,1999年,他刚到局地籍科工作时,丁长春是局里最年轻的科长。局里开展业务创新竞赛,丁长春带着科里几个年轻人把门一关,"吵"了一次又一次,最后"吵"出了一篇关于分割登记理论的稿子,刊发在当年的《中国国土资源报》上,几个年轻人一下子成了"名人"。

——"给你出个题目!"

丁长春爱给年轻人出难题儿。2013年,焦作市成为国土资源部工矿废弃地复垦试点城市,丁长春一见到编制规划单位的项目负责人就把自己的想法和盘托出:"给你出个题目。"

项目负责人说:"丁局长的想法,在规划设计上给了我们很大的启发,我们在别的地方也做了不少项目,但这个项目,是我们最用心的一个。"当年,焦作市工矿废弃地复垦规划一次性通过,河南其他两家试点单位上门来学习取经。

在耕保科科员王菁云印象中,每年中央农村工作会议、中央经济工作会议一开完,省里、市里还没动作呢,丁长春的办公室已经热闹起来。他把相关科室的负责人叫到一起,每个人都得说说哪些政策跟土地联系密切,对以后开展工作有什么启发。

"遇到这样的领导,你能不做足功课、能不进步吗?"深深触动王菁云的是,"和他交流,也许你会说错，但他从来不会笑话你，而是用真诚来鼓励你，感动你。这样一来，人人都主动想把工作做好。"

"近年来，我国城镇化发展多注重城市规模扩张，忽视了城市吸纳人口的功能，土地城镇化速度远快于人口城镇化。以焦作市为例，焦作市2009年、2010年、2011年的城镇化率分别为46.95%、47.05%、48.8%，3年间城镇常住人口增加约17万人，按照人均城镇用地100平方米计算，我市这三年实际新增城镇用地理论需求量为1700公顷，而这三年实际新增城镇用地报批量为2400公顷，实际用地量为理论需求量的1.4倍（按国际公认标准，其合理区间在1~1.2倍之间），也就是说，我市土地的城镇化速度要远远快于人口的城镇化速度，土地资源被超前透支使用。而这个数据还是一个比较保守的数据，根据国家统计局的算法，把在城市居住半年以上的常驻人口都算作城市人口，大量的农村进城务工人员都被城镇化了，这也是一些专家学者诟病我国城镇化率虚高的一个原因。城镇化的核心是农村人口转移到城镇，完成农民到市民的转变，而不是盖高楼、建广场。新型城镇化的'新'就是要由过去片面注重追求城市规模扩大、空间扩张，改变为以提升城市的文化、公共服务等内涵为中心，来推进农业转移人口的市民化。农村人口转移不出来，不仅农业的规模效益出不来，扩大内需也无法真正实现……"

这是一篇没有完成的稿件。王菁云递给我们的文章名为《新型城镇化建设过程中土地制度改革的思考》，作者正是丁长春。今年春节后上班第一天，在办公室楼道里，王菁云被丁长春叫住了。尽管不再分管土地业务，但中央城镇工作会议召开后，作为"老土地"的丁长春有很多想法，他请王菁云帮忙整理。丁长春去世前一天，王菁云在楼梯上遇到了着急出去开会的丁长春，行色匆匆间，丁长春说还有些最新的想法，想补充进去。

"只是，现在，我们都无从知道了。"王菁云遗憾地说。

"干事干成了不是目的，干好了才是目的"

焦作市多氟多化工股份有限公司是焦作市有名的科技创新型企业，公司党委书记赵双城记得，公司这些年所有用地都是丁长春经办的，他见证了企业的每一步成长。

有一年，企业产品供不应求，打算新上一个车间，需要70多亩土地。报告打到丁长春那里后，他没有轻易表态，而是带人到厂里一个车间一个车间地考察。转了一圈后，他发现厂区堆放原材料的地方占地不少，如果建一个仓库，将原材料集中存放，不仅有利于物资保管，还能腾出几十亩地建新车间。

"你们是重点企业，应该保障建设用地，但重点企业更要带头节约集约用地。"丁长春诚恳地说。新车间在整理后的空闲地上建起来，厂里不仅节约了近千万元的征地费用，而且厂容更加整洁美观。

前几年，这家公司又遇到了难处：急需200亩土地扩大生产，却苦于建设用地指标紧张，没有一两年时间批不下来。丁长春既没有说"现在没指标，以后再说吧"，也没有推卸责任，请企业去找市领导解决，他多次到厂区附近调查，发现一个城中村有不少集体建设用地闲置，经他牵线搭桥，双方一拍即合，企业租赁使用村集体建设用地。对于企业来说，既省去一大笔征地款，又及时满足了企业建设急需；对当地农民来说，增加了收入，皆大欢喜。

"丁长春同志是一名优秀的国土资源干部,他忠于事业,精于业务,对工作鞠躬尽瘁,呕心沥血。他以群众和企业的满意作为衡量工作合格的标尺,以为群众和企业解决实际困难为己任,为群众和企业做了不少好事、实事。"河南佰利联化学股份有限公司负责人冯军逢人便说。

佰利联化学股份有限公司位于焦作市西部工业集聚区,主营钛白粉的研发和生产。近年来,公司经营业绩持续提高,企业规模不断扩大,已经成为我国最大的钛白粉出口企业。公司持续发展,离不开用地保障。

"丁长春同志心系企业发展,把为解决企业实际困难当成头等大事,他忠于事业,精于业务,为企业发展作出了不可磨灭的贡献。"在公司上市前,由于企业改制等历史遗留问题,造成公司部分土地未办理土地使用证,且手续补办过程复杂。丁长春认真听取了企业具体情况汇报后,积极协调相关部门与人员,对手续办理工作提出具体指导意见——在不违反相关法律法规与政策的前提下,将可以简化的予以简化,并多次督促局里同志抓紧办理,使公司遗留土地问题得以妥善解决,为公司的顺利上市创造了条件。

公司上市之后,经营业绩再创新高,各项经营指标取得了新突破。近两年,公司大力发展循环经济模式,以实现转型的二次腾飞。启动新项目,公司又一次遇到了用地难题。但此时焦作市土地供应紧张,佰利联工业园区新项目用地与周边预留土地矛盾突出,企业再次找到丁长春求助。

经过一次又一次的现场实地查看,丁长春真切地了解到企业实际用地需求,同时了解到佰利联工业园所在区属浅山区,结合公司新建项目都属无污染产业,为使浅山区土地得到有效利用,并做到生态保护与开发利用有机结合,实现生态与企业可持续发展,丁长春建议公司将富钛料项目建在公司东侧的半坡地,既有效利用了闲置土地,又避免了新征土地造成农田破坏,还保障了项目快速上马。

"丁长春同志事必躬亲、正气凛然,让我们对国土干部有了全新的认识。他用行动树立的公仆形象,用忠诚铸就的热忱情怀,让我们相信,他将永远活在他为之献身的国土资源事业之中。"冯军如是说。

或许有人会说,丁长春做的事都是一些微不足道的小事。然而,在转型期物欲横流的现实生活中,有多少人能多年如一日地做这些小事?丁长春做到了。一滴水可以折射出太阳的光辉。就是靠着这些平凡小事,凡是和丁长春打过交道的人,都感受到了一种正能量,他们从一桩桩一件件小事中,看到了共产党员的作风,更加理解和支持国土资源管理事业。

"抠儿,太抠儿"

时下,不少人说,掌握实权的国土局长是个高风险岗位。防范风险,忠诚于事业,丁长春靠的是自己的一言一行。

他的办公室墙上挂了一块廉政宣传板,上面写着:"名利淡如水,养天地正气;操守重如山,法古今完人。"这就是他的座右铭。他曾对人说:"我是个农民的儿子,没有党的培养哪能有我的今天。"为了报答党的恩情,他努力做到"一言一行,不忘公仆形象;一举一动,常思百姓冷暖"。

国土资源局长手中的权力确实不小。据统计,在丁长春分管土地工作的几年间,全市就上报用地批件395次,用地面积达16万亩,先后为591个各类项目解决了供地问题。

想求丁长春办事的人自然不少，每每遇到形形色色的诱惑，丁长春总说，做事要凭借自己的良心，时刻不能忘记，岗位和职位是党给的责任。

丁家的门铃已经坏了很多年，丁长春的爱人程志红说，家里用不着门铃，即便来客人，也只是自家的亲戚。双方老人生病动手术，孩子、爱人生病住院，丁长春对家人总是千交代万交代，生怕张扬出去，有人来看望。偶尔自己生病扛不住，就去家旁边诊所打个点滴，别人问起，只说是在外面办点事。

走进丁长春在焦作老城区的家。这是一个普通市民的家，无论寒冬还是暑夏，家中的空调，只有偶尔来了客人才开。丁长春时常对家人说，人不能那么娇气，就应该顺应自然。

"不办公事不用公车。"这是丁长春给自己定的规矩。2008年6月，丁长春当上了副局长，局里按规定给他配了一辆车。可是，除了办公事以外，节假日他从不占用公车。每次回家看望父母，他总是以"上山去玩"的名义约妻子的妹夫驾私家车一块儿回家。

"丁局长特别体谅我们。"丁长春的司机说，给这样的局长开车，真是省心省力。局里事多，平时如果需要晚上加班，他从不好意思让司机等，而是打发司机先回家，唯恐耽误别人吃饭，人家的家人着急。他办完事后，常常蹭车或者步行回家。一个晚上，丁长春回到家时，程志红看他头发乱蓬蓬的，一问才知，"风太大"——原来他自己打了个摩的。

"抠儿，太抠儿。"

有件事，至今说起来，徐林仍说"不理解"。有一年夏天，丁长春带他和另外几个人一起开车到北京，申报一个国家投资的土地整理项目。临出发前有事，只好改在下午出发，到了北京已经凌晨三点。

"就车里睡吧，凑合半宿。"丁长春有个本事，不管啥条件，倒头就能睡。夏夜又闷又热，其他人睡不着，熬到天亮，等丁长春用了一个上午在部里办完事，立刻启程回焦作。

"就没吃饭？"旁人听了忍不住问。

"嗨！路过牛街时，五个人买了十个包子。"徐林说。

丁长春是回族。平时出差、下乡，总是随身携带几包榨菜和清真方便面。一到饭点儿，常常怕别人请他吃饭，趁人不注意，拿出方便面，麻利地撕开包装袋，调料包一撒，再合上包装袋搓一搓，晃一晃，这样调料均匀了，只留一个小口，一口口往嘴里倒。

"有时就点白开水。"说起他吃方便面的样子，同事们绘声绘色。

当了副局长之后，不得已，有公务接待时，丁长春只要一盘花生米，一盘咸菜。回家后，爱人给下碗西红柿鸡蛋面，肚子才算填饱。

市里有家重点企业，丁长春曾多次为企业报批用地，厂家出于感激，极力邀请他吃饭，他都坚决拒绝。但有一次例外。那次去厂里商量有关用地问题，谈完后将近中午12点，况且正好赶上星期天，公司领导觉得实在过意不去，再次提出请他吃饭，没承想，他同意了。

"丁局长，您选个地方吧！"

"好，那就跟我走吧！"

丁长春把大家领到了一家回民饭店。结账时，厂里想付款，但丁长春对饭店老板说："这是我的老兄，我请客。"厂里领导实在拗不过丁长春，最终还是由他付了钱。当得知丁长春去世的消息后，厂里熟悉他的人都感到惋惜，大家不停地感叹："好人为啥不长寿？"

郑州市纬五路有一家老字号面馆——杨记清芳拉面。从省厅办完事，路过这里时，吃上一碗十二块钱四两的牛肉拉面,是丁长春最大的享受。更多的时候是,路边小店里随便一碗烩面了事。

"不管到哪里办事,咱不请客吃饭,就凭咱自己的工作说话。"丁长春只认这个理儿。

"跟着他去省里办事,本来指望能吃点好的呢。"一起出差的同事又是心疼又是抱怨。

穿也不讲究。说来也许有人不信,丁长春的衣服,有些是家里人网购的。偶尔去逛商场,掀起"价签",他惊呼:"开玩笑吧。"

局里时尚的女同志常常发现,丁长春上衣领口不像其他领导讲究,常常衬衣领口多敞开一个扣子,白衬衫也不从规规整整塞进长裤,有时甚至西裤搭配运动鞋。大家常常忍不住提醒他:"局长要注意形象啊!"

看着儿子总穿旧衣服,老母亲也心疼:"城里人应该穿名牌衣服,别让人笑话。"

丁长春回答:"穿上不露肉就中。"

家人的"意见"

程志红还记得,4月2日的早晨,她像往常一样把爱人送到家门口的楼梯。平时走路透着精气神儿的丁长春,这一天看上去疲惫得迈不开步子。

谁也不知道,这个早晨的离开,是他们夫妻永远的别离。

带走丁长春的,是突发大面积心梗。事后,程志红想起,一个多月前,丁长春就感到心口疼,耳鸣,头晕。家里人、同事都劝他去医院看看,丁长春只回了一句:"一堆事儿等着我呢。"

"一堆事儿等着我呢。"在程志红印象中,这些年来,丈夫说得最多的就是这一句话。就连本民族开斋节的假期,丁长春也从没有休过。

就是在梦里,丁长春也牵挂着工作。有一次,丁长春说起了梦话,程志红用手机录了几分钟,过后放给家人听。

"逻辑那么清晰,分析得那么有条理,大家都以为是春哥在开会。直到最后听到了哈欠声,才知道原来是梦话。"丁长春的妻妹说。

"马年里一定要照张全家福。"上次照全家福,还是13年前。属马的丁长春,是这个三四十人大家族的主心骨。

可是,这个主心骨在关键时候的表现,让家人不得不对他有意见。

丁长春的老家在博爱县大辛庄。在这个焦作市第二大回民村,丁家很容易找到——丁家的房子几乎是全村最破旧的房屋。那是三十年前,丁长春读高中时,父亲自己烧砖烧瓦,一砖一瓦盖起来的。70多岁的父母眼见村里家家户户起了漂亮宽敞的房子,而自己家的房子早成了危房,墙上数道裂缝,平日用塑料布粘上,每逢下大雨,屋里得用大盆小盆接水。丁长春的两个兄弟,两家9口人挤在一个院子里。每到寒暑假,孩子都放假回家,实在住不下,就在客厅的沙发上睡觉。

父母、兄弟们都指望丁长春能跟村干部争取解决一块宅基地。"朋友们都说,你哥就是管地的,还不是想划哪儿就划哪儿,想划几块就划几块?"丁长春的二弟丁长礼回忆道。

丁长春不答应。"我是主管土地的副局长,得注意影响,不能给村里找麻烦,能住就先住着吧。"

确实，村支书赵长礼从来没从丁长春口里听说过这件事。在他印象里，丁长春心里惦记的，是整个大辛庄的事儿。每次丁长春回老家，都要拽上赵长礼在村里一起转转，看看村里有啥困难，只要不违反原则，能帮忙的他一定会帮。村里最大的实业皮革厂资金周转有困难，村民做生意缺乏启动资金，丁长春当场电话联系了农业银行，解决了贷款问题；村办企业用地紧缺，宅基地紧张，他出主意把村里公路两侧土地合法转为建设用地，将村里倒闭工厂的空闲地用起来。

"你哥在这个位置上，过手的项目多了，你咋不搞个工程干呢？"两个弟弟没有稳定工作，办了个煤炭转运站谋生，这两年生意不好做，在旁人的"指点"下，想承包些国土上的项目："别人能干，咱为啥不能干？"

丁长春毫不犹豫地拒绝："就是合法的承包，别人能挣这个钱，你们也不能挣！"

"连俺哥当了副局长这事，俺们都是从别人嘴里听说的。"这样不讲情面的事情多了，弟弟们也就明白了哥哥的心思，踏踏实实过自己的日子。

在许良镇国土所所长琚东印象中，丁长春多次嘱咐他："这是我的老家，可能有人打着我的'旗号'找你'开绿灯'。越是这种人，你们越要把好关。"

赵长礼原来是村里的老师，丁长春是他教出来的"当官儿当得比较大"的学生。丁长春当上副局长后，他70岁的父亲还在村头卖烤羊肉串，这让赵长礼实在看不过去，忍不住批评了自己的学生："我都替你这个县级干部感到不好意思。"

"一个真实的故事"

不懂得利用公权为家人谋利的丁长春，对于家人，有着丁长春式爱的方式。丁家人都说，长春也爱家、爱父母、爱亲人。

丁长春是个孝子，只要周末局里没大事或者无外出任务，只要能腾出点儿空，他就会带着爱人一起回老家看望父母，除了送零花钱，还自己动手买菜做饭。兄弟媳妇们一看大哥来了，都张罗着做点好吃的。这个时候，丁长春就会把大家赶出厨房，"平时总忙顾不上家，你们也尝尝我做的味道！"常为家人掌勺的丁长春，摸索出做肉丸子的独家配方和"炒菜出锅时放上一滴香油，立马不一样的口味"的经验。

家里的人说，这么多年了，已经习惯了，每年春节那顿年夜饭，都是他一人操办的。他说："平时总忙顾不上家，就让我好好补偿一下吧！"

让老母亲心疼的是，有时候刚好做上饭，电话一打，单位有事，儿子空着肚子就走了。

"家里人好不容易聚一次，可他常常中途溜号。"这让家里人有时难免埋怨，可每每看到丁长春疲惫的神情，家人的怨气也就烟消云散了。

2013年的夏天，丁长春家里两位老人先后脑梗，实在是没时间去医院陪护，丁长春心里赶到特别惭愧，他说："哪怕就去坐一会，我心里也能舒服些。"

在母亲心中，高高大大粗粗拉拉的儿子，也有不少心思细腻的时候。母亲腿脚不好，去医院看病，没有电梯，丁长春背上背下。他说："我个头大，比弟弟们有劲儿。"

每年开斋节后，丁长春都心疼斋月里母亲的辛苦，买来鸡蛋牛奶，叮嘱老人补充营养。

弟弟妹妹们说，每到农忙时，只要哥哥有空，都会回来帮忙。种地、除草，啥农活也难不倒他。

回到村里，有人叫他小丁，有人直唤他的名字，丁家的老大总是笑呵呵。村民们上前讨根儿烟，丁家的老大也是笑呵呵。小时候的伙伴们见了，埋怨他再忙也不该不接电话，丁家的老大还是笑呵呵。

在博爱老家，提起丁长春，三邻四舍没有不夸他好的。乡亲们说他平时是"不带笑容不说话，不唤大娘大爷不开口"。在村里，丁长春从不炫耀自己，直到举办遗体告别仪式时，村里人看到来了那么多领导，才知道他是"市里的领导"。对儿子，他关爱备至，嘱咐儿子要尊师爱幼，好好读书。他对儿子说得最多的一句话就是："吃饭是为了生活，但生活不光是为了吃饭。"鼓励他好学上进，长大做对国家有用的人。村支书赵长礼说，那一天，丁长春去世的消息传到村里，清真寺正在做礼拜的村民们眼泪止不住地流，礼拜仪式中断了一次又一次。

黄河东流去，青山永不老。丁长春用一言一行树立的公仆形象，用忠诚铸就的共产党员情怀，永远活在人们的心中。

前几天，赵长礼和村里几个富裕的朋友坐在一起，聊起长春的早逝，还在扼腕痛惜："如果能捐资几千万向真主请求，使长春起死回生，我们将在所不辞。"

丁长春的墓地就在太行山脚下。丁家兄妹们小时候常常去爬的这段山，这些年经过采矿，已经不是从前的模样。丁长春常和家人说，将来退休后回老家山里种树，以后这一片山都会绿。

徐林常常想起，每年单位联欢会上，无处躲藏的丁长春，为了不扫大家的兴，五音"拒"全的他也会吼几嗓子。丁长春最爱唱《三套车》、《小白桦》。还有一首歌，直到他去世，徐林才准确地记住了歌的名字《一个真实的故事》。那是关于一个小女孩为了抢救丹顶鹤而英勇献身的真实故事，无数人曾为之动容、落泪——

"……走过那条小河，

你可曾听说，

有一位女孩她曾经来过。

走过这片芦苇坡，

你可曾听说，

有一位女孩，

她再也没来过。

只有片片白云悄悄落泪，

只有阵阵风儿为她唱歌……"

徐林说："我明白丁局长为什么那么喜欢这首歌，这首歌里有他的心声。他这个人，活着的时候，让人感觉不真实，很难相信世上会有这样的人存在。现在，他走了，还是让人感觉不真实，仿佛他还在你身边……"

（李倩，《中国国土资源报》首席记者。袁可林，《中国国土资源报》驻河南记者站记者，《河南国土资源》主编。袁华，《中国国土资源报》驻河南记者站特约记者，现供职于河南省土地整治中心。张涛，现供职于河南省焦作市国土资源局。）

猫妻狗崽

■刘光富

一

我们这个村子就是邮票大点。村子里的孩子都是我的邻居，二狗当然也是。他还和我同龄，母亲逗我们，同龄就是你们俩同一个时间从狗窝里爬出来的。在村子里读书那阵，他不但和我同桌，还同坐一条凳子，同摔过一个跟头，当然不排除我们同时穿过一条裤子，同时喜欢过一个女孩子。

邻桌的女孩子抽屉里发现毛毛虫或者蜈蚣，吓得惊天动地；还有在教室门额上放扫把，别人推门扫把落在头顶弄得满身脏物……在教室里，只有我想得出做得出，而且干了还能神不知鬼不觉地坐在座位上，一本正经地望着背诵那些差不多烂掉了的自己改编的古诗词：床前明月光，二狗长烂疮……即使这样干，却次次有惊无险——那是被二狗锁进了保险柜，让我始终能安然躲过老师的严厉批评或罚站。二狗话没几句，站在哪里都像一截木头，难道有什么天大的本领？倒也说不定。一只野狗还可以对着人撒尿呢。那是因为二狗从来把罪过包揽在他一个人身上，一口咬定是他自己干的，说了不看老师，还对着天空放屁，一连串，就像炊烟缭绕。

二狗一向是老师认定的捣蛋鬼。在老师心目中，他张牙舞爪，像一只螃蟹。反正黄泥巴粘裤裆——不是屎也是屎。二狗也认为自己是捣蛋鬼，就像一个能背东西的汉子，给他两百斤也要背着。有二狗遮挡着，我总是在老师的眼皮底下做坏事，确切地说，他是我捣蛋时的"替死鬼"。既然二狗是以这样一副模样出现在老师面前，自然也不会有好日子等着他。同样，他也不计较日子到底怎么样。在他的逻辑里，虫子的日

刘光富 四川省作协会员，中国国土资源作协会员，中国国土资源作家协会首届签约作家。2012年获"中华宝石文学新人奖"，2013年获"冰心儿童文学新作奖"；近年来，先后在《四川文学》、《青年作家》、《四川日报》、《中国校园文学》等发表小说、散文、诗歌近600篇；出版个人散文辑《我的土地我的村》。现供职于四川省叙永县国土资源局。

子、花朵的日子、流水的日子还不都一样,就是那种山洪暴发、一塌糊涂的感觉。

每天,他即使和我一起走进教室——我的步子连着他的步子,就像蚂蚁咬着大青虫子一样紧,但他还是被老师认定迟到。就算这个世界只有一个人迟到,也一定是他,真倒霉。我很奇怪,明明是我走在他后面,却被老师咬定是他迟到。指鹿为马怎么就成了老师的专利了?其实上课,从来都是以老师一句"上课了"算时间的,原本就无所谓迟到与否,老师偏就算他迟到,好像迟到是专门为二狗准备的遮在头顶的一块破布,他是迟到神。不过,他也无所谓,顶多就是迟到吧,又宰不了腿和手的。因为这样的被迟到,坑坑洼洼十分难打扫的教室就被他承包了,若要评星,扫把星非二狗莫属。但他好像从来就不明白打扫教室是与这样的迟到有关,他脑子里没有这种逻辑概念,扫教室就是扫教室。直到有一天,他好像突然明白了,嘴里冒出一句,看老子怎么收拾你。

他成了村子里破天荒对着老师抡起拳头的那个学生。一下一下拳头如雨点,尽管到头来并没有打在老师身上,而是打自己,并把自己打得鼻青脸肿,但是老师显然是被吓着了。我亲眼看见,老师把肥胖的身子缩成一团,躲到了桌子底下,说不定尿都吓出来流在裤裆里了。二狗也真是气急了。想想看,兔子要咬人是什么时候?他大声喝着:有种给我出来!拳头仍然捏得咕咕作响,砸向墙,拳头流出血来。老师知道凶多吉少,就在桌子底下赖着,像一条被惊吓的野狗,还嘴硬说,你等着。显然,二狗等不及了,突然放声大哭,鼻涕混合着口水流下来,就像河流从山上流下一样。二狗接着胡乱用手抓自己的脸,弄得花猫样的,留一道道的血印儿摆在那里。我明白,二狗一定委屈极了,难受极了,那揪心样,连我也感到心疼。我的好兄弟,你怎么能这样?

我的"替死鬼"二狗离开学校后,我收敛了许多,也自觉了许多,手也贴在裤缝那,有时连下课也不再跑出去玩了,对着天空发呆,很想念二狗,就连做梦都是和他在一起;还有感觉我们是出自一只窝的鸟儿,从一个树林里一道飞出去一道飞回来。可那以后,二狗再也没有到过教室我旁边那个位置上。太阳蹦蹦跳跳的,雀鸟一样,来了又去了,一只红蜘蛛也有时候过来,吐一些断断续续的丝,布满了蜘蛛网。

二狗妈来过学校几次,有时是早晨,有时是黄昏。有一次,我们在高声唱"马老师,恶又恶,太阳落山不放学……"二狗妈抱着一只肥母鸡朝老师那儿走,躲着不让我们看见,可还是被我们看见了。听同学说,那是二狗妈到学校来央求老师留下二狗,还听说,老师坚决不答应,二狗妈急中生智,干脆"扑通"一声跪在老师面前不起来,哪时收下二狗哪个时候起来。我们知道,二狗爷爷奶奶离世,二狗妈都没有下过跪,这个时候她跪下了。可老师没有半点回心转意的意思,看都不看二狗妈一眼。二狗妈留下那只肥母鸡回去之后气得吐血,一病不起,不久就离开了人世,进棺材的时候,一双眼睛还大大瞪着。

背负着气死母亲的罪名,二狗成天像条失了魂的野狗,他的世界仿佛就是一片阴天,永远也别想走进太阳地里。真恨不得替他出口恶气,变成孙悟空,猛地吹一口气,把老师那盏生命的油灯给灭掉。但我有那心没那胆。再说,我们怎能这样对付老师?不管她对学生有多不人道。

二

二狗离开村子出去打工是迫不得已,没吃的干什么都能成。1959 年到 1960 年那阵子,啃泥巴充饥村里人谁没有干过？拉不出屎要人帮忙抠，还吃人肉呢。吃人肉到底有些残忍，连狗都不吃狗肉，我们人啊，没办法的时候真的不可思议。好在那种日子已经一去不复返了。如今，村子连续三年干旱。这地方，十年九旱是常态。我说的三年干旱，是超出常态的旱，旱得河流断流，山泉干枯，尘土飞扬……二狗家那块唯一的高榜望天田和别的田一样，根本无法栽下秧苗，秧苗都枯死了，抓一把叶子一把灰。阿公说，再这样下去，说不定人都会枯死呢！你瞧瞧，头发都像树叶一样了。

二狗没有东西吃，蔫蔫的，这时候他屁股对着天空放不出屁来了。再怎么总不能眼巴巴地饿肚子往死里奔。他要出去走一条生路。可是能行吗？"统治"着邮票大的村子三十年之久的四阿公，绝对不准任何人以这样那样的理由出去。他成天拿着破喇叭对着村子吼：快要下雨了，准备下秧吧。这时候，一只布谷鸟在对面的树林里天天叫着，估计嘴边都起血泡了，可一些人却在背地讲，雨都被这撕破嗓子的吼吓跑了，无影无踪，天空除了几朵白云就是几朵白云。今年云朵多，种棉花的一定好收成。

二狗在这个时候想出去打工，有着软脖子上面架一柄锋利钢刀的惊险——他可是散了抗旱夺丰收的人心啊，是四阿公眼中的罪人。许多人对四阿公的高压政策敢怒不敢言，有人甚至提出早晚要让他吃不了兜着走，说不定有哪个夜晚沉尸枯坑的风险呢。四阿婆在屋子对他说，还是别再干这村干部了，一村子人都被你得罪完了，哪天死了自己抬出去？四阿公就说，我可是为了大伙。可说到底，那些人也只是在背地里嘴硬，谁也没有胆量与四阿公面对面较量。四阿公是谁？是敢一刀劈掉保长裤裆里东西的那个人！他几十年行走在村子里，晚上就连狗都会绕开他。不好惹也不敢惹，大伙怕他也敬他。

二狗实在走投无路，再迈一步出去就是死亡陷阱，只好就当裤裆里没有那个东西，去找四阿公。四阿公嘴里骂着，小狗日的，如今不对着天空放屁了？如今这不下雨都是你搞的鬼。四阿公这样的事都听见了，莫不是有一只耳朵掉在学校里了？二狗"嘿嘿"笑着说，老四公，饿得都站不起来了，哪有屁放出来哦，就知道您老刀子嘴豆腐心，放我一马吧。四阿公当然明白他的意思，反问道，哪天吃了豹子胆了？那样子要不是缺水，说不定舀一碗就把二狗整个人吞下去，还能充饥呢。四阿公的一双眼睛红得就像兔子，心里却像被针扎一样；一瞬间，就像洪水冲刷，突然决堤了。

隔天，二狗突然在村子里"人间蒸发"。这个消息就像一枚重磅炸弹，在村子里炸开，哪怕躲在地底下三尺，都能听到这样的响动。四阿公派出一些人四处寻找，还是没有结果。众说纷纭，猜测出去打工的可能性很大。一些人也趁热打铁，采取不同的方式向四阿公表达了要出去打工。四阿公闻讯，赶紧召集村民在自家院子里开会议事。四阿公习惯性地站在院子里那个站了几十年象征权力的土高台上，拿起那只锈迹斑斑的破喇叭，甩开嗓子，一副红眉毛绿眼睛的样子，胡子也胀胀的，就像里面鼓足了气。他厉声喝道：难道都不要"命根子"了？谁说二狗他狗日的出去打工了？说不定填枯坑里去了呢。大伙面面相觑，大气都不敢出。

当干部的人说话总是让人揣摩不透，大家还以为他接连说了两遍的"命根子"就是裤裆里的那个东西，其实，是那几分责任田土。尽管大伙做梦都在那些可以求生存的地方了，裤裆里那东西十有八九没有多大用处，在裤裆就在裤裆里吧，占着一尺布。可眼下，谁又真敢和四阿公说不要"命根子"了？就算可以对抗上头，绝对不敢违抗四阿公。县官不如现管，谁都心底里放着一杆秤。

在四阿公的阻止下，许多人只好暂时把打工的念头藏起来。大伙在背地都说，这四阿公越来越不讲理了，看样子真要饿死人呢。过了不久，村民们也顾不上那么多了，纷纷偷偷逃出去打工了，四阿公眼看挡不住这股潮水，就装着没看见一样。只是大伙把那几分"命根子"田土撂荒，气得四阿公牙齿落了一地，嘴边吐血。四阿婆劝他，何苦哦。他一言不发，眼睛里泛起鱼肚白，之后，就疯掉了，提起自家的磨盘从院子里甩出去，地面砸起大坑，那些鸡鸭躲到一边不敢出来，就像当初老师被二狗吓着了一样。

几年之后，二狗回来了。那天，他一下子出现在村子里，大伙以为是天上掉下来一块大馅饼。那些偷着出去打工的人都是走回来的，二狗却是被人抬回来的。竖着回来的见过，一辈子就是没见过横着回来的。大伙眼里活蹦乱跳的二狗，就跟水里的一条鱼一样。这是怎么了？被狗啃了，还是……奇了，怪了。许多人听说二狗回来了，以为他出去一定捡到了"银锭子"、"金个子"，都上门来探望。他被人抬来放到地面上，大伙惊奇地发现，他一双好端端的腿不见了，也不知裤裆里的东西还在吗？留下两根长长的裤管，冷清清，空洞洞的。

他的腿到底去哪里了？还在外边打工？见到他这副模样，有的人偷偷叹息，脸上隐约呈现一丝同情；上了年纪的人却在心底里咒骂他遭报应，就算四阿公不用斧头取他裤裆里的东西，也要被别人取掉；一些胆小的暗自庆幸当初没有出去，死活守着村子，过平平淡淡的日子，每天就像在山坡上割一捆草一样简单。

终究没有谁愿意在二狗的伤口上撒盐，比如询问一下二狗，这些年在外面到底都发生了什么？怎么就把一副好端端的腿给弄丢了？裤裆里那个东西到底怎么回事？那可都是连着身体的东西，怎么能像一截干柴一样，随便就丢了？虽然只是问这些话，却要疼在人家心上啊！二狗就这样留给大伙一个谜团，在人的脑海里画出一个莫大的问号，但也多少从二狗身上感觉到外出打工不容易。

<h2 style="text-align:center">三</h2>

二狗出去的这几年，村里真是发生了翻天覆地的变化。国家西部大开发，特别对那些高榜望天田在土地整治中进行了集中改造，还通过红层找水等项目，极大地解决了用水问题，人畜饮水有了保障，一些打工的人感觉打工并不是人们想象中那么好搞票儿，纷纷退回来种庄稼过踏实日子。初夏时节，疯了的四阿公站在村子的高处一望，山上山下绿油油的，像被浓浓的油漆泼洒过一样，这时走进庄稼地里，整个人完全被遮挡住了。这时，他还会拿出当村干部几十年唯一占为己有的那只破喇叭，扯着嗓子喊一些乱七八糟的东西，枯坑里照样会传来一些回音。大伙都在忙自己的，比如把庄稼抚弄一下，捉一下虫子，谁会在乎一个疯掉了的卸职村干部？

这时候的二狗心里很不是滋味。他有些后悔当初出去打工，要是再忍一忍，过了旱天，继续守着这片祖祖辈辈的土地，原本其实就是好好的，腿也好好的，人家傻子连三都娶了班花何英做媳妇呢，自己也能娶一门媳妇过日子。命运就这样被自己折腾了。尽管他面对现在的村子也产生过美好想法，包括创业等，可这样的美好想法就像一根火柴在寒夜里划燃，片刻之后又熄灭了，连火星子都找不见。二狗还是二狗，躲在黑夜里，野狗都不如。

登门"拜访"二狗的人少了。说是"拜访"，其实是"参观"，都是冲那双腿和对裤裆里玩意猜测来的。他常常躲在家里，不让别人进来，别人在外面叫几声二狗，没有回音也就骂骂咧咧地走了。二狗心中有说不出的苦，好些时候，甚至连找个倾诉的人都困难。一段时间之后，二狗总算想明白了，村子里的那些人再怎么改善了生产生活条件，哪怕隔壁的连三，张支书明目张胆睡了他母亲，靠这得到庇护，水井就打在自家后屋檐下，一只瓢就舀上灶台了，自己也不见得能获得什么实惠；况且自己是残疾人，没有婆娘拿给张支书他们睡呢。无论这地方再怎么变化，高坡高岭的地理环境对于挪一步都困难的二狗来说，仍然面临许多实际困难。应该说，以村人几百年的习惯，大伙肯定会帮助他，但是总不可能成天抱着你二狗吧？自己的路还远着呢。有一段时间，他自暴自弃，把屎拉在门口，搞得臭气熏天，大伙见他这样，心里骂他不是人，行动上就是捂着鼻子，绕道走开了。其实，活着是人的底线。二狗也不是不想活了，日子再难过，谁不愿活下去？以他现在这副模样，在外面肯定比在村子里更容易活下去。毕竟在村人那里，帮助归帮助，心里却瞧不上他破罐子破摔。

二狗说不定是做了哪样见不得人的坏事才丢了双腿的。他死也不肯说明原因，惹得大家更加怀疑，单是承受这种目光二狗就已经够了。要是是一只乌龟头，他宁愿整天缩在肚子里。可在外头就大不一样了，别人也不管你怎样残的，只要真残了，谁又不同情呢？眼前这副模样，天长日久往那里一躺，或是沿街乞讨，或是躺在那里一动不动，都会有一份正常人的收获。乞讨说起来不好听，却可以成为一门正当的职业啊，每天踩着上班和下班的时间，跟别人还不一样？这样想着，他就打定了主意，雇人抬着，离开村子到县城里去了。

四

2011年春节前后，寒风劲吹，雪片像刀子在飞，我匆匆行走在县城街道，想让眼睛有点意外收获。突然，在西大街上，我竟有些不相信自己的眼睛；当我再次擦亮眼睛确认，正是好多年不见的二狗。可我在那一瞬间不是向他靠过去，而是呆立着，就像当初在教室面对二狗布满蜘蛛网的位置一样。再次静下来后，我就像遭遇2008年5月12日那样的强烈地震一样，只想迅速逃离，找个地方躲起来。可再怎么迅速逃离，虽躲得过他追上来，却终究躲不过他的目光。眼前，可是我从小在老师那里的"替死鬼"啊，从某种情况下说，他为了我断送了上学，断送了后来的一切。脑海里越这样复杂，越觉得手已经粘上一条虫子，这样下去，不被咬着才怪呢。说实在的，由于我特别怕麻烦，来县城这么多年，随时都想躲起来。我和村里那些人已基本断绝了来往，在一定程度上，我才更像是天上掉在县城里的一块馅饼一样。

偶尔在街头碰上村里在县城做杂活的人，他们总是在我不情愿的情况下，主动上来和我亲近，说上几句带有村子味道的话和村子最近发生的事。话没完，他们总是话锋一转，对我说，见了谁谁都可以聊上几句，遇见二狗千万要躲开。二狗到底怎么了？那腿……我问，他们并不回答。事实上，他们和我一样，也不知道个究竟。说起二狗，他们的眼神就像被追逐的野兔那样慌慌张张。二狗的情况不妙，这个我知道，但没想到会成现在这副样子——除了我，大伙都远离他。事实是，就连我都急急地逃离他，还有谁愿意去帮助他？不管我心里怎样看不起提起二狗就一副瞧不起模样的那些人，可从说话中感觉得到，他们是真心实意为我好。但是，有多少人在知道真相后会瞧得上我？

眼前，就是他们口口声声让我躲避的二狗？是的，千真万确，正是他。那个高得出奇的鼻子，那双大得出奇发亮的眼睛告诉我，他就是我家衣柜底说不定还藏着当年一起穿过的裤子的那个人。我看见，一块木板上临时搭的棚成了他的"蜗居"，加上代步"车辆"，他端坐上面，一本正经，那模样就和我们坐在办公桌前差不多：一大把胡子遮住了他大半边脸，额头那里可以隐约看到几条皱纹，像游在河里的鱼一样；下半身被破破烂烂的一堆衣服遮掩着，一双特别长的筷子架在一个不锈钢碗上，放在他左边一旁，前边一个后边两个轴承垫在木板下面，滚动的时候，哗哗，哗哗，就像狂风在海面上刮过的声音，沉闷，积蓄着力量。滚过街面就像滚过我的心一样，在街道上和我心上留下一道道看得见看不见的印痕。他就这样"走"在大街上，面对过往的人乞讨，如同我们上班一样，一年又一年。

被他发现的那一刻，我心里猜测，他一定会用巨大的声音逮住我：屁孩——这是他当初上学的时候给我起的绰号，明明他喜欢对着天空放一串的屁，怎么把这个绰号给了我？现在我或许明白一些。我是屁孩，小时候面对老师的拷问，他做我的"替死鬼"，而我却不敢面对；现在，在我最该面对他的时候，我再次选择了逃避。我担心，他就像在我面前突然响起一个惊雷一样大喊我一声，让所有的人都听到。如果他喊出声，我想，我肯定会像老鼠遇上猫那样呆在那里。由于距离并不远，我分明看到他眼睛里已流露出多年没见到我的那份惊喜，就差没叫我了。

然而，就在我犹豫的那一刻，他却把目光从我身上迅速地移开了，就像一道闪电滑过夜晚，只在我眼前留下黑沉沉的夜色。他把头扭向另一边，就像什么也没有发生过一样，继续沿着他的路"走"过去，对着所有的人乞讨，许多人都习惯性地拿出一些零钱。他就像一滴水落在海面，转瞬就悄无声息。

五

在内心矛盾难受的情况下，我脑海里还回响着"千万别粘上他"的话音，就像四阿公面对枯坑用破喇叭喊出的声音回音一样。突然记起前些日子，一个村里来城里拉板车的人曾经问起我居住的楼层，断断续续说起了二狗。当他听说我居住在 三楼后，连声说："那就好。"何时，村子里的人对待二狗已经变得和我们城里人一样冷漠了？联想到他说话的那种幸灾乐祸，我突然明白了话外之音。是的，我居住的地方已经跟树桠上的鸟窝没有两样，离地面老高，悬在半空，就算四肢健全的人爬上楼也会气喘吁吁，根本用不着担心二狗会"走"上去。事实上，即使二狗真的能走上去，我敢肯定他也不会上来的——你瞧不起人家，说不定人家还瞧不起你呢。

这以后，走在大街上，我总是东张西望，小心翼翼。没说的，我的目的非常明确，但又格外担心别人窥视我内心，因为心里阴暗得很，就像一个多年不见阳光的角落一样。很多时候，不知怎的，无意间突如其来就发现了二狗，或许在我发现他之前，他早就发现了我，所以，往往发现他的时候，他把目光迅速避开，朝别的地方望。看见他的时刻，我想，别的不说了，无论如何还是该打开腰包，给这位当年的"替死鬼"多少一点补偿。可是，当我掏出钱的时候，突然变得茫然了，心里想，他会接受我吗？无数次，我只得委托儿子或是别人帮忙递到他手中。我为我的天衣无缝满意。当二狗看到超出一般面额的钱递给他的时候，他会不会猜到是我暗中所为？或者，他内心里根本就不知道我还会保持一点同情心。如果以心有灵犀的理论来解释，我想，他会感觉到的。

后来，在不断自我反省中，在无数次睡不着的折腾中，出于对他职业的尊重，我决定每次遇上他，都亲自递给他一些钱。递出钱的那一刻，我同样担心他会不会接受。没想到，他竟然像不认识我一样，像接过别人递给他的钱一样，让我把钱放进他的那个"饭碗"里，然后从容地打着口哨，带着自己的尊严，轻快地"走"过去了，一路上，继续接受着别人投过去的不同面值钞票。

轴承和街面摩擦，持续发出哗哗、哗哗的声音，无论早晨还是黄昏，混杂在街上巨大的声音流里，清脆悦耳。忽然，又在街头听到村里那些每时每刻都在关心我的人说，二狗也真是的，竟然把村子的两只流浪猫狗也一并带到城里了，沿街面乞讨还发这样的善心，真是不可思议。

那天，我又看到二狗出现在眼前的街面上，他还是那样"走"着。果然，一只猫和一只狗被他用绳子套住，拴在自己的"蜗居"加代步"车辆"上；不时，猫和狗吵吵嚷嚷，你咬我一下，我掏你一爪，实在不可开交的时候，他对着它们骂上几句，瞬间就恢复了平静。他"走"得快，猫和狗就跟着跑得快；他慢下来了，猫和狗也一样缓缓的。

二狗已经梳理得整整齐齐的络腮胡有点飘逸，稀疏的头发一律向后，嘴角边还带点微笑，那副模样甚至还有几分我们见到的艺术家派头。只见他在众目睽睽之下，把刚从街边买回来的温热的两个馒头撕开，依次递给猫一块，狗一块，自己也不忘吃下一块，嘴里唱着自编的童谣：香馒头，拿在手，花猫跳，小狗叫，你一块，她一块，还有隔壁老奶奶……很快，馒头就被分食了。

看样子，他们就是一个完整的家，猫如妻，狗似崽，他是夫，一家三口围着"蜗居"加代步"车辆"，围着馒头，空气中满溢着情和爱，胜过我们面对的任何美味佳肴。谁都吃得很香，谁都表现出几分满足和幸福。他们吃完了，躲在一个屋檐下小睡一会儿，鼾声此起彼伏。

眼前的情景，让我突然感到丢掉了双腿的二狗身子骨里释放出的温暖，抵得上一炉熊熊的炭火，足以暖和整个风雪弥漫的冬天。

丈母娘的心事

■刘光富

一

一年二十四节气中的大雪季节,大雪没有雪,天空在发呆,风干干的却很硬,就跟谁在甩刀子似的,狂飞乱舞。别说脸,心都割疼了。虽然不见血,伸手说不定还能摸到几道印痕呢。这样的夜晚,我居住的县城格外安静,远处建设工地的喧闹已经暂时停歇,那些修房的人也该找到房子安身了吧?时间也像停下来了一样,不知道是不是县城春秋祠楼顶上那口大钟停下来了的原因,如果是,整个世界也仿佛停止了流动,就像知道我丈母娘要住进我们家,只为给她一个能够睡好觉的夜晚。丈母娘说她因为疼痛已经很久没有睡好觉了。如此说来,世界是安详的,同样也是幸福的。

丈母娘被病魔折磨得一副愁眉苦脸的样子。为儿女操劳一辈子头发已经白了不少,这段时间增添了更多,以至于我们都怀疑这些白发是在一夜之间齐刷刷长出来的,密密匝匝分布在头顶,看起来就像是座雪山。皱纹爬满整个脸,还继续往脸上挤,像一群蚯蚓。如果搞摄影展览的要弄一幅具有典型悲剧意义的照片,哪个时候把她拍下来都是绝版,放在哪里都会引起轰动。这样一个苍老又难受极了的老人,在我们家就能睡个好觉,是不是天方夜谭?至少是在吹牛。

丈母娘是在我们的强烈要求下才答应进城的,那样子就像是让她走一趟鬼门关。是真不想到城市来还是因为别的? 她的心事很复杂呢。在我们看来,最终是老家那边丢不下啊! 这次能够顺利过来,说起来还得感谢她的疼痛。以前她病轻微的时候,就动员过好多次,等到临出门了,不是猪娃还没喂养,就是鸡还没进圈这样的鸡毛蒜皮事儿,没能成行。

这次说要过来,也是很久的事儿了,大概那阵还是秋天吧。如果别人是等到花儿谢了,我们就是等到树叶落了,果子都不见了踪影。我老婆想到冬天已到来,母亲因生病夜尿频繁,生怕她起夜跑厕所感冒,甚至把便盆准备好放进她老人家即将住的那间屋子,还把席梦思换成了硬板床(她有腰椎方面的病),所有一切都在等着她老人家。终于等到她感觉到病非常严重了,甚至还隐隐约约在电话里和我老婆交待后事了。不能再拖延了。我们一再告诉她楼下就有一位老军医有信心给她治疗,还告诉她街坊谁谁比她严重都治好了,她才想到趁这几天有点空闲,赶快进城来。

担心她从那段坑坑洼洼的公路上坐客车来受不了，本来说好开车去接的，可她硬是拖着病身子自己坐了车过来。一路颠簸，她累得不行，坐了很久还在喘气，整个人就像一个果子在半空中一样，猛烈摇晃着。才几天不见，就感到她的背影下沉得更厉害了，就像要垮塌的石拱桥。她头朝前，身子弯弯的，每一步都走得很认真，很卖力。老婆悄悄对我说，老妈哎，就像那阵居住在村里上龙湾的老祖母那样，头都快贴着地面了，往地面贴一副膏药似的，看起来就揪心。那阵子的老祖母已经九十高龄，可丈母娘要明年才七十岁呢。七十岁的人，哪个像她这副模样呢？就像一只喘息的老蜘蛛。

看完医院拍的片子，那医生拍着胸脯决定给丈母娘采取分疗程治疗。他说这么严重的病，十天一个疗程，至少需要五个疗程才能见好。一听这话，丈母娘就在一边斜了人家医生一眼，低声嘀咕，怎么能那么久，三下五除二不就行了？我还得忙着回去呢，家里事多呢。她突然起了疑心，悄悄拉着女儿在一旁说，收费那么高，看这医院也说不上正规，这年头，骗人的医生满地都是，我还是不再医治了吧，反正也没治了。老婆心里说，不就是钱吗？严重到这份上了，哪管得了那么多？就算真遇上骗子了，只要能减轻一点痛苦也行。

丈母娘家和我老家在一个叫卷子城的村子，早先不是一个村子，后来并在一起。说起来，这是离我们居住的县城并不远的一个村子，却十分偏僻，几年前手机才有信号。早些年我们要是一月半月没回去，丈母娘总是在忙完了屋里屋外的事情之后，悄悄在夜幕中爬上房子背后那座很高的山，长久地朝着灯火闪亮的地方张望，一直望到月亮都落到背后的草丛里了还不肯回去，有时张望着，因白天太累就睡着了。

这些年，电话方便了，她想我们的时候就拨打手机，却从来不会以想我们为理由挂通电话，只要是她的电话打过来，多半是我们又有一段时间没回去了，让我们赶快回去拿鲜嫩水灵的瓜果菜蔬，说这些东西整个菜园子都是，图个新鲜赶快摘回去，老了蔫了不好吃。

我母亲去世早，去世的时候才49岁，那阵父亲还年轻，几次想找个伴。他对我们说，找个回来，一来可以暖暖被窝，二来我们回去有个喊叫的，但是均没成功。村里据说等了我父亲几十年的连三他娘，好歹说成了，但是连三他们却阻止，她不好挣脱儿女，心里一天到晚疙疙瘩瘩的，三天两头病缠着；后来，好不容易家里放口了，却一病不起。等到后来有机会了，可父亲拒绝了，我们劝他也没有用，背着外人，他口口声声说是自己身体差活不了几年，哪天说去就去了，到时我们还得供养人家，怕给我们留下包袱。我常常坐在某个角落想我母亲，想着在世时骂我都是亲切的，就像我受冻的时候为我烧起的一炉炭火。早知道如此，那时我才不会让母亲离去呢！我天真地觉得，一头牛都可以拴住，一个人怎么就不能留住？想着母亲，是不是就不爱丈母娘了？相反，更在乎她。毕竟去了的只有等到来生再爱了，活着的把去了的爱一并加在她身上。不知道的人，还以为我是丈母娘养大的。丈母娘可是养大了我老婆啊！老婆和我组建了一个温暖的家，风里雨里，很多时候，家就像枝桠上的鸟窝，飘摇中始终存在。丈母娘是给了我一个家的人，整日里在外头奔跑的人，背后始终有个温暖的家等着，是多么幸福啊！

恋爱之初，我就住在丈母娘家里。我在村里的小学做教师，去学校要走很远一段山路。为了按时到校，每天天不亮就起床，我怕打扰总是睡得很晚的丈母娘，就轻手轻脚的，像风滑过草一样，还屁股沟都夹紧了。可是，她总是比我起得还早，而且忙碌。那时她还年轻，但是身子已经有病，背着我们经常一个人呻吟，祖母不理解她，说她装病，从来她都是对祖母微微一笑,笑里分明带着疼痛呢。我梳洗还没完毕,一碗热气腾腾的喷香饭菜已经上来了,哪怕数九寒天,从来如此。说实在的,即便我母亲也不会这样的。吃得心里暖和和的,眼眶子湿润润的,这辈子算是遇上了好丈母娘了,弥补了过早失去的母爱。

我们的孩子出生,养大了老婆四姐弟的丈母娘重操旧业,整天尿一把屎一把的。那阵子,孩子喜欢夜哭,按照丈母娘的吩咐,我们在村子的老榕树上挂了一张写着"天皇地落,小儿夜哭,君子念过,一觉睡到太阳出"的红纸,走过的人都念过,但是无济于事,搞得丈母娘没有睡过一个完整觉。我和老婆还不知侍弄孩子咋回事,儿子就已经读小学了,孩子直到一个人睡觉之前都是和丈母娘睡。别人的孩子身子上散发着淡淡的母香,我们的孩子散发的却是浓浓的外婆香。这次孩子去成都读大学,走之前,别的地方不去,就是要再次探望一下外婆。带着外婆香行走的孩子,哪怕风雨来了,也一定会平安幸福。

可是这样的丈母娘,我却至今连名字都不大清楚,只知道她的姓。别的事情我算不上糊涂,可这事,真的有些不可思议。事实上,我平时就连正儿八经称呼她一声妈的时候都少之又少,心里老觉得别扭,认为再怎么也是老婆的妈。要说恐怕还是在十八年前结婚的时候叫过,那之后,一声"妈"就被我藏起来了。想起来,我真浑,浑得感到悲哀。今晚,当我端着一盆温度适中、放了姜等几味中草药的洗脚水,轻轻放到她脚下,一声"妈"喊出口,眼圈就红了。我知道,这是在为过去忏悔。如果丈母娘这次病不好,丢下我们去了,恐怕真的肠子都要后悔断掉。这些年,在风雨中奔跑,我怎么弄成这副模样了——冷漠,疏于回馈。是不是在风雨中奔跑的人,都变得我一样了?

现在,为了治病,丈母娘终于住进我们家,要不是她还会继续在家里奔忙,一刻也不停歇。五个疗程虽然只是五十天,不会很久,不是五个月,但我猜测,她肯定不会等那么久,说不定只能在我们家里过十天或是二十天。我暗地里向老婆表示担忧:从老妈身体的状况看,属于她的日子显然不会很多,她生命的叶子眼看着就要落光,说不定这是她来我们家的最后一次了。我们无法做什么来延长她的生命,但是多么渴盼她把剩下的日子全部留在我们家啊,晚上你就给她暖暖脚吧。老婆含泪点点头。

二

丈母娘共有三个女儿一个儿子,我老婆占大,两个姨妹一个弟弟都先后成了家。前些年,老丈人多少还有点积蓄,那是他每日像在针尖上削锈一样从工资中节约下来的。丈母娘没有工资,积蓄是打算留给她养老的。但不能坐吃山空。老丈人退休那阵曾经考虑过几套方案,一是拿去投资,靠收取利润留给丈母娘,可是没找到项目也没精力;二是交给我们去创业,也同样麻烦,弄不好断了丈母娘的粮。后来,在别人鼓励下,正好祖母去世也收了点礼金,老两口商量,干脆把两笔钱加在一起,拿去当首付,在泸州那边按揭了一套八十多平方米的住房。这样,他们进城入住的基本条件就具备了。照理,年纪大了,也该过去居住了。

等到把住房买下了,老丈人也退休了。我们想,就算我们无力供养,泸州那边生活水平不高,靠老丈人那点退休工资,他们还是能自己养活自己的,就极力动员他们过去居住,那边也有老朋友极力邀请他们过去。老丈人在我们家那个乡镇工作多年,因为离家近,工作期间,就一直住在卷子城的那座由他和丈母娘建造的房子里。这是一座耗掉了老两口一生心血的两层砖混楼房,历经几十年修修补补,从外边看起来满身都是补丁。就跟一件衣服似的,他们穿习惯了,离不开,就算自己买的房子,也不如这边温暖。老丈人嘴里说住在哪里不是太看重,哪里还不是过日子,树挪死人挪活,说不定挪过去还好些。我们心里为他这样的开通高兴,以为过去住为期不远了。老丈人原先在政府里头是做思想工作的,听他说话还真有点意思。可是真要让他们离开去相距百多公里的泸州城里住,老丈人心里真的愿意?在一次过年召开的家庭动员会上,我们说,过了年就过去吧,有病有疼方便很多呢。他回答,我都说过一百遍了,到那边住好是好,手一伸什么都来了,就是人生地不熟的,连个朋友都没有。可这村里就不一样了,猪儿狗儿一大群,一天热热闹闹的。你们也知道,小时怕放牛,老年怕孤独啊。再说,我的脚离开了地要肿啊,疼得受不了,你们也不是不知道。

丈母娘大字不识几个,脑子也简单,思想工作应该好做。在老丈人那里不软不硬地碰了一回钉子,我们就反过来做她的工作。我们想,她思想通了再去做老丈人的工作不也一样?我老婆把她妈粗糙的手拿在手里,看见一条条黑黢黢的裂口就像虫子似的爬满了,摊开来,就跟一块干涸的土地一样,满是沟沟壑壑,活像一张立体地图。我以前只在一些摄影家的经典作品里看到过,却没想到丈母娘的手拍摄下来其实就是经典。我老婆说,妈,你看你这双手吧,说着,一滴眼泪掉在那手上。丈母娘知道女儿一片心,也跟着掉眼泪。这时候,弟媳也跟上来了,一瞬间,全都成了泪人儿。丈母娘并不是糊涂人。

记得那阵我和老婆谈恋爱时,别人在背地里说我坏话,做过几十年村干部的老祖母都差点动心了,说服我老婆另选夫婿,可她却对女儿说,就是一泡屎,你也得吃了。那天,一场激烈争论下来,丈母娘总算让步说,我不是不想去城里住,但我们这里的一切,怎么放得下?这样吧,你们老爹要去,我们明天就关门上锁,没说的。丈母娘的听从是很有原则,她显然不会随便听从儿女们的,但她对我们老丈人却简直是顺从,就像一只猴子习惯一根绳子一样,绳子在哪里,她就在哪里,绳子和她已经不可分开了。说起来,丈母娘并不是小媳妇,事实上也是小媳妇,毕竟还不到十五岁就住进老丈人家了。那阵老丈人在部队,在云南那边修筑公路,丈母娘家姐妹多,从大到小在十个以上。那年月,没别的想法,找个婆家就是找口活命的饭吃,有人上门提亲,自然高兴,她就这样来到了老丈人家。这么多年相濡以沫,老两口早就已经长成一条心了。这之后,没有进展,丈母娘他们还是住在村子里头。

在村子里住的地理位置好,老丈人退休以后,丈母娘就在村子里弄了个小商店,一点笔墨纸砚、儿童玩具和吃的,读书从这里经过的孩子很多,认识的不认识的,见到丈母娘都亲亲热热地叫一声婆婆,喊得她开心,货架上的好些东西都变成了奖品。长蛇似的孩子队伍,每个人手里都拿着婆婆给的东西。婆婆有自己的孙子——我们的孩子,可在城市的学校上学,离他们远,不可能长期在他们身边,只偶尔的假期才可以回去一趟。婆婆就把村子里的可爱孩子当成自家的孙子,哪天都牵挂着他们。在我们这边看病期间,看到河水涨起来了,她忧心忡忡,原来是她居住的房子背面是一条溪沟,涨水的时候,丈母娘经常站在溪沟里接送孩子呢,现在她来城里了,谁去接那些小"孙子"?任何时候,她只要把佝偻的身子倒下去,横在溪沟面上,其实就是一副拱桥。

小商店开办一段时间后,老两口脑子突然开窍,居然再次看到了商机,在商店里增设一项经营内容——销售婚丧礼品。要说这是老丈人的拿手活儿,对他就像厨师切菜一样简单。

他工作那阵是乡镇上弄宣传的，空余时也弄点文字，又写得一手漂亮的毛笔字，恰好用得上。别人退休了，一天天往土里奔，可老丈人手头有事情做，劲头更足了，也干得更红火了。别看老丈人弄得风生水起，可谁都知道，没有丈母娘帮衬着肯定不行。丈母娘是老丈人的拐杖呢。前段时间，老婆陪着丈母娘去泸州那边检查病，每天丈母娘都打电话询问老丈人吃了没有，他都说吃过了，可丈母娘还是不放心，对着我老婆摇摇头，再继续向电话那头追问，冰柜里头切好的肉炒回锅肉了？那头还是答应得明明白白，哪个不知道？吃是第一件大事呢。结果，丈母娘弄完回去，才知道她走出门几天，老丈人就吃了几天方便面。本来老丈人的关节炎就严重，丈母娘不在的日子，除了吃方便面，他还喝酒。这样一来，疼得在床上"哎哟哎哟"地叫。丈母娘骂他活该，其实却心疼死了，给他拿药比兔子受惊吓了跑得还快，一下子就塞在他嘴里，担心水温不合适，还自己先喝一口。

三

这次到城里来治的病，是丈母娘劳累几十年积累下来的，绝不是她所期望的一个民间药方或是某一味中药就能治好的，除了钱，更重要的需要时间，不可能像往常一样来了又赶着回去。因此来之前，我就让老婆和她说好，赶紧把家里安排一下，最好是把老丈人一起带进城来休息几天，还是先把病治好，身子要紧。电话一打过去，她就说，这几天村子里又有人离世了，忙得很呢。村里的礼品店就我们一家，我们关了门，人家哪里买去？我们老了，大事做不了，方便一下别人总还是可以的。老婆给我回话，我说这是理由吗？这些年，村子里三天两头死人，说不定前一个还没有安葬，后一个又去了。这方便有没有完？这样下去，要拖到哪天啊？终于，还是等又忙了一阵才来，一来，我就感觉她已经病得不轻了。

我急着问，老爹也过来了？丈母娘说，一家老小还有好几口呢，鸡、猪、鸭跟着脚，我们都走了，谁来照顾？早说过，都是七十岁左右的人了，猪娃、鸡鸭就不用再喂养了，那都是些劳累身子骨的家伙。可她口头上答应过多次，可回过头去又对别人说，农村哪有不喂猪的道理？穷不丢书，富不丢猪嘛，吃点剩点给它们不浪费。好像不让喂养，是受委屈。让他们不喂养好多年，可是哪年不是喂养一群？在我家灶台上，就放着一大堆新鲜的土鸡蛋，还散发着鸡屎的味道和青草香味，这还不是和丈母娘一道来的。它们在村子里并不惹眼，可到了城市却最为珍贵。这些土生土长的东西，在我眼里，散发的淡淡光芒胜过珍珠发出的光芒。不但喂养牲畜，他们还背着我们种地呢。村子里那些地，全都爬坡上坎，来往的路很难走。上次回去，带了一帮子城里头的朋友，他们嚷着要吃新鲜蔬菜，我说那就到我们家的菜地摘回来吧。结果，他们趴在地上爬着过去险些摔倒。可是，丈母娘他们不但去种，还在早晨黄昏挑着农家肥去，一棵一棵地施，真是不可思议。我回去的时候，曾经在村子里走过多次。这些年，好多人都外出了，种庄稼的人越来越少，以前种庄稼的地方都变成了林子，村子里树木明显茂盛了。城市里楼房占据了空间，村子里树木成了当家的，整个村子，恐怕只有丈母娘他们对庄稼和蔬菜那么执著。

这次丈母娘进城，没带来老丈人，难道她不为老丈人的日常生活担心了？她说，怎么会不呢，我不是很快就要回去吗？我带着情绪反问她，病不治了？她说，呵呵，还不是很快就好了？

51

几十年里,哪次病了不都是打针吃点药,跑跑跳跳的,说不定明天早上起来我就又回去弄庄稼了。不过,她也知道,这次和以往略有不同,再怎么,一天两天不可能治好了。其实,她已经在来之前作了安排,让老丈人在隔壁那家吃上几天饭,家里那些牲畜也由他们替她暂时照管。即使这样,丈母娘还是不放心,既然几十年那里都是自己的家,就跟一棵树种在那里一样,早就扎了很深的根了,怎能连根拔起?她说,还得每天晚上有人睡在那里啊,临出门了,就把老丈人留了下来。

丈母娘来我家,除了带土鸡蛋,还带了不少新鲜蔬菜,一大口袋。这些东西,看起来都流口水,煮了吃甜甜的,我们喜爱,她的孙子们同样喜爱。丈母娘以前在村里忙,自己来不了的时候,也常常请进城的乡邻顺便带一些给老婆培训中心的孩子们。在培训中心也能吃到不用农药、化肥的蔬菜,学生家长也挺羡慕呢,还说有时间也过来尝尝。丈母娘听他们说,心里比吃了蜜还甜。

晚上,坐在客厅看电视,我们前些日子给丈母娘买的老人机突然响了,不要看,就知道是老丈人打过来的。我们都记不得她的号码,还有谁会打她的电话?接通电话,丈母娘就问,吃了没?电话里那边说,我又不是小孩子,还用担心吃?几天不吃又怎样?接着那边问,几时回来?这边却沉默了,丈母娘悄悄把脸扭向一边,用手抹了一把。过了一会儿,丈母娘拿着电话,走向自己住的房间,还轻轻掩上了门。

这次丈母娘没把老丈人带进城来,却带来了老婆的二妹,这是我们意料之中的事情。很多年了,哪次出门会少了二妹?除了要留人在家里照看,出门不可能同时带几个人也是她考虑的另一个原因。也就是说,丈母娘不会同时带着老丈人和二妹出门,包括到我们家来,这是她认定的原则。这些年里,二妹活像丈母娘的尾巴,紧贴在她身后,寸步不离,为丈母娘添了不少累。算起来,二妹已经出嫁多年,孩子也十几岁了,怎么还整天跟着丈母娘?事实上,在二妹患病之后,丈母娘就一直把她留在身边照管,看样子,恐怕要陪二妹走到最后。

村子里有个范姓女孩嫁出去之后,癫痫病发作厉害,常常突然昏倒不省人事,有一次到门前的溪沟洗衣服,栽到水里,家人发现,已经没命了,像一朵刚开的花被风折了漂在水面一样。丈母娘知道这事后吓坏了,连续三晚上睡不着,头发也白了不少,远远看去,像雪飘在上面一样。后来,她就下决心要把二妹从婆家接回来住。那病纠缠着二妹,反过来,二妹又像一块病揪着丈母娘的心。二妹生了孩子后,不知怎么得了癫痫病,每次发病的时候真是要命,整个牙齿咬得紧紧的,直到嘴唇咬破出血,还吐白沫,随时可能突然栽倒,不要说溪沟里,就是倒在粪坑都有可能。有一次,她明明和小侄女玩得好好的,突然就栽倒了,吓得小侄女放声大哭;那次二妹和丈母娘到县城来,在我老婆的培训中心提起裤子准备上厕所,突然癫痫病发作了,人往一边倒去,裤子也在那一瞬间掉下来了。

尽管二妹的情况要多特殊有多特殊,可毕竟是嫁出门的女,泼出门的水。一开始,老丈人有些反对二妹回来住,丈母娘做说服工作:要说啊,我们家虽然有四个儿女,可哪家儿女愿意给落在牛蹄窝里淹死呢?老二家的那个又要挣钱吃饭,还要供养孩子,哪有时间照料?她这种病,说不定哪天也会像……话没完,眼眶子已经润湿。老丈人心软,就跟一块海绵似的,在那里沉默着。就这样,二妹就由丈母娘接回家来了。此后,二妹仿佛成了丈母娘的影子,成天不离左右,村里的人背地里都说,要不是她老娘,说不定老二的骨头早就被狗啃了。是的,村里有这种病的人,哪个不是遇上意外,一下子就没了?二妹把丈母娘可是折腾得够呛。

四

这是冬月。丈母娘之所以选择这个时间进城治病,还有一个重要原因——这段确实算是空档,也算大伙都忙过了。前段时间,着实忙,忙起来了,就像没有白天黑夜一样,也顾不上别的。现在,庄稼已经收割完毕,就算种庄稼也要等到明年了,山坡上悬崖边的茅草也都枯萎了,整个田野空荡荡的,就像眼前的深夜一样,连鸟雀都很难见到。那些牛啊、马的都躲在牛圈马槽里吃早已准备在那里的干草或是秸秆;鸡鸭也不出院子找虫子,从自家粮仓里舀一点粮食放在槽里,再在旁边放一些水,它们就可以安安稳稳地过一天了。这时,村子里的少年、老汉喜欢挤在哪家桌子旁玩纸牌。这年头奇怪呢,说不定前一分钟还在为拿到了一副好牌嘻嘻哈哈,后一分钟就停止了呼吸。

要是村子里哪家有人突然死了,丈母娘他们可就忙得很了。进城前几天,五社一姓廖的人家,突然老母和媳妇都死了,除了这家弥漫着悲伤的气息,其余的人都忙忙碌碌,因为哪家要是有人死了或者是结婚之类的事情,大家都要去相帮,这是惯例。丈母娘他们比其他人更忙。他们除了白天要赶去别人家相帮,晚上还要在家赶着准备别人需要的礼品。这时,二妹也突然变得像个没病没痛的人,努力干着一个正常人的事情:变魔术似的一下子就把一个纸鸟儿剪好了。丈母娘也忘记了自己腰椎有严重问题,还要随时监护老二。隔壁邻居也赶来帮忙,大家一下子就忙到深夜。丈母娘早上还比任何人都起得早,村子里最先亮起的就是他们家的那盏电灯,它就像早起赶路的人陪着丈母娘。这时,说不定站在院子里,还能听见几声寒夜里无名鸟看见灯光时发出的叫声呢。

难怪丈母娘听说一个疗程要十天,一下子要五个疗程就嘀咕。虽然丈母娘眼前没有事,村子里也可能暂时不会有死人之类的事情,可再过些天,是我老婆的姑爹六十岁生日,也是老丈人的七十岁生日,丈母娘生命中如此重要的两个亲人生日前后不超过一两天,这样的时刻,按照惯例,姑爹和姑姑都会回村里的家。丈母娘不会像其他村民那样动不动请几十桌客,千方百计收一些份子;她通常会主持宰杀一只亲手喂养的猪娃,然后把我们召集回去,给两位老人过一个简朴隆重的生日。

姑姑和姑爹出去工作几十年,每年甚至每月都会回到村里的家,他们说出去久了,还是离不开这个家,温暖着呢。而每次回去,包括我们回去,都说好自己动手弄吃的。可是,每次人还没有到,或许就在头天晚上,丈母娘熬夜已经把豆花、米酒这类我们最喜欢吃的东西准备好了,只等我们回去吃掉。我们心里愧疚,怎么能这样折腾已经够累的老人呢?有时干脆采取突然袭击,可她照样早就弄得好好的,同样不用我们动手。我们感到奇怪,莫非我们哪个时候会回去,已经掌控在丈母娘手里了?原来,我们心里想的全落在丈母娘心里,我们全都在她的心坎里。

就在晚上一起看电视的时候,我说,我们今年想买头没有喂饲料的肥猪在家里宰杀,然后把城里朋友带回去吃全锅汤呢。话没说完,我就后悔了,这还不是给丈母娘他们增加负担吗?丈母娘却抓住这个话头,立即说,好事啊,好事。我们家里喂着一头呢,早准备在那里了。我们还有什么好说的?

五

一旦进入腊月，丈母娘又要忙碌了，说不定她在医生说五个疗程的时候，就已经掰起指头在算时间账了。现在离腊月不到一个月，满打满算也不到三十天，这中间，还不能排除她要回去探望一下老丈人。她一直放心不下老丈人的生活。她对我们说，老家伙就是太贪那口酒，我看迟早会被那口酒收命的。同样的担心其实我们也有。村子里已经有不少人栽在这口酒里。就拿隔壁那个朱二娃说吧，说起来还是我的初中同学，才四十岁多一点，天天和那帮子喝劣质酒，前不久死于酒精肝呢，真惨啊！我们拿这个去说服老丈人，老人却顽固得很，说他是他，我是我。这把年纪了，死也死得了。我们回答他，你这样想，走了，可老妈一个人怎么办？他的眼圈子就红了。话说了，遇上酒，啥都好，还是管不住自己，丈母娘放不下啊。还有一日三餐，再可口恐怕老丈人也不习惯别人弄的，还是丈母娘最知道他的口味。丈母娘怎能放心得下这个一向衣来伸手饭来张口的老伴？说不定哪天自己回到泥土里了，同样还牵挂他吃啥穿啥呢。还有，她说村里另一位老人快不行了，早晚说不定就要死去，虽说这种事情赶不上丈母娘对我老丈人那份感情，但这时候，她还是会考虑回去的。她说，相帮别人其实也是相帮自己。我能理解丈母娘的意思，我们都出来这么多年，哪个时候为别人做过什么？他们或许不会认我们，要认还得认丈母娘他们，哪天要是他们有个三长两短，还不得依靠乡邻。

再怎么忙，我们还得回去看看丈母娘他们，吃一回她弄的饭菜，顺便也带一点他们种的菜回来。房子侧边那棵甜柿，每年都被丈母娘守着，成熟了一个也舍不得吃，只要我们回去，便一股脑儿摘下来用塑料袋装着，再放到车上运回城里来让我们慢慢享受。再说，就算他们一无所有，我们同样也会回去探望的，一个月半个月总有那么一次吧。可是祖父祖母他们就不一样了，祖父祖母死了就住在自家的林地上，除了老丈人和丈母娘偶尔聊聊天，别人都不去理会他们，也够寂寞的。我们确实很难去看望他们，顶多在每年新年的时候，带着孩子提一串鞭炮过去串一下门。

还是丈母娘理解我们，对我们说她离祖父祖母很近，就算走过去的路长满茅草，还有荆棘，她也会每个月像我们回去探望他们一样走过去探望这些长辈们。坟头的草是长辈们的头发，有时候丈母娘还会为他们梳理顺溜一下呢。

腊月，丈母娘是非回去不可的，谁也挡不住。因为每年这个时候，丈母娘都要特别为祖父祖母、外公外婆们守土呢。现在日子好过了，村子里每家都宰猪宰羊，丈母娘总要在这样的时候去长久地坐在他们坟头，说一些话，听听长辈们借助山风唠唠叨叨。

丈母娘自有她的处世哲学，在她看来，父母在，不远游，即使父母不在了，还得守着。不用说，活着常回家看看那是孝道，离世了守土还不是一样？所以，她才这么急着要赶回去，尽一辈子也没有尽完的孝道。而且，她对我们说，哪天要是自己不在了，身边有我们这么一群孝敬儿女，自己眼睛也会紧紧闭着，但无论如何还得把她留在祖辈身边，继续面对风雨，守护他们，等候春暖花开。

印 _ 象 _ 记

苦藤上结出的橘

——刘光富及其作品印象

■秦锦丽

中国国土资源作家协会去年出版的《国土资源作家文库》(第一辑)8本书的作者中,刘光富是我迄今唯一未曾谋面的。其作品也只在《大地文学》、国土资源作家网有过零星阅读,所以当收到作协寄来的全套文库时,我阅读的第一本便是刘光富的《我的土地我的村》。这书名既朴素又光华烁烁。现如今,有土地有村的人,那多自豪,可是读着读着,串了味,全然不是自豪与骄傲,尤其与封面蓝天碧草、绿树溪流的画面大相径庭。那是什么?苦,还有痛。我一不留神被诱惑进去、再进去,发现那是一根硕大无比的苦藤,繁茂丛生的根深扎大地,枝枝蔓蔓、节节拐拐缠绕而上,向着天空,向着阳光……

刘光富属于70后的带头人,既遍尝类似60后的饥饿,又遭遇70后的尴尬,尤其出生于乌蒙山区川滇黔三省交界的偏僻小山村,生长与生活的艰难便可想象。何以如此说?乌蒙山区是全国14个集中连片特困地区之一,至今还有人住着茅草房,运输靠人背马驮。2013年夏天,我受命参与全国土地整治报告文学《大地作证》的写作,去乌蒙山区的黔西北农村采访。山大沟深,只见石头不见地,每顿饭都有一盆水煮南瓜豆角,菜是青的,汤是清的,清香得似乎带了几分泥土味。我大呼好吃好吃,我知道这是当地人最原始最便捷的吃法。后来刘光富说,我去的地方距他家只百十公里,地形地貌、生活习俗基本一致,这让我读他的土地他的村时,有种似曾相识的感觉。

一个人最无可奈何的是出身。比方我们国土写作圈,有人出生于一马平川的平原,有人生长于江南水乡,我偏偏跌落于干旱少雨的西北黄土高坡,而刘光富端端地从西南石头山里冒出来,某些先天的不足,给后天补缺增加了额外负担。因此,我理解刘光富,甚至能看到他汗涔涔地攀爬、翻越、走出大山的身影。贫瘠的土地、贫困的生活,赐予他倔强的性格和一双奋斗的脚,也赐予了他关注底层为底层人代言的善心慈怀,无疑,苦难也成为他写作的天然资源。

我一直认为,一个童年生长于乡村的人,绝对比生长于城市的人多活一个童年。童年经历,是一个人精神财富的基础,好比童年的饮食,决定着一个人一辈子的口味。一个作家写作的源泉,其实就是过往生活,而且过往越远越容易像自流井一样冒出来。刘光富近三十年的写作都没有离开过土地和村庄、亲情和乡情。他一本书的容量,加上他的小说,不过写了父亲、母亲、阿公、土黄狗、白发阿娘、九爹、绿姑、姐姐、丈母娘、二狗子等不及村庄五分之一或十分之一的人物,他们的不屈、挣扎、奋起,抑或颓废、死亡。他曾尝试写城市生活和城市人,可不行,一提笔,一发动思维,就撞到了村庄和乡亲。村庄就是一根老藤,亲人、家人、亲情、乡情就是老藤上生长出的枝枝拐拐、权权桠桠,彼此缠绕,彼此勾连,互为支撑,以至世世生长、代代不息。作者本身也是一根伸得太远、长得太长的枝杆,任凭他长出村庄长进城市的天空,有一根不显眼的篾永远在他身体某处扯着荡着。

一脉相承与篾骨牵连,他忘不了他们,他们牵着他的神思,占据着他重要的情感地带。在他日益被城市化进程中,在他暴发写作潮时,那一根不显眼的篾就扯疼了他,以致"我胸中有关于他们的写不完的故事,很多关于他们的故事,还没有动笔,眼泪就流得一塌糊涂了。他们的生存现状,他们的悲惨命运,就像是一根绳子捆着我,只有为他们写才可以松绑,直到一篇篇文字出来了,才会感觉一阵子轻松。"

读刘光富的作品不累。他声调平缓,语速慢悠,工于字句时,似一个长者;随意散漫时,像一个顽童。但却痛。看似漫不经心的讲述,却让人冷不丁像被抽一鞭子似的痛。这就是他的技巧:波澜不兴,静水深流。就像一位专业化妆师,着妆无痕,只现大美。那些个苦难,渗进了词语、文气、笔力,便有了青铜般的坚硬、冰凉和光泽。宛如无所遮掩裸露的石漠化土地,作者把苦难也讲得坦荡赤裸。比如说,母亲姐弟仨是被外婆带着逃荒来到村庄的,前路漫漫,力不抵支,穷困潦倒之际,被好心的阿公收留下来,在山坡上的破庙里安身。光棍长舌揩不上腥味,便造谣诽谤中伤。一个孤儿寡母的外来户,生存境地可想而知。而阿公偏偏把母亲娶为儿媳。父亲作为一村之长,常年早出晚归,由此引发父母无休无止的争吵,在作者幼小的心灵留下难言的苦楚。关于父亲母亲,作者写得既理解又隐忍,那种无法诉清的苦闷渗透于字里行间。甚至为了更好地表达,他运用了小说手法。他很多作品与其说是散文,不如说是散文化小说。我更愿意理解成后者。这样减轻了痛感,权当这些苦难是虚构嫁接到那些人物身上的。

他的语言朴素清新,像泉水跌宕山间、清风吹过树林的声音,颇具意象之美。比如"……日子的足,长在蚂蚁身上,探出来就在泥地上,密密麻麻,把阳光抓得痒痒,痒了就在那舒服着。""(父亲)沉默着,任凭我怎么央求,好似溪岸的岩石,波打浪拍丝毫不起作用。""母亲不以为然,照样赶着马奔忙,赶着一群群日子围绕着我穿行。""就这样,一个由年轻寡妇支撑的四口之家落在了光棍村,安在了风言风语里。""离开村子的时候,姐姐的两行眼泪就像我写来挂在门额上的那副对联,齐刷刷地垂下来,额上的皱纹横联一样醒目。""现实就是头上的天,谁能把天怎么样,能撕破还是能打碎?""母亲在十五岁的年龄里,看到那么多孩子整日围着她,连胸前的小兔子都异常活跃,想要跳到草地上来。""皇帝爱长子,百姓爱幺儿。""前些年,老丈人多少还有点积蓄,那是他每日像在针尖上削锈一样从工资中节约下来的。""穷不丢书,富不丢猪。"这些小说化、诗化、开放性的语言给文章增添了魅惑,给读者阅读增添了趣味和轻松。语言的特点在小说《猫妻狗崽》里更为突出。

与情节、技巧、语言相比,刘光富的作品在结构上稍显逊色。这与他一向信马由缰"写到哪里算哪里,像乞丐,沟头走沟头歇,路上死路边埋"的态度有关。有人说他是"用文字速写现实。"这虽游刃有余,但过于散漫,让故事和人物在他不紧不慢的口吻中,放下一堆,倒下一滩,缺少结构紧凑的立体效应。比方《姐姐,你是谁的新娘》中,从小与"我"一起割猪草的姐姐,被娃娃脸老师欺负、与暗恋的牛马哥不能走到一起,被迫嫁于外乡,后经历离婚、外出打工,结识卖白粉的混混,生活潦倒,沦为卖淫女后,一朝回到村庄买房置家,似乎回心转意、弃娟从良,让人看到一丝希望,突然接到姐姐要卖房的电话,且是"比母亲拿不出米来下锅的那种急切,带着求救的语气",原因是姐姐"几乎被天底下包括娃娃脸老师在内的所有男人都伤害过,病了,病得不轻急需医治。"行文至此,无论"姐姐"还是作者"我",都应是胸聚疾风骤雨、电闪雷鸣般的情绪,所有对命运的不公、对生活的胁迫、对人性的邪恶等控诉和发泄在此达到高潮。可是,作者仍然以一贯沉稳、平缓的语气,短短几十字结尾,削减了文章的内涵和厚重感。

不打紧,刘光富很年轻,写作是一辈子的活儿。他说了:"这一辈子,文字的根须恐怕只能扎在乌蒙山石漠化地区了,一辈子为村子的底色写作不也是一件幸福的事吗?"所以,他有的是时间与空间来调整和修缮。他说,他们家乡盛产橘子,秋天时漫山遍野,红彤彤黄灿灿的,牙齿一碰,果汁四溅,如吮琼浆,是乡村最为骄傲的特产。我觉得,刘光富的作品,何尝不是他故乡老村那根苦藤上结出的橘,或黄或红,诱人眼目,引人向往和长思。

(秦锦丽,笔名牧子,中国作家协会会员,中国散文学会会员,中国国土资源作家协会签约作家,鲁迅文学院第十四届高研班学员。先后在《散文》、《飞天》、《大地文学》、《语文导刊》、《中国国土资源报》等发表散文、报告文学200余万字。出版散文集《月亮没有爬上来》、《月满乡心》;著有报告文学《点燃梦想》、《黑土地的新传奇》、《命运之上,梦想开花》、《多彩土地的咏叹》等。获全国第六届冰心散文奖优秀作品奖,第四、第五届中华宝石文学奖,第三、第四届黄河文学奖等。)

创 作 谈

在石漠里刨底色

■刘光富

　　我出生并成长在云贵川三省交界的乌蒙山石漠化地区。石漠化有"地球癌症"之称，被著名作家欧阳黔森先生称为绝地。我家乡是一个非常偏僻的村落，算起来，才通达公路不多几年，电灯三年前才亮起，现状是"十年九旱年年旱，三年大旱无收成"。这还是一个满山石头的地方，满眼都是石头，有的人家连盖房子都用石块，是那种谁也记不住毫无特征的石头。

　　尽管生存环境相当恶劣，但是，许多人祖祖辈辈在这里终老一生，有的甚至到死没有走出过大山。守着这些石头过完一辈子，离开人世还要面对石头，却没人愿意背井离乡。就连我，哪怕二十年前就到县城居住了，可是，心一直留在那里，根须还在那里，一刻都没有离开过。"他乡山也绿，他乡水也清，那里有我无数的脚印，难忘我童年一呀寸心……"大约歌词正是这种心境的写照吧。

　　写作是我坚持了近三十年的事，除了上班就是写作，别的我啥都做不来。这些年，要说我没有想过或者说没有尝试过写写别的，比如现在居住的县城，绝对是开玩笑。身边的一个朋友是诗人，和我一样，一晃出来了几十年。我写完了一批又一批关于老家的文章，他不断提醒我，还是写点别的吧，怎么可以老是写村子那些事？回过头，他又冥思苦想写诗句，结果笔下还是沧桑的村子。村子停留在笔下，挥不掉抹不去，真拿自己没有办法。两个人商量歇歇笔，一晃过了几年，提起笔来，还是离不开村子。绕山绕水绕不过的村子，说到底，就是绕不开在石漠里刨，哪怕刨得一双手血肉模糊。这和一只青蛙有哪样区别？一辈子坐在井底，要努力跳出井口还真是个难题。倒不如继续往下刨。常听说，村里来的红层找水地质工程人员在石漠下 N 米处说不定就能钻出一眼清泉，我在这石漠中，竟然也能刨出张支书、二狗、石花，包括我的丈母娘、父亲他们。文字要有根。他们是我文字的根，深深地扎在石漠里，没有他们，就不会有我作品的枝繁叶茂。我胸中有关于他们写不完的故事。很多故事还没有动笔，眼泪就流得一塌糊涂。他们的生存现状、他们的悲惨命运，就像是有一根绳子捆着我，只有为他们写才可以松绑，直到一篇篇文字出来了，才会感觉一阵子轻松。

村子里人物众多，不可能面面俱到。摒弃传统的小说手法，抓住人物吸引眼球的某个点或是某段生活，以炒快餐的速写方式，在选择中把笔对准二狗、丈母娘这些特殊群体，把他们倾泻在笔下。村里人物是城市人眼中的弱者，而我笔下的这些人又是村人眼中的弱者，说他们是中国的底色也不为过。拿二狗来说吧，他是个隐忍的村里人物，是能在恶劣环境中不断寻求出路的人，他有理想，为理想奋斗过，但是命运一再捉弄他：打工断了腿，生存不下去了，到县城里讨饭，并把讨饭作为职业，像别人上班一样，保持着自己的尊严，在这样的生存状态下，还捡养流浪猫狗。猫为妻，狗为崽，自己是夫，一只馒头"一家三口"吃出了我们没有品尝过的味道，"让我突然感觉到丢掉了双腿的二狗，身子骨里释放出的温暖，抵得上一炉熊熊的炭火，足以暖和整个风雪的冬天。"

丈母娘是众多村里妇女的结合体。她是一轮太阳，一弯月亮，没有惊人的举动，有的是对身边人的关注，包括亲人和村里的孩子。她的处世哲学发出的光芒照耀着我们，她啥时卧下去，就是一座面临垮塌的拱桥。

天天在城市中穿行，和城市人打麻将喝酒泡茶，像城市人一样生活着，虽然身子没有离开他们，却没有深入他们，离他们很远，至少我现在的笔还不能达到他们，说不定这一辈子也无法达到。可是，我离开村子二十年了，却随时可以到达那一群人，包括走进他们内心；随时把笔拿出来，知道他们所思、所想，可以写出关于他们的文字。我用文字的花朵和他们一起歌，一起哭。这辈子，文字的根须恐怕只能扎在乌蒙山石漠化地区了。一辈子为村子的底色写作，不也是幸福的事吗？

继续写他们的文字。写作，是一个人带着村子这些人物行走。关上电脑，夜色已经很浓，远处就像一团墨。像往常一样出门走走。面对这个世界，还是没选择体育场，可能是下雨路滑和莫名的恐惧，习惯地走街面。昨天气温还是三十多摄氏度，今天突然下降了，感觉有点冷。重新下起了雨，紧走几步，想靠速度暖和一下身子，不料，在昏暗的灯光下，我又和二狗"一家"相遇了。停下来，仔细看，见他把"蜗居"加"代步车"停靠在屋檐下，猫、狗躲在没有雨的一边，劳累了一天的他在上面睡着了。为他欣慰，竟然睡得着。

我连忙用手机为他们"一家"拍了张全家福。因为是晚上，看起来也模糊，有点像我的文字。我不知道，愿意阅读我文字的读者会不会思考，但我相信，我的文字会带给读者很多思考。

青年疗养院

■曹 谦

一

很多年后,老六回到家乡,在书橱中偶然发现一本日记。它一张稿纸那么大,厚厚的米黄色,看上去酷似一个朴素的账簿。老六几乎忘了曾用过它,只是翻开时认得是自己的笔迹。很多年前她在扉页上遒劲有力地写道:献给未来。

短暂的惊讶后,老六拾起《献给未来》,仿佛回到了遥远的季节,听到树林里诱人的鸟鸣和琴音。

多年背井离乡过着边缘人的日子,在漂泊的岁月里,老六耗尽了记忆中最柔软的东西。她眼前掠过"她的大学",在面壁独坐的深夜,想起远去的年华和逝去的人。

二

小时候,唯一的信念就是上大学。至于为什么上,上了大学以后还做些什么,老六再也没想过。

老六是费尽周折才走进中土大学的。在那以前,从小学到高中毕业,老六转过 10 次学。每到一校用不了多久就跟几个"差生"结为知己至交,看起来不能在那所学校继续上了,父母就给老六转学了。

老六最后转入的那所三流高中,每年只有 5 名学生能够升入大学。老六不在前 5 名之列。在高考前的那段时间,老师为了保证其他同学专心复习,把老六"劝"回家了。老六总是想说就说想笑就笑,不管上课还是上自习。

就要考大学了。一天夜里,老六看了一本武侠小说,被

曹 谦 女,中国国土资源作家协会会员,签约作家。曾在《当代》、《中国作家》、《十月》、《新生界》发表作品。主要作品有小说《闯特区的女人》、《四轮车》、《生活目的》、《藕荷空间》。2014 年出版长篇小说《生活的土地》。

其中一个在高山之巅修炼成"天下第一剑"的大侠迷住了。第二天早晨,她去了市郊一个叫狮虎山的旅游区自习。高考在即,老六要冲刺了。

狮虎山有几百米高,老六坐缆车到达山顶。在一个凉亭里,她把课本拿出来摊在石台上,东张西望了好一会儿,才把一本书举起来。这时,山路上走来一个大男孩,穿着浅绿色运动服,留着长发,步履轻快,在清新的阳光里,他的神采和活力令老六突生羡慕。当他经过凉亭时,老六吹了一声口哨。

那是一种缘分,注定老六要和他相识。老六在高中时不停地吹口哨,从未吹响过,可那天口哨响了,响得令老六吃惊。大男孩转过身来望着老六,笑了,很亲切含蓄的那种,向老六挥挥手便走远了。

以后,老六每天早晨五点便骑着自行车前往狮虎山,常在山顶遇见那个大男孩。他很英俊,五官端正得就像大理石雕刻出来的,举手投足间透着一股庄重,与当代人比,更像秦王朝时代的公民。

"你是学习尖子吧?"一天早晨,"秦朝人"走过来笑着对老六说。

"那就看正着数还是倒着数了。"老六笑道。

"秦朝人"笑了两声说:"你怎么不在家看书?"

"这儿多凉快,一览众山小。"老六说。

"秦朝人"在老六身边坐下,顺手翻了翻老六那些书,良久,叹息一声,"虎头倒是满大的,蛇尾……你看书不能只看第一章。"

那是老六和"秦朝人"第一次交谈,虽然彼此没问过对方的姓名,从此却认识了。从《献给未来》记载的细节看,老六与他隐隐约约有过一些好感。在那本日记里,老六这样写道:

6月23日

狮虎山上的那个秦朝人好为人师。他今天又来教育我,告诉我怎么复习。我不听怕伤害了他。可若听了,谁知他说得对不对呢。

6月27日

在爱的长河里,青年人为爱付出的心理消费太多了。山风阵阵,吾心凄凄。我们在山顶上喝酒,一瓶白兰地我就晕了,若是在秦朝人面前胡说,丢人啊!

简直不可思议,有生以来第一次为了一个男孩。唉,真是笑话。

7月4日

这是一个美丽的黄昏。

我和秦朝人伫立山顶,望着山下的河水。河在蠕动,水波是那样缥缈,远处的夕阳留下几道玫瑰色的灵光。两岸是城市错落有序的楼房,我感到河水上方漫起一层淡灰色的薄雾。

我说:"世上最美的颜色是灰色。"

秦朝人说:"凡是纯净的颜色都是美的,比如纯色的红、绿、黑、蓝。"

我说:"我最喜欢黄昏。"

秦朝人说:"我更喜欢早晨,不过现在我喜欢黄昏,因为现在有你。"

老六和"秦朝人"的交往在高考结束后就结束了。最后一次在狮虎山相遇,他曾问老六以后是否可以见面,老六说:"当然可以。"

"什么时间?"

"巴黎的夜晚。"老六嬉笑着说。

"什么地点？"

"夜晚的巴黎。"老六说。

老六再也没有去狮虎山。高考发榜时，老六意外地金榜题名，"秦朝人"在临考前让老六记的那些东西都用上了。老六被录取到中土大学，学习一门对老六来说特别深奥的理论——哲学。

三

那时候，中土大学在老六眼里是一座青年疗养院，老六贪婪地享受着它的舒缓和从容。特别是哲学系，数十年来没培养出一位顶尖学者，老六怀疑学兄学姐中能否出现几个对社会有用的人。

老六对哲学从来没有过真正的兴趣，但热爱中土大学的课余生活。操场很大，每到黄昏总有三三两两散步的学生，女孩步态优雅地走着，男生深沉庄重地遛着，腋下通常夹着书……那游行似的散步队伍迷住了老六，老六将"秦朝人"忘了，融入了新的生活。除了散步，老六感兴趣的还有打牌、跳舞、喝酒和聊天，聊辅导员聊教授，聊全校男生。

老六对中土大学男孩的关注开始于寝室的传说。冯大欣和柳妙云每天晚上洗脚的时候，总是谈论同一个男生。她俩是老六的朋友，而且是在有老六的时候才能做朋友的，平时两人很少说话，有些互不服气。可大二那年秋天，冯大欣和柳妙云围绕一个叫林枫的男孩找到了共同话题，两人说起来都很兴奋。

"林枫是我们大学第一美男子。"冯大欣总是重复这句话。

"他是我一生中见过的最漂亮男孩。"柳妙云仰慕地随声附和。

"我今天在开水房遇见他了。"冯大欣说。

"我在食堂见到他了。"柳妙云说。

"我在图书馆看见他走进来……"

"我在操场上看见他和李悦在一起……"

冯大欣和柳妙云的交流只在她们两人间进行。但老六在一旁听得久了，不免生出几分向往，也想在开水房、食堂或其他什么鬼地方遇见"第一美男"，这样，洗脚的时候也能搭讪几句。

为了这个，老六经常坐在宿舍楼门口观察过往的男孩，想认出她们常说的那个人。但老六天生缺少对男孩的审美能力，面对出入的男生，始终判断不出谁是"第一美男"。

四

要考试了。每到期末复习阶段，寝室里的同学就在奖学金的激发下干劲冲天，看上去挺可怕的。她们不仅能对孔子老子孟子墨子荀子的生平及著作如数家珍，还熟知诸如巴门尼德、阿那克萨戈拉、霍布斯、莱布尼茨这些一听名字就让老六胆寒的哲学家。每每考试，老六寝室总有几个人在哲学系跻身优异者行列，老六的分数则一直在倒数第一第二间徘徊。

越要考试老六越孤独，整日孤魂野鬼般在校园中游荡。那时候，阅览室和图书馆挤满了人，冯大欣和柳妙云常因为开夜车不能起早，占不到座位。老六动了脑筋，每天五点半起床去阅览室占座，提供给大欣、妙云和班里其他渴望学习的人，只为考场上她们"拉姐妹一把"。

那天早晨老六去阅览室，途经一片树林，拐弯的时候迎面走来一个大男孩。他穿着浅绿色运动服，走路的样子十分眼熟。老六躲到一棵树后，看着他从身边走过。啊，是在狮虎山遇过的"秦朝人"。

"秦朝人"为何出现在中土大学校园？是本校学生？烧锅炉的？还是找老六来了……

那次考试，在大欣和妙云的"纸条"帮助下，老六两门专业课顺利过关。"西方哲学"专业课考试，老六她们与哲学系大三学生在一个考场。在回答"费尔巴哈主要的哲学观点"时，左侧的大欣递给老六一张字条，右边的妙云传过来她的卷子。老六正准备速战速决，大三女生李悦在身后站了起来，高声对监考老师说："有人打小抄，请您维护考场纪律。"老六怔住了，回头看李悦——她的手正指着老六……

考试结束，老六的成绩不理想，在哲学系公布的补考名单中名列榜首。老六还和大欣、妙云受到通报批评。

五

"费尔巴哈——费劲巴拉。"

老六把一个酒瓶重重地放在桌上，冲对面的冯大欣叹道："系里那几个鸟教授出的什么破题！"

"老六！"冯大欣打断老六的话，喊着老六的小名。老六年龄在寝室八姐妹中排第六，中土大学几乎所有认识老六的人都喊她"老六"。

"老六，考试题不难，课堂上都讲过。"冯大欣说。

"讲过？我怎么没听见？所有的课我都听了。"

大欣沉默片刻。她和柳妙云考试分数虽然优秀，可受到批评，失去了奖学金，一连几天嘀嘀咕咕发牢骚。

"李悦做得不对。我们帮助老六，她站起来检举，莫名其妙。"妙云忿忿地说。

"哪天在食堂遇见她，往她身上泼水。"老六说。

"不能那么做，那不是明摆着报复人家么。"老八劝道。

"李悦是第一美男的女朋友。"大欣说。

"我们给她找些麻烦吧。"妙云说着暧昧地笑了笑。

"找什么麻烦？怎么才能麻烦她？"老六问。

"在我们眼皮底下，还能让他们成一对？"妙云说。

"林枫和李悦，我们拆不散人家。"大欣说。

"我们八个人跟她一起'中原逐鹿'，鹿死谁手就不一定了。"妙云笑道。

"嗯，有八个女孩追林枫，林枫多么自豪！他一自豪，说不定就把李悦甩了。"大欣说着也笑了。

"谁是林枫？我怎么不认识？"老六说。

"他参加体操队集训了。你不是也去么？"冯大欣语重心长地说，"先跟他混个脸熟。"

寝室里响起一片笑声，八个人都"同意"参加这次"集体行动"。

六

老六是在体操队认识"第一美男"的。体操队第一次集训时，来了一群身材挺拔面容白皙的男生。队长点名时高喊"林枫"，老六身边的男生喊"到"。老六侧过脸看，她们寝室八个人要追的那只鹿近在眼前。他浓眉凤目，眼睛有些凹陷，大约是因老六愣愣地盯着他有些得意，嘴角向上翘了翘，骄傲地冲老六一笑。

"你好。"林枫说。

"幸会。"老六说。

那是一次为非体育专业的大学生举行的体操表演赛，老六她们参加团体体操表演，一共30个学生舍弃一个假期接受体操训练。

训练的场地设在中土大学第一食堂。

原定的训练时间已过了一个小时，教练还没来。

"赫老师一定把今天训练的事忘了，老六，你去找一趟。"由校团委干事兼任的队长说。

"我到哪儿找去？"老六说。

"他住在二号楼二一五寝室。"队长说。

二号楼是教师宿舍楼。二一五寝室的房门虚掩，老六敲敲门，无人应声，推开门，房间里两张单人床，两个男人正面冲墙酣睡。地中央一张桌上摆着吃剩的花生米、咸菜、啃得残缺不全的猪蹄，还有空荡荡的酒瓶；床与桌子之间胡乱地堆着至少50双气味难闻的各式球鞋。

"赫老师！"

老六轻声喊道。两个男人睡得很沉，老六不知哪位是赫老师，她向其中肩较宽的一位走去。赫老师既然业余时间给大家教体操，上肢想必相当发达。老六拍拍那人的肩膀。

"赫老师"。

那人岿然不动。老六边推边喊："赫老师，训练了，该训练了。"

那人终于睁开眼睛，猛地冲老六嚎叫一声："我不是赫老师！"

老六向身后那张床望去，一个留长发睡眼惺忪的男人正往头上套运动衣。他把两只脚伸进运动鞋，脚跟并了并站起身来，打了一个哈欠，脸蓦地变得很宽。

"走吧。"他说。

他就是在狮虎山给老六讲过课的"秦朝人"。

七

在《献给未来》的日记里，老六记下了和"秦朝人"的再度相遇：

2月3日

那个"秦朝人"竟是哲学系的老师。我一直没注意哲学系有这么一个人。他长得太年轻了。他叫赫韬。今天我去他宿舍找他,他为体操队作教练。听说他读书时获得过这方面的奖。从他宿舍到第一食堂路上,我们走了十几分钟,他没跟我说话,似乎已经不记得我了。但愿他是真不记得我了。

十九岁那年,老六无论对学业对感情都浑浑噩噩。不管和朋友做了什么,老六都觉得理所当然。

老六对林枫采取行动是在三月。练了一个冬天的体操,与他混熟了,学校就开学了。

新学期开始的第三天晚上,寝室的八个姐妹又讨论起林枫。

"今天在操场上又看见林枫和李悦散步了。"大欣说。

"不能纸上谈兵,我们要参与!"老八说。

"你们谁先参与,我给你们介绍。"老六说。

"你怎么不抓紧时间?"妙云责备老六。

"先埋伏起来,我跑最后一棒。"老六说。

大欣她们都不言语了。

"首先谁冲?"老六问。

"就按年龄顺序吧,老大先冲。"老八说。

"同意——"

八

一轮明月挂在天空,老六坐在石椅上,周遭是丛丛浅色夜来香,远处树林里传来阵阵蛙鸣和溪水流动的声音。

林枫出现在老六视野内,他脚步轻巧,有些神秘。老六刚刚还见他在十几米外矫健地走着,蓦地已站在面前,深沉地歪着脑袋打量她。

"来了?"

"嗯,来了。"

"你很准时呢。"老六说。

"姑娘找我,我不能让人家久等。"林枫说。

"我本来是想等一夜的。"老六说。

"你们哲学系没什么事吧?"林枫说。

"没什么事,书都丢了。你们忙么?"老六说。

"忙。我们系上晚自习的人最多。"林枫说罢沉吟了几秒问:"你找我有事?"

"一个女同学特喜欢你,想和你交个特殊的朋友。"老六说。

"谁这么器重我?"林枫问。

"冯大欣,品学兼优的好姑娘。"老六说。

"你真能管闲事。"林枫叹道,"听说你们女人一生只喜欢两件事,恋爱和保媒。当媒婆你太费心了。"

"我是受朋友之托,好朋友同生共死,两肋插刀。保媒算什么?"老六说。

"行。冯大欣没白交你这个朋友,一开口就跟桃园三结义里的张翼德似的。如今是什么世道,男同志的豪言壮语让女同志说尽了。佩服,佩服。"

林枫笑了,牙齿晶莹洁白,眼睛弯弯的有一种挑衅。不知是闪光的牙齿还是穿的白色衣衫,月光下,他身上有一抹银子般的色彩令老六感动。

"冯大欣很幸运,她爱上了你。"老六说。

"我对她没感觉。"林枫说。

"你就跟冯大欣吧,她是真心待你的。她一生一世都不变心。"

"我有女朋友。"林枫说。

"像你这样的人,多处几个吧。"老六劝道。

"就是多处几个也不能跟冯大欣,我和她处不下去。"林枫说。

"我给你换个性格随和的。柳妙云容易相处……行吗?"老六追问。

"不行!"林枫说。

"那……你看我……怎么样?"

老六笑嘻嘻地说出这句话。老六觉得在这样的夜晚和林枫说说笑笑很有意思,她不愿意就回寝室搓麻或者唱歌。

"你说什么?我没听清楚。"林枫的脸怪怪的,似笑非笑。

"你若真不想和冯大欣,也暂不考虑柳妙云,就跟我吧。咱俩好!"老六一字一顿。

林枫望了老六很久,像在深思。"你要我呢!"

"我是个正经人,认识这么久了,你听说我要过谁?"

"我认识你没多久,不了解你。"林枫说。

"你可以到哲学系去打听,系主任是谁他们可能不知道,但都能说出几件我的事情。"

"你在你们系是名人?"林枫问。

"彼此彼此吧,你也是名人。"

"你怎么知道我是名人?"林枫开心地笑了。

"第一美男啊!我入校第一天就见过你。若不是为了你,我早就转学了。"

"你是什么名人?"林枫问。

"我……"

老六想告诉他是哲学系第一酒鬼、第一赌徒外加第一舞棍,可话到嘴边,突然变了:"我、我、我、我是第一个研究《女儿经》和《烈女传》的。我上知天文下知地理,学富五车,给全系师生树立了榜……样……"

九

老六怀念自己的独立不羁。

从前,没有一个老六感兴趣的人对她表示过兴趣,她也不深究。快考试时,她在校园里东奔西突占座位；距考试还远的月份，白天打球、游泳，天冷的日子滑冰，晚上则谈天说地，弹弹吉他唱唱歌，人手够时，打打扑克，玩玩麻将。记得一次和同学搓麻赌饭票三天两夜，到新的黎明来临时，另外三个倒下了，老六扶着墙还能站起来。迎着朝霞走在操场上，她感觉幸福至极。

这种幸福感，到林枫那里就结束了。在他毫不犹豫地拒绝之后，老六的自尊心颇受打击。她不能接受情场上的败绩，列了一个详细的"逐鹿"计划，打算用一年的时间征服林枫。老六觉得，既然追了，就不能半途而废，何况一个被冯大欣和柳妙云共同推崇的人。老六为面对"第一美男"只能兴叹而懊丧，想到他将落入李悦或其他女人之手，就越发自责。

老六决定给林枫写封信，就带了几本书去教室。那是晚上，灯火通明的教室里，十几个同学抬起头来望着老六发愣——老六很少晚上到教室来。她在座位上坐了二十分钟，周围的寂静使她感到些许尴尬。

老六本想引经据典写一封长信，带到教室准备研读的参考书有《马克思致燕妮》、《鲁迅致许广平》、三毛的《荷西，我爱你》、琼瑶的《聚散两依依》。由于想在信里好好谈谈自己，诸如性格、为人、理想、追求什么的，还带了一本尼采自传《瞧！这个人》。但是，周围的目光干扰了老六，使她不能像尼采那样勇往直前地吹嘘自己。那个大哲学家在自传中咄咄逼人地向世界发问："为什么我比别人知道得多？换句话说，为什么我是这样的聪明？"老六也尝试着写了几页酷似自传的情信，便心灰意懒地放弃了……

这个小小的挫折，泯灭了老六自吹自擂的热情，老六冷静多了，想起"处世戒多言，言多必失"的《朱子家训》，开始写诗。

写诗顺利多了，一小时竟写了一百多行。再三精选，终于在零点时分定稿。

在《献给未来》中，记载着这样一首诗：

4月20日

相思的痛楚 / 有谁能领会 / 流下多少悲戚的泪 / 不愿倾诉 / 无法表白 / 只有默默锁在心扉 / 你美丽的笑影 / 真令我陶醉 / 心田上盛开 / 一朵白色的玫瑰 / 无限的依恋 / 无限的深情 / 又不得不把玫瑰揉碎

十

第二天下午，老六把诗递给林枫。当时体操队在训练，林枫把诗揣进衣袋。老六不时瞟林枫，观察他的反应。他很平静，倒是教练赫老师看出老六有些反常，一连两次将老六从队伍中喊出去，提醒老六注意力集中。

休息时，林枫走出第一食堂，回来时表情愈发严肃了。老六很想知道他看了那首诗是否有些感动，就凑到他身边问："看了？"

"看了。"

林枫和老六都沉默了，双双垂下眼帘。当老六再次抬起头来看他时，那张往日还算亲切的脸上写满了蔑视。

"我明白，但我什么也不能说。"林枫道。

"那……是我错了？"老六问。

"我原谅你。"林枫说。

"能不能解释一下。"老六不甘心地说。

"可以。等我有时间吧。"林枫答道。

在《献给未来》的日记中,老六记下了林枫给她的"解释":

4月21日

今天我很不开心,懊悔昨晚翻了不少书,兴高采烈地干了一件蠢事。晚上我喝了一点酒,由于无处可去就到教室去了,我伏在书桌上睡着了。

有人将我从梦中惊醒,是个陌生男孩。男孩将一页折叠的薄纸交给我便走了。他说:"林枫给你的。"我将薄纸展开,见上面龙飞凤舞地题着一首打油诗。

春来匆匆春去忙 / 春风吹开百花香 / 风流春风戏有时 / 落英纷纷尽忧伤 / 落花虽然有真情 / 流水淡淡更无意 / 劝君莫要太轻浮 / 须知春风弃如常。

十一

老六病了,病得有些蹊跷。老六做了一个梦,梦见和林枫吵架。他卑鄙无耻,老六跳起来,冲他飞起一脚,但听"咔"的一声踢到墙上。老六醒了,右脚当时就肿了起来。

老六两天没去听课,也没参加体操队训练,一直躺在床上。第三天下午,秦朝人赫韬和林枫到寝室来看她。老六把脚藏在被子里,皱着眉头呈痛苦状。

"赫老师一定让我陪他来看看你。"林枫说。

"你没去训练,听说病了。好些了么?"秦朝人问。

"好多了,谢谢你。"老六说。

"我看你满面红光、抵抗力很强的样子,怎么突然就病了呢?"秦朝人说。

"心情忧郁。"老六看一眼林枫,"不瞒赫老师您说,我这两天受了打击。"

"恋爱了?"秦朝人问。

"没有,正追着呢,腿都追瘸了,脚也追肿了,仍追不上,人家瞧不起咱。"

秦朝人笑了,林枫却一脸平静。秦朝人掏出两支烟,递给林枫一支,点上,笑眯眯地吐着烟圈。

"南方有个地方,家家都有橄榄,可是不见贵重的客人,橄榄是不轻易拿出来的。"秦朝人说,"实在不行,那种感情就自生自灭吧。"

十二

秦朝人为人和气,体操队有些男生背地里不称他"老师",直呼他名字"赫韬"。老六有时喜欢他,有时怕他。由于老六在狮虎山顶上几乎和他谈恋爱,他从不提起,老六在他面前总是别扭。

秦朝人站在排成一行的体操队面前不怒自威。老六喜欢看他示范，尤其喜欢看他那双腿，当他起跳落地的一瞬，双腿绷紧的弹性让老六赞叹不已。秦朝人读大学时是体操运动员，据说留下了伤病。他带体操队参加比赛那年，只有 24 岁。

老六想让林枫吃醋。体操队里不乏对老六献殷勤的男孩，老六以空前绝后的温柔对待他们。休息的时候，有男孩围着老六，有人提议跳一会儿舞。

"跳舞行么，赫老师？"一个男孩征求秦朝人意见。

"跳吧，放音乐。"秦朝人说。

音乐响起，没想到，第一个邀请老六的会是秦朝人。

"老六，你会跳探戈么？"

"尽量跳吧。"老六说。

秦朝人做了个手势，老六站在他面前，间距只有一拳。他穿着运动背心，老六不敢用掌心踏踏实实地接触他裸露的肩膀，可怕他看出来自己的窘困，只好将左手弯成爪状，以中指搭在他肩部。

秦朝人的探戈在体操队堪称一绝。老六非常紧张，越是想舞得和谐优美，越是绊他的腿，踩他的脚，踢他的膝关节，头还总朝与他相反的方向甩。

不知怎么的，从秦朝人握住老六的手那一刻，老六就激动起来。老六偷看他的肩膀他的胸他的嘴唇。在他两臂之间是个安全的港湾。老六不时想着这句俗话，老六想歇息要酣眠了。

在中土大学若说跳探戈，学生中没有人比老六更好的了。可是那天，老六栽了，那不是跳舞，而是与秦朝人扭在一起。老六不知怎样改变相持不下的僵局。

"放松，老六，别这么紧张。"秦朝人忽然用一种轻佻的口吻说。

老六愣了一下，又踢了他一次。当时，他们已跳到卖饭的窗口附近。

"向右甩头！"秦朝人说。

老六看见，一个卖粥的师傅站在卖饭的窗口里望着她。老六笑了，身体松弛下来，疲惫的左手不客气地落在秦朝人肩上。老六像摸绸子看质地一般，用两根手指揪起他的皮肉搓了一下。那是在《卡门》舞曲中产生的冲动，就想感受一下健美的秦朝人皮肤弹性。老六以为专注跳舞的他，对她的小动作没有感觉，以为那只臂膀与头没有联系。老六搓罢，那个头有趣地摇动了几下，老六听见秦朝人叹了一口气。

老六警觉地观察他，秦朝人笑道："老六，我可是你的老师啊！"

十三

"你说什么？"

在上逻辑学的合堂教室里，秦朝人一声吆喝将老六惊醒。老六正做着一个愉快的梦。老六怔怔地望着秦朝人。

"凡以种子繁殖的植物都是高等植物，裸子植物是以种子繁殖的植物，所以裸子植物是高等植物。这就是一个前进的复合三段论。冯大欣，按照这个三段论构成，举一个前进的复合三段论例子。"秦朝人举着他那本被学生们称作"陈年流水簿子"的逻辑学讲义，直视坐在墙角的冯大欣。

冯大欣从座位上站起来，望着刚上任给她们讲授逻辑学的秦朝人。

"没想好，请坐。"秦朝人说。

"柳妙云！"秦朝人唤道。

"凡是为革命事业牺牲的都是烈士，王成是为革命事业牺牲的，所以王成是烈士。"柳妙云抑扬顿挫地说。

老六站起身，双手捂着胃龇牙咧嘴向外走，秦朝人面无表情将老六送到教室门口。

"你不要紧吧？"他问。

"我去医院。"老六说。

十四

老六在校园里闲逛，一路谴责着自己：怎么又溜出来了？多少次了，她考虑过要努力，学好……老六走至教学楼后面的一个石台上。在楼房的阴影中，石台温润凉爽，下午的云在碧蓝的天空时卷时舒。老六望了一会儿就躺下了，啊，教室里安装的若是躺椅该多好啊，想听课的就坐着，不想听的就躺着……这样想着，就睡过去了。

醒时已夕阳西下。老六听到不远处"叭"地一声，是暖水瓶爆炸的声音，有女生尖叫着跑开了。老六不知出了什么事，便翻了个身。这时，有人气喘吁吁地跑来，远远地大叫："老六，老六！"

老六睁开眼睛，秦朝人已跑到她身边，他身边还站着一个惶恐的姑娘，五米外有一堆暖水瓶碎片、一滩水、一本书。

"食堂开饭了么？"老六问。

"开饭时间过去了，八点多了。"秦朝人说。

"我以为你病了，躺在这儿，穿着一身黑衣裳。"那个女孩苦笑着说。

"食堂晚饭都卖什么了？"老六问。

"我请你吃饭吧。"秦朝人说。

老六和秦朝人去了一家他熟悉的餐馆，餐馆很幽静，放着吉他曲《爱的罗曼司》。

"这是我最喜欢的吉他曲，在乐器中我最喜欢吉他。你呢，你喜欢哪种音乐？"秦朝人问。

"我经常弹吉他。我们寝室有七把吉他和一把单弦，大家都弹，乱哄哄的，听着特闹心。我不清楚喜欢哪种音乐，真不好意思。"老六说。

"这没什么不好意思的，你别弄不清楚喜欢哪种类型的男人就行了。"秦朝人说。

"你真了解我，学过心理学吧？我真不清楚喜欢什么样的男人，这是个问题。"老六说。

"嘿。"秦朝人笑了，"我知道你痛苦，所以才请你出来散心。看见你一个人躺在石台上，我什么都明白了。我母亲去世的时候，我在那儿躺了三个月。我那时每天都去一趟狮虎山。"

"嗯……"老六笑了笑，不知怎么和他谈狮虎山的事，老六转了话题，"春困秋乏。"

"你有些忧郁。"

"嗯。"

"能跟我说说么？也许我能帮你。"

"我特别不愿意听课，懒得看书。别人一跟我谈逻辑学，我就沉默得跟牛似的，大脑一片空白。"

"这……是我的责任。"秦朝人无奈地望着老六。他俩都笑了。

"那会儿在石台上你跑来喊我时，是不是以为我死了？"

"没有，别胡说。"

"肯定是以为我死了，现在我坐在你对面，活生生的还有饥饿感，你有什么想法？"

"就请您吃点东西吧。"秦朝人说。

十五

告别秦朝人回寝室的晚上，中土大学停电了。当时，老六走在宿舍楼前面那条石板路上，听见一个男生鬼哭狼嚎般喊了一句，"林枫，我爱你！"随后，有一个不明飞行物打在老六脖子上，有五分钟老六呼吸困难。

老六趁着月色在石板路上摸索一番，以为击中她的是从天而降的陨石，有科研价值。老六蹲在地上摸到一只鞋，散发着汗脚的余热，恶臭恶臭的。

寝室里那晚的气氛也不同于往日，没有人说话，几双眼睛在烛光中审视着老六。若是平日，老六会问问原因，但那晚老六心绪恶劣，倒在床上想心事，想那句"林枫我爱你"和那只鞋的关系。

"老六，回来就睡，你都快睡傻了。知道外面怎么说你么？"柳妙云假惺惺地说。

冯大欣佯装无事，轻轻袅袅地走过来，站在老六床头照镜子。老六的寝室是一个镜子王国，八个人有八面镜子，只有老六床头那一面裂成三块儿，能照出三个鼻子和一只三瓣嘴。

"有人说你癞蛤蟆吃着了天鹅肉，把林枫拿下了。"柳妙云又说。

"谁说的？"老六问。

"外系的男孩都这么说。"冯大欣在一旁斩钉截铁地说。

老六被大欣和妙云的态度惹火了，说好了八个人一起追求林枫的，可她们听说老六"拿下"后，说话的口气就变了，像是林枫的妻子，而老六是第三者插足似的。

"哎，本来大家就是中原逐鹿，鹿死谁手还没看出来，你们训我干什么？"老六说。

"老六，你打着我们的幌子达到了不可告人的目的，我们都被你骗了！"冯大欣恨恨地盯了老六一阵，转身走出寝室。

冯大欣凌晨才回来，她开门的声音惊醒了老六。黑暗中，老六觉得有必要为自己辩护。"大欣，我劝过林枫跟你。"

"哼，劝到你自己头上去了。"

"这事只能怪林枫，他的情网撒得太大了，足有两千多里。"

"可你不能和我争男朋友，我那么信任你。"冯大欣说。

"唉，我也没得到。柳妙云也追过他，不过也没得到。"老六披肝沥胆地说。

十六

六月底，老六跟着体操队去天津比赛，获得了优秀奖，虽说距一、二、三等奖差距甚远，却比一无所获强。包括赫韬在内，体操队的每个人都被其他院校表演水平之高超所震惊。与人家相比，中土大学体操队简直是一群乌合之众，获得优秀奖已是意外的惊喜。比赛结束后，体操队就宣告解散了。

大三的秋天，老六班里来了一名新生，她已取得大专文凭，是来进修本科的。这位新来的妇女三十八九岁，颇有风韵，是一所中专的老师，姓孟，老六她们尊称她"孟老师"。

孟老师爱说话。一则幽默上说，一个女人顶得上五百只鸭子，说的大约就是孟老师这种女人。她的到来，吵得整个哲学系不得安宁。只要有机会，不管什么场合，她都要说几句，说说她的人生经验生活心得她的时装皮鞋手提包……形容起自己绝不吝啬。

有一次，老六听见孟老师这样夸自己，"我这人特别好静，仿佛一片深情的湖。"在场的女孩都笑了，这"仿佛"用在口语是那么不俗，私下里老六给孟老师起了个绰号——"仿佛"。

"仿佛"好跳舞，喜欢在各个寝室里窜。没过多久，她就成了老六寝室的常客，时常叮嘱老六有舞会别忘了叫她。也不知她对冯大欣和柳妙云说了些什么，有几个月，那两个人很崇拜她，说她比老六她们想象的要深刻。

"仿佛"和老六在一起时，不那么死乞白赖地表现自己，大概以为她的身世老六都听说了。她只告诉老六喜欢和老六玩，说老六和她有相同的个性。老六过生日时就和"仿佛"玩了一次。那次生日舞会，赫韬领着原来体操队的几个男生到老六班里来联欢。"仿佛"对赫韬一见钟情，始终坐在赫韬身旁，与赫韬交谈。舞会结束后，老六看见"仿佛"和赫韬并肩走到树林里去了。

赫韬那年秋天仍为哲学系的学生上逻辑学课。起初，老六班里同学没怎么注意他，他在课堂上不苟言笑，无人产生非分之想。后来"仿佛"情痴痴意绵绵，对班里女生讲她回到了初恋，从没像爱赫韬那样爱过任何人，还经常让女孩们替她传信，盛赞赫韬是体操王子。渐渐地，部分女孩的视线聚集到赫韬脸上。

那是一个秋雨绵绵的夜晚，雨淅淅沥沥已落了三日，老六寝室的女孩都待在寝室里，有人看书，有人织毛衣。冯大欣搓了近两个小时脚掌，柳妙云躺在床上哀声叹气："唉，生活，他妈的！"

"无聊啊！"上铺的老八喊了一声。

"我出去走走，再不走就闷死了。"冯大欣说。

"别去了，好不容易才把脚洗干净，出去一趟又得洗两小时。"

"我们几个就这么闲着？找点事干吧。"老大说。

"干什么？干什么才有意思？"柳妙云问。

"要不咱们写封信吧,写封信骂骂谁。"老八提议。

"嗯,就骂班长吧。上星期扫除,别的寝室都扫地,凭什么让咱们擦玻璃?"老大说。

"骂班长有什么意思? 那是个农民,我看不如骂辅导员。"柳妙云说。

"我最烦的是赫韬,你看上逻辑课他那张脸,吓唬谁? 好像咱们欠他钱似的。越是这种假正经的人,越是心怀鬼胎。"老五说。

"骂人不好吧? 让人知道咱们多没水准。"老六说,想替赫韬解围。

"嗯,骂是不好,也不起作用,我看赫老师不是个怕骂的人,说不定咱们还骂不过他呢。"老八说,"赫老师自尊心强,别伤害人家了。"

"那就讽刺他,给他写情书。'仿佛'不是经常写么? 你们看'仿佛'那股骚劲儿,恶心。赫韬也不是个好东西,年轻小伙和半老徐娘勾勾搭搭。"老大说。

"赫老师渴望爱情。"冯大欣慢声慢语地说。

事情就那么定了。八个人商量的结果是,每人想几句充满诱惑又让人特别不舒服的话,组成一封情信献给赫韬。冯大欣提供信纸,柳妙云执笔,这件事使沉闷的雨夜变得情趣盎然。

"最敬爱最崇拜的先生、绅士、阁下,最伟大的赫老师,这么开头行吗?"柳妙云询问大家。

"同意。"

"嗯,我是一个害羞的女生,有一件心事埋在心底很久了,每当我想起敬爱的老师您那慈祥的脸庞,我的心就像大海的波涛久久不能平静。"老大思索着说。

"多少次,高低杠上您身轻如猿上蹿下跳,足球场内您连滚带爬翻蹄亮掌……"老八站在寝室中间比比画画、阴阳怪气地说。

……

"明天晚上八点,我在狮虎山上等您,不见不散。"老六说。

那封信署名是"爱您的黄媪",中国古代纺织能手黄道婆的名字。

信当晚就被老大和冯大欣打着伞送到收发室去了。

十七

雨过天晴,老六寝室的八个女生表现出少有的团结,一起去上课,一起去食堂。晚上八点左右,她们坐在去狮虎山的必经之路旁,观察赫韬的动静。

赫韬没去。

"赫老师没收到咱们的信吧?"柳妙云担心地说。

"不会,我到收发室看过,那封信早让人取走了。"老大说。

"那家伙够狡猾的,不好斗。"老八说。

"明天上逻辑课大家小心点,别让赫韬看出来是咱们给他写的信。"冯大欣说,"赫韬知道是咱们八个人给他写一封情书,能恨死咱们。"

"谁若出卖集体,就把谁从寝室里开除。"柳妙云威胁道。

老六她们想得很好,每个人都以为自己能够守住秘密。但是第二天逻辑学课堂上,赫韬刚一站上讲台,老六就感到气氛与平日不同。偷眼看冯大欣,大欣尚板着面孔目不斜视,可老

八、老大和柳妙云都在座位上低头抿着嘴笑。

赫韬神情严肃,若无其事。下课时,赫韬走到老六面前。

"中午一点,我在树林里等你,我要问你些事情。"赫韬说。

那天中午,老六很不安,冯大欣她们也很惶恐。她们都担心事情败露了,吃过午饭就在寝室里商量对策。

"唉,他一定认为是我写的那封信。"老六说。

"不会,赫老师是看见老八她们笑。老八,你们笑什么?"冯大欣道。

"老六,你不能出卖我们。"老八忧心忡忡。

"赫老师会不会骂你?我们陪你去吧。"柳妙云说。

"你们陪我去,就等于承认那封信是我们八个写的,还是我自己去吧。"老六说。

一条溪水穿过树林,赫韬在溪水那端倚着一株柳树望着老六。他穿着一件亮蓝色的球衣,在中午的阳光里笑着,他的笑容使老六的忧虑烟消云散。

"要我帮你么?"老六过河时,赫韬问。

老六和赫韬沿着一条草径向西走,西边的树林愈发繁茂葱郁。走了好久,老六意识到她和赫韬一直没说话,而感觉像是已谈过很多,老六无端地融化在一片温馨中。

在一株树下,赫韬忽然拉住老六,老六迷惘地看了他几秒钟。

"那封信不是我写的。"老六说。

"我没问你信的事。"赫韬说。

"我必须告诉你,不是我写的。"老六说。

"嘿嘿,除了你,有谁会给我写信约我去狮虎山?我是你的老师,我就只会上蹿下跳,翻蹄亮掌吗?"赫韬笑道。

"你误会我了。"老六说。

"我没误会你,就是你写的。你跟我耍什么鬼花样?"赫韬说。

老六没解释清,只好遗憾地跟赫韬道别。老六向宿舍楼走出二十几米,赫韬在身后唤她。

"喂!"

老六回头望赫韬。

"若是我还想约你出来,行吗?"赫韬说。

老六想了一会儿,其实她什么也没想。"随你。"老六说。

十八

老六当然不能跟姐妹们说她和赫韬在树林里是怎么散步的,只告诉她们赫韬问老六信的事了,他认定是老六写的,老六不承认。姐妹们都松了一口气。

"这回赫老师该睡不着觉了,抓耳挠腮琢磨去吧。"老八说。

晚上,赫韬在老六窗前操场的石台上弹吉他,老大第一个发现了他。

"看,赫老师烦恼了!"

老大关上灯,老六她们站在窗口望赫韬。大家开心地笑着,像是打赢了一仗。冯大欣建议

大家唱一支歌,她们扯着嗓子唱起来了:

　　你侬我侬

　　特煞情多

　　情多处热如火

　　把一块泥捏一个你塑一个我

　　把咱两个

　　一起打破

　　用水调和

　　再捏一个你再塑一个我

　　你泥中有我

　　我泥中有你。

老六唱着歌笑望着赫韬,既有趣又为赫韬悲哀。赫韬从石台上站起身,向操场深处走去。

老六把林枫忘了,偶尔遇见心里也很淡漠。他给老六和冯大欣、柳妙云都带来了程度不同的挫折感,伤了老六她们的自尊心。

如果没有"仿佛",老六不会再走近林枫了。一天,"仿佛"请老六和妙云、大欣吃晚饭,谈了好久自己,后来也许是意识到了,将话题一转,谈起老六了。

"恋爱了吗？""仿佛"问。

"差一点儿。"老六说。

大欣和妙云心领神会地笑。

"差一点是什么意思？""仿佛"又问。

"问她俩吧。"老六说。

"别问我,我可没教你。"妙云说。

"我也没教你。"大欣说。

"那个人是谁？""仿佛"继续打听。

"林枫。"老六干巴巴地说。

有时候,老六不得不扮演一往情深的角色,那段情史众所周知。老六觉得让别人以为自己陷在追求者的沼泽中无可救药,比让人说自己逮谁追谁好得多。老六在那场饭局里没再笑,像是勾起了痛楚的心事。"仿佛"很感动,握住老六的手。

"我也是从你这个年龄过来的,我也爱上过一个人,可人家就是不理不睬不要。我理解你,我要帮助你。""仿佛"说。

"不必了,我自制力强,我能克制住自己。"老六说。

"别这样。只要还有一丝希望,你就不该放弃。我是没希望了。"大欣说。

"你追吧。林枫若能跟你,将来我可以到你家里去看他嘛。"妙云笑道。

"我哪能独占花魁呢,要追就一起追。"老六说。

"老六,我给你想办法。""仿佛"说。

几天后,"仿佛"兴冲冲地告诉老六,她替老六约了林枫。晚上又告诉老六,他来了,在"仿佛"寝室里。老六想推却,大欣和妙云连推带搡,将老六架进"仿佛"寝室,"仿佛"把门锁上了。

　　林枫坐在"仿佛"床上吸烟,老六背靠着门尽量伤感地站着。老六已经习惯了在林枫面前扮演追求者,那种诚惶诚恐自然而然地浮上老六的脸。

　　"对不起,又给你添麻烦了。"

　　"原来是你,我正纳闷谁找我呢?"林枫说。

　　"孟老师没跟你提我?"

　　"没有。神神鬼鬼的,我都不知道怎么回事。"林枫抱怨道。

　　"她们非让我来。"老六说。

　　"有话就说吧,门也锁上了,这回你称心了。"

　　老六推推门,想走。老六的确不想说什么,可门锁得很结实。

　　"这几个家伙,可把我害苦了。"老六说。

　　"哼,你不求她们,谁会管这个闲事。"林枫说。

　　老六低头不语。

　　"说话! 你不是找我吗?"林枫说。

　　老六猛地抬起头来。"能处处吗?"

　　"不能。我不爱你。"林枫说。

　　"可是我爱你。"老六笑了。

　　林枫沉默着,再开口时,他皱着眉眯着眼睛,表情愁苦不堪。

　　"我也想爱你,但我做不到。我对你没感觉,我爱不起来。你把我忘了吧,不要再爱我了。"林枫说。

　　"哪能忘得了!"天知道为什么,老六进入状态了,想起一段歌词,对林枫诉说道:"天天想你,天天问自己,到什么时候才能忘了你? 就是忘不了啊!"

　　"唉,我林枫有何德何能,蒙你这般厚爱呢?"林枫烦恼地问。

　　"说不清啊。"老六又想起了琼瑶小说中引用的古词,朗朗地念道,"问世间情为何物,直教人生死相许。"

　　"你就这么爱我?"林枫痛苦地问。

　　"就这么爱你。这一生,除了你,我不爱任何人。"老六说。

　　"你这是折磨我,我都不忍心再拒绝你了。"林枫道。

　　"你就别拒绝我了,我不敢说我是你认识的女人中最好的,但我是人世间对你最好的女人! "

　　有一瞬间,林枫动心了。他站起来,轻轻地抱住老六,眼睛温柔又苦涩。可老六不该直勾勾地盯着他,他触及老六的目光后,就把老六推开了。

　　"不行,你说的不是心里话。"林枫说。

　　"是心里话,世界上没有比我更爱你的人了。你别错过我。"

　　林枫情绪突变,他生气了。

　　"放心吧,就是世上人都死尽了,我也不跟你!"林枫说。

　　"仿佛"终于打开房门,林枫扬长而去。

　　老六回到寝室,大欣和妙云她们在寝室里等结果。

　　"以后我若再追他,我爬到狮虎山上去嘎巴一声摔死。"老六说。

　　"换作我是老六,早就在树上吊死了,还用上狮虎山么?"柳妙云说。

十九

老六以为从此可以从"中原逐鹿"中隐退了,时光会回到以前的乏味和宁静。秋末冬初,到处是落叶和萧瑟的风。但是毕竟不再追求了,她也不怀念什么。

老六常在中午站在寝室窗前,赫韬总在一个固定的时间从窗外的石板路上走过。他总是庄严地昂着头,戴着一副墨镜,两条修长的腿活泼地踏着石板路。

独处时,老六能感觉到赫韬的存在,赫韬似乎永远坐在老六对面注视着老六。老六有时很想和他交谈,告诉他自己的烦恼和生活中的精彩。可每当想走近他时,才发觉林枫在心中竟是个负担。不知从何时起,老六有一个观念,好女孩一生只追求一个人,始终不渝。

若是从来没有过林枫,只有赫韬该多好,老六经常这样想。在《献给未来》中记下这样一件事:

12月9日

中土大学为纪念"一·二九"运动举行万米越野赛,我和一个女生代表我们班参加了这次长跑。在比赛中,我被数学系的一个女生甩下一百多米,奋力在后面追赶她,但最终未追上,到达终点时,我竟累得晕倒了。

终点附近站着很多人,大欣和妙云在那儿等着我。在我打算回寝室时,抬头望见了林枫,他看我的眼光与往日不同。

"老六,林枫那样地看着你,很深情的。"回寝室后,柳妙云说。

"你再追求他一次吧,这次差不多了。"冯大欣说。

算了,我就别自讨没趣了。

二十

"仿佛"对赫韬抱着浓厚的兴趣,时时留意他的行踪。有一天,她低声对老六说:"每次赫老师晚上十点以前关灯,房间里必有一个女人。"

老六不信。"赫老师不是那种人。"

"你不懂,我比你了解男人。""仿佛"说。

"仿佛"的话使老六开始猜疑。赫韬曾和一个男教师同住一间宿舍,后来那个老师调走了,赫韬便一个人住。

"赫老师那么风流的人,怎么离得开女人呢?""仿佛"说。

老六心中多了几分忧郁,有意无意常到教工宿舍楼下望着赫韬房间的灯光。每当看见赫韬的灯夜里亮着,老六就很愉快。若是灯熄灭了,老六会无所适从,在他楼下转来转去。

一天晚上,"仿佛"拉着老六去校外吃一种难以下咽的馅饼,回来时,迎面遇见两个人。老六未介意,"仿佛"却提醒老六,"刚才那个人像是赫老师。"

老六回头望去,一件巨大的牛仔风衣裹着拥在一起的一对男女远去,老六看不清那个男人的背影。

"赫老师也有一件牛仔服。"仿佛说。

老六和"仿佛"回到宿舍,老六很惆怅。一团乌云般的牛仔服在老六眼前晃动着,老六来到赫韬楼下,他房间的灯熄灭了。

踯躅了约半小时,老六走进教工宿舍楼叩赫韬的房门。老六想他一定不在,老六用拳头气急败坏地敲那扇门。

"谁?"赫韬在房间里厉声喝问。

老六愣了,原来牛仔风衣包裹的不是赫韬,随即想到半夜砸老师的门似有不妥,便飞快地向楼梯走去。

走廊很长,刚走到一半,老六听见身后有扇门打开了,赫韬在身后唤老六。

"有事吗?"

老六不敢回答,担心把一幢楼的老师吵醒,低着头折回他面前。

"我……想借本书,你有逻辑学方面的参考书吗?"

"借书?这么晚了才想起借书?"赫韬吃惊地问。

"几点了?"老六问。

赫韬走进房间,看看表。"一点半。"赫韬说。

老六向他的床上望去,又向床下面望。

"你找什么呢?"赫韬问。

"就你一个人?"老六说。

"噢,你捉奸来了。"赫韬笑道。

"没有,我真是借书。"老六辩解。

"你非得今晚看吗?"赫韬问。

"那就不看了吧。晚安。"老六说。

第二天吃过晚饭,一个男生到寝室来找老六:"赫老师让你去取书。"

"取书?"老六几乎忘了借书的事。

"赫老师说他借到了你要的那本书。"男生说。

老六只好去取那本她不打算看的书。赫韬在房间里听音乐,见老六进门就把音量调小。

"书借到了?"老六兴冲冲地问。

"你想看?"赫韬问。

"想看,多学些知识,走上工作岗位以后……"老六说。

"别跟我打哑谜了,说说,昨晚到底干什么来了?"赫韬道。

"嘿,借书。"老六笑嘻嘻地说。

"你若不说实话,我以后不理你了。"赫韬也笑嘻嘻的,可老六觉得这话分量不轻。

"孟老师说你一闭灯房里准有人,我来看看谁在这儿。"老六略一迟疑,就把"仿佛"出卖了。

"孟老师今年三十九了,她总盯着我干什么?"赫韬不满地说。

"喜欢你,你是孟老师的王子。"

"不提这个了。"赫韬挥挥手道,"我教你跳舞吧。"

"我的舞还用学么?"老六自负地说。

"值得你学习的多了。"赫韬笑道。

老六和赫韬在他的宿舍里跳迪斯科,两人都很投入。半小时后,水泥地上落下缤纷的中土大学食堂菜票,分不清哪一张是赫韬的,哪一张是老六的。

二十一

告别赫韬,老六在校园中走,默默地想着赫韬。回到寝室,却见七个女孩坐在床上,表情很不寻常。

"开会呢?"关上房门,老六问。

没有人回答,老六看见老八的嘴一张一合,像在水中呼吸的鱼。

"怎么了?"老六问。

"林枫给你来信了,他跟李悦分手了!"老八激动地嚷道:"你快看看信吧!"

那封信就在老六床上扔着呢,信封被撕得破破烂烂的——老六她们寝室的人有互相拆信的习惯。

"我想了很久,你是我一生中最爱的女孩。认识到这一点是在我们上一次交谈以后,你对我说世界上除了我你不爱任何人。我这个人很自卑,家住乡下,祖孙三代都是贫农,你却是城里的干部子女……我跟以前的女友分手了,就像你说的那样,我们处处吧,看看彼此到底能不能相容,你愿意吗?"

林枫那封信老六看了数遍。那夜,老六似笑非笑地躺在床上,直到凌晨。

二十二

《献给未来》中,老六记下了与林枫的第一次约会。

12 月 30 日

如果说我还有缺憾的话,那就是心疼赫韬。我对自己倒不怎么在乎。我和另外几个女孩一起"逐鹿",我得到了,或多或少有一种猎人的沾沾自喜,一份曲曲折折的满足。可是想到赫韬,想到那个"秦朝人",想到我将失去与他共处的默契和欢娱,就恼恨自己的无聊。

君子一言,驷马难追。我对林枫说过多少甜言蜜语,多少时过境迁悔恨难当的海誓山盟!

我不再到校园里散步了,每天做贼心虚地躲避着林枫,盼望时光飞逝,他能改变对我的心意,盼望有鲜亮夺目勇冠三军的少女突然驾临,横刀夺爱。

但没有意外,没有我盼望的奇迹出现,倒是林枫变得无畏和坦率。今天,他到我的寝室来敲门,见到我便责备道:"你为什么躲着我,我又不害你。"

我支支吾吾说不出话来。

"我们去看电影吧。"林枫说。

"不去了吧。"我说。

"怎么不去？去吧，你还害羞？"冯大欣伸出一只手，把我从寝室里推出去了。

我跟着林枫去看电影，途中被他勾着肩膀，他又热情又主动，一副踌躇满志的神情。在街头的一个十字路口，我们遇见了赫韬。

"赫老师！"林枫搭着我的肩膀向赫韬致意。

赫韬怔住了，我没再看他，低着头从他面前走开了。

那场电影，我没有留下任何印象。黑暗中我想着赫韬，想他从十字路口走过之后的心情，我想吸烟。

"你的手为什么这样凉？"林枫问。

"我是冷血动物。"我说。

"我会温暖你的，我不会离开你。"林枫说。

从电影院回到学校，与林枫道别。我走进宿舍楼的门厅，见到赫韬和几个男生在那里弹吉他。我匆匆地从赫韬身边走过，奔上楼梯。

"巴黎的夜晚啊，夜晚的巴黎！"秦朝人在我身后喊道。

二十三

大三的寒假，老六忙得焦头烂额。先是背着大包小裹远征南方乡下，在林枫家住了一个星期，每天吃八个菜喝两顿酒。然后，带着林枫的父母双亲回到老六家，在老六家大宴一个星期，累得老六父母都憔悴了。老六则闹牙，注射青霉素吃止痛药均无效。医生说老六火大，肝火心火肺火西药扑不灭，只好求治于中医。中医问老六有什么痛苦，受什么磨难了，老六想了很久说："大概是订婚吧。"

"再考虑考虑吧，我们之间不了解。"老六对林枫说。

"还了解什么呢？我们是真心相待的。"林枫回答。

老六像被一阵狂风卷进沼泽地带，越陷越深。眼看着自己与林枫以一种导弹的速度直扑婚姻，只有暗自惊呼她本来没有这个目的。

事后才知道，林枫面临毕业分配，他想留在本市，所以选中了能帮他寻找工作的老六。

"我的儿子就交给你们了，以后，我儿子就是你们的儿子，他就要毕业了，我让他留在你们身边，你们给他找个工作吧，什么样的工作都行，只要你们满意，以后你们女儿跟着他不遭罪就可以了。"林枫的父亲离开老六家之前，对老六的父母说。

幸亏每年都有补考的事，老六才从那种琐事中解脱出来，提前返回学校。那时，春节刚刚过去，宿舍楼里除了值班的更夫只有几个学生。老六每天在房间里弹吉他，偶尔也翻翻书。林枫回家了，那对老六是件轻松的事。老六和林枫在关系趋于稳定之后经常争吵。林枫认为女孩是不应该吸烟的，老六却随时随地都会从口袋里摸出一支烟来，林枫看了哀叹不已，频频摇头。老六不想看林枫烦恼的样子，只好谎称自己戒烟了，这当然令林枫高兴，但老六同他在一起倍感光阴漫漫，日子难捱。老六盼着离开林枫，尤其是林枫坐在老六对面喷云吐雾时，老六更想独处,也能吸一支烟。

二十四

那一天,窗外飘起雪花,老六站在窗前凝望着空旷的操场和寂寥的石板路。一个人从操场的尽处走来,在迷茫攘乱的雪中,那人的身影渺小得像一片滚动的叶子。可老六还是想到赫韬。

老六从宿舍楼中跑出去,站在操场的石阶上,操场上渺小的身影在远处停下了。老六与赫韬隔着三百多米的距离对视着,老六跃下光滑的石阶,蝙蝠似地挥舞着手臂向赫韬跑去。那时候老六忘了林枫,忘了曾给赫韬的伤害,一心只想着那是赫韬啊。老六拉住赫韬的手在操场上蹦了又蹦。

"太好了,你回来了。"老六喊道,"正月十五还没过完,你这么快就回来了。"

"我惦记你。"赫韬说。

"你怎么知道我在学校,你听谁说的我补考?"老六兴奋地问。

"不用听谁说,你也不是第一次补了。"赫韬说。

"我这些天过的不是人的日子,我都不想活了。"老六说。

"我也不想活了,真不想活了。"赫韬说。

二十五

老六和赫韬共度了无忧无虑的二十天,赫韬每天早晨来找老六,一起出去吃早饭,然后,回到寝室守在老六身边,陪老六背书。有时老六会伏在他怀里,朗诵那些天底下最苍白乏味的定义,背大量前人的书前人的话前人的生平事迹。喔,开幕词,闭幕演说,犹太主义、糖饼政策,非常法……有几天,老六经常见到倍倍尔,就连小饭馆里的老板冲老六点点头,老六都恍恍惚惚地想起1890年的李卜克内西。

有一天,老六累了,便拿起一把吉他。

"你教我弹一段曲子,好吗?"老六对赫韬说。

赫韬弹了一段《爱的罗曼司》。那时,夜已深了,赫韬看上去心不在焉。他不时用眼瞟着老六,当老六看他时,他的视线又移开了。

"你怎么躲躲闪闪的?"老六戏言道。

他笑了,垂着头,只是望着琴弦。

"你在想什么?"老六追问。

赫韬放下吉他,双手拥住老六。

"我看过一本书,说的是一对二十岁的男女在一个小站上相遇,一见钟情。两个人都知道不会有结果,但还是共同度过了几个夜晚。然后,他们分手了,一直到七十岁,他们不约而同来到当初相遇的那个小站,他们找到了对方。五十年后,他们结婚了。"赫韬望着老六说。

老六看着赫韬，他的眼里有另一种含义，老六明白他为什么对老六讲这个故事。老六隐约觉得故事中的男女很像是她跟赫韬。

"我七十岁时，会来这儿找你的。"老六说。

"毕业了跟我回家乡好吗？"躺在床上，赫韬问。

"回家乡，你想回家？"老六惊诧地问。

"我母亲去世了，老父一人在家，我想回去陪他。"赫韬说，"我正在联系调动，我想回家乡教书。"

"嘿。"老六笑了，艰涩地想到了林枫。

"我订婚了。我很想撤，可是没撤下来。我先追人家的，闲着没事磨牙，我说了不少好话，结果人家真跟我了。我能说了不算么，我傻了。"老六说。

赫韬没再开口。他望着窗棂，老六拥抱着他，直到黎明。赫韬挣脱老六的手臂默默地走了。

第二天，林枫返校了，他视察了老六的寝室，看见几个烟蒂和胡乱堆在床上的吉他。

"你也是个女人，你在这种狗窝里也活得下去？"。

老六倦倦地望着林枫，心烦意乱。这时，赫韬来敲门，林枫打开房门。

"老六，你的杂志还给你。"

赫韬面无表情，将一本杂志递给老六，那是一本老六从未见过的杂志。赫韬未理睬林枫的寒暄，转身走了。

"他怎么来了？"林枫问。

"谁知道呢，你怎么来了？"老六没好气地说。

二十六

从林枫返校那天开始，老六和赫韬没再约会过。但老六每天都能在那条石板路上遇见赫韬。老六和赫韬互相凝视，每天都像永别一样凝视着。

春天里，赫韬每晚都坐在操场边弹吉他。有些静夜，他的琴音飘进老六寝室的窗口，他弹的经常是《爱的罗曼司》。

老六常看见赫韬穿着一套肮脏的运动服疲倦地躺在操场上，他看上去倦累不堪，在一些骤雨初歇的黄昏，他竟会毫不介意地躺在水洼里。

夏天的一个下午，老六在阅览室里翻阅报纸。赫韬忽然走过来，递给老六一张字条，老六看那张字条时，他走开了。

"工作调成了，明晨四点乘车回乡。再见。"

老六将那张字条贴在脸上，久久地感受着赫韬的气息。

那晚，老六在寝室里看书，夜里两点，听见石子敲打窗户的声音。老六走到窗前，看见赫韬站在路灯下，他背着巨大的行囊立在灯影里。

老六无法清晰地看见赫韬的面容，但知道赫韬正望着她。

许久之后，赫韬走了。老六想，他的行囊一定沉重，他远去的背影分外矮小，越来越远，消失在黑暗里。

老六依然在灯下看书，却总是看见那一句"再见"。过了四十分钟，老六站起身冲出寝室。宿舍楼的楼门已经上锁，老六从一楼水房一扇年久失修的窗户里跳了出去。

老六在街上拦车，街上找不到车。老六沿着街道跑了很久，才搭上一辆出租车。

当她终于奔上月台时，那列火车早已离去。

二十七

林枫在那年夏天毕业了，他留在市里，如愿以偿得到一份不错的工作。起初，他时常回中土大学看老六，后来不常来了，他说他每次见到老六心里都很难过。

老六染上了与赫韬同样的倦累。那是在赫韬走后的一个夜里，老六走到一个常被赫韬当做床的石阶上躺下了，当时只是想体会赫韬躺在那里的心情。老六感到非常累。

然后，老六发现运动服是最舒适的衣裳，可以成年累月穿在身上，耐磨损耐龌龊经得住污泥浊水，不必清洗。又过一些日子，对于描眉画脸，老六已不习惯了。

"脏得跟一棵树似的。"冯大欣曾这样说老六。

"你若没有别的运动服，可以先穿我的。"柳妙云委婉地劝道。

最后向老六发难的是林枫。

"我们分手吧。我受不了你，你太懒了，总是躺在地上，这哪是女人的习惯？你若想和我处下去，就得改变自己。"林枫说。

"我这辈子就这样了。"老六打着哈欠说。

"你好自为之，自珍自重吧。"林枫说。

二十八

一年以后，老六吊儿郎当地走出中土大学。由于大四的课程补考几次都没及格，老六得到了哲学系唯一的肄业证书。

老六在市保险公司做了一名文书，主管收发信件、报刊。工作半年后，办公室一位打字员休产假，老六被领导派去做打字员。

起初，公司同事都议论老六，说大学里乱，肄业的女孩多半有生活作风问题，经常向老六打听读书期间是不是处过男朋友。老六淡然处之，觉得没有义务讲解自己。老六那时忙着去医院，由于长期火大，老六拔了六颗牙，大概在石台上躺得太久，还得了风湿。

赫韬回家乡两年以后，从前和老六在体操队练过的一位男生打电话给老六说："赫老师病了，我们几个同学想去看他，你去吗？"

老六和三个男孩去了赫韬的家乡。她和三个男孩子是在下午到达那座城市的，下车后直接去了一家医院。在火车上，老六才听说赫韬回到家乡后很快就结婚了，婚后得了一种难以治愈的疾病。在病房里，老六又见到了赫韬，他贤惠的妻子守在一边。

赫韬面部苍肿，老六是凭他的目光认出从前狮虎山上的秦朝人的。他看见老六就哭了。

"医生不让我照镜子,我是不是很丑?"赫韬说。

"你和原来一样,是最美最美的男孩。"老六说。

"我完了,我不行了。"赫韬哭着说。

老六和三个男孩离开医院的黄昏,下雨了。她和三个男孩在梧桐树下走。经过一幢民宅时,她听见宅中有人弹吉他,就建议男孩们在民宅前面避雨。男孩们不同意,跑进不远处的一个商场里去了。

后来,老六在《献给未来》中写道:

5月1日

两年过去了,在赫韬家乡我又听见了那曲《爱的罗曼司》,那户人家窗前有树,我便在树下驻足。不知谁的手指将那支曲子弹得如此凄清,竟让我听见一阵阵的风,一阵阵的雨,一阵阵萧瑟和悲凉,我听见一场重温,一种回忆……

二十九

毕业后,寝室里与老六相处四年的女孩前仆后继地结婚了。她们的爱情像是从树上长出来的果子,不超过三五个月就都熟透了。

冯大欣嫁给一名交通警察,日子过得很舒心。老大嫁给一位工人,工人师傅非常珍视学哲学的妻子。老六和老大、大欣一起参加了柳妙云的婚礼,妙云嫁给了一位背头管裤的商人,婚礼上,姐妹们谈起了林枫。

"那时候好单纯,那么迷恋第一美男,现在想起来特别淡漠。"柳妙云说。

"林枫人还行,青春偶像,可我更爱我现在的丈夫,与我丈夫一比,他没什么意思。"冯大欣说。

"老六若能跟林枫结婚也算是幸运了,不过分手也不可惜,林枫毕业三年离了两次婚,现在正跟第三任太太打官司……"老大说。

老六已不再关心人们对林枫的评价了,但听冯大欣、柳妙云她们如此轻松地谈起过去共同追求过的"第一美男",态度如此平淡,老六不由得估算起自己付出的代价和损失。别人仅仅是伤过心,老六却失去了赫韬。

赫韬死那天,老六正在办公室里打牌。在那之前,老六曾打电话给赫韬的妻子,她欣慰地告诉老六,万里挑一的奇迹出现在赫韬身上,他的病情好转,就要出院了。

老六放心了。老六本来就不相信死亡的阴影会笼罩自己周围的人。那时老六还从未领会过生命的熄灭。

办公室主任有一天苦恼地到打字室来找老六,说他的房间搓麻将声音太大,总让总经理捉住。

"上班时间怎么能搓麻将呢?"老六说,"打扑克多好,无声无息的。"

"打扑克也不行,老总常到我那屋去。"办公室主任抱怨。

"那……到我这儿来?"老六说。

"你这屋的门不可靠,有个玻璃,老总在门外能看见咱们的活动。"

"拿张纸糊上。"

办公室主任和两个职员还有老六,甩了一个下午扑克。下班时分,老六接到从前体操队的一个男孩打来的电话:"赫老师死了。"

"我听说要出院了!"老六说。

"没钱交药费,医院把药给停了。"男孩说。

那天,老六出奇地冷静,尽管突如其来的噩耗使她感到赌钱的同事距自己有几千里,老六仍坚持着出完最后一张牌。平时常追问老六大学为什么肄业的三个男人,掏空了所有口袋,也未能还清一个下午欠老六的赌债。

老六在城市里走,向东向西向北,直到午夜。老六来到中土大学校门前面。一条宽阔的石板路伸至校园深处,宿舍楼的几个窗口透出昏暗的灯光。静谧的校园恍若梦境,只在这一天,老六才真正地意识到她在这个校门中生活过,在这样的路上走过,在匆匆逝去的时空里深爱过……

很多年后,老六合上《献给未来》的日记本。赫韬的容颜已如烟雾般模糊。但她却记得他的声音。

她说:"世上最美的颜色是灰色。"

他说:"凡是纯净的颜色都是美的,比如纯一色的红、绿、黑、蓝。"

王子勇 摄

围　墙

■刘　亮

1

赵村村部的办公室舒适宜人:黑色的真皮沙发,上面铺着大红的棉垫子,直挺挺排了一溜,活像一班无事可做的大堂礼仪。挨西墙是奶白色的采暖管,散发着暖烘烘的热气,把贴在西墙上的一张"中国地图"熏得干瘪瘪的,显得无精打采。东墙是一排闪着红光、气派笨重的大书橱。在书橱南头坐的是村里的老文书张富贵,留着山羊胡子,显得单纯而慈祥,像正在垂钓的老渔翁。他心事重重地望着墙角,左手握着烟袋杆,右手不时弹一下耳垂。他扭头瞅了眼勤杂工三牛,看三牛有没有注意他弹耳垂。

"你接的电话?"

三牛心不在焉地回答:"没有,我听主任说的。"

三牛正忙着擦桌子摆椅子。三牛是个喜欢和桌子椅子较劲的人,要么就是报纸书刊,不是嫌它们随意、淘气,就是怕它们乱摆乱放。在主任赵振轩当村头头时,三牛就是这些桌子椅子的头头。三牛四十来岁,长得粗粗壮壮,干事态度认真,平时不喜欢轻举妄动、多言多语,但也不喜欢桌子椅子给他惹麻烦。老文书张富贵弄得小板凳吱吱扭扭响,三牛做生气状把他按在原地。

张富贵说:"十点钟,他们快来了。"

"是的,张叔。"

"时间就是一切。"

三牛不喜欢这样的谈话,因为得不到一丝安静。还有,他要是把这些话给看门的老孙头说,他会说:"胡扯,你没事干了,三牛?"他以前说过这类话,老孙头总说他胡扯。

张富贵的手离开耳垂,看着三牛归拢报纸,问:"主任在干什么?"

"搁那屋换衣服呢。"

张富贵呵呵笑了,他拍拍膝盖站起身,三牛灵巧地窜到他身后,把小板凳靠墙根摆正了。

这时,门口的玻璃窗上,一张满是褶皱的脸正往里张望,不时用手指外面。

三牛走到门口,把门打开,门卫老孙头指了指外面,一个穿呢子大衣的小青年走了进来,右胳膊夹着一个黑光发亮的公文包。他快速扫了一眼,然后挪到一旁,他身后站着一个矮矮胖胖的中年人。

中年人扫了一眼文书张富贵:"你是村主任赵振轩?"

张富贵微笑着说:"不不不,我不是。"

"主任呢?"

"正在换衣服等您。您是刘总?"

"不是,我是项目部的李宽经理。"

右边的门开了,村主任兼书记赵振轩走了进来。他右手小心翼翼地捋着领带,仿佛领带时刻要飞走。他身穿藏蓝色西装,颈间挂着眼镜,眼镜腿缠着白色胶布。他当书记有些年头了,成了这个村的精神领袖,人们只要一提起村书记,脑海里立刻就会浮现出赵振轩黑黝黝略带严肃的脸。

"刘总突然有事来不了,我是为刘总工作的李宽经理。"

"这样呀,欢迎欢迎,李经理。"

"谢谢。我们刘总说了,希望我们能合作愉快。想必……村西那块地,镇里已经把情况给你说了,我们公司建化肥分厂的事。"

"是是是,镇里已经打了招呼。"

"赵主任,我们这次来,想把那块地用围墙围起来。我就想着,能不能把办公地点设在村部,现在天挺冷的。"

这时,三牛急匆匆地从外面跑进来,欲言又止,一个劲地瞅赵振轩。

"啥事,三牛?"

"主任,三婶子使劲推大门想进来,老孙头正堵着她呢。"

"还是那事?"

"是,主任。她不想把地交上去。"

文书张富贵端起烟袋,三牛赶紧给他点上。

门外,突然传来女人气愤的叫骂声,"嘭"的一声,又传来了踹门声。接着,是一个男人的叫喊声:"你疯了,三婶子……"

三牛再次出去,一会折了回来:"她在踹门,主任。"

经理李宽说:"不知是叫你赵主任呢还是叫你赵书记,我们只想把活快点干完,不想惹是生非,你还是把她看好的好。"

"你可能不相信,李经理,"赵振轩说,"但事实如此,我领导他们,可我也没想到他们会这样。这说明咱们之间搞得太急了,他们还没做好思想准备。"

李宽疲惫不堪地说:"我还是希望能合作愉快,这对每个村民来说是好事,是不是?赵主任?让他们想开点吧,同时我们也信任你。"

赵振轩点着头,小心翼翼地捋领带。

2

在村部二楼,经理李宽设立了办公点。除了李宽之外,还有三个人。秘书侯亮是个瘦瘦的高个子,喜欢音乐,却阴差阳错干了秘书,要不是来赵村盖围墙,估计还在总部一边听音乐一边写发言稿。

技术员魏大强是个家庭观念很强的人,爱做饭,也喜欢脸色红扑扑的小孩。作为技术员,他年龄偏大，但奇怪的是，他毫无雄心，以致四十五岁了还是个普通技术员；他还喜欢订阅《读者文摘》，那上面喜欢刊登各国稀奇古怪的新闻。

办公室主任郭金山年纪不大，他晋升的速度有点像新建的高铁速度——从科员到办公室主任只用了两年。按他的晋升速度推算，他不到三十五岁就能升到副经理。

这四个人占了村部二楼的三个房间：两间做卧室，另一间当办公室。办公室中央放一张硕大的黑桌子，这会儿，技术员魏大强正坐在桌边绘图。卧室的门突然开了，经理李宽走了进来。

魏大强拍拍绘图板："经理，直尺断了一截，还有没有新的？"

"我不知道。侯亮，侯亮。"

右手的门开了，秘书侯亮戴着耳机走出来。

"去给魏工找个直尺。对了，看看咱们的包里有没有。"

这时，走廊传来了脚步声，办公室主任郭金山从外面进来了。他头戴深红色的安全帽，一副灰手套，面颊冻成了红色，肩上扛着一个花花绿绿的棉大衣。

"经理，赵村的人太不像话。到现在了，工地地里还种着他们的萝卜。"

"没事，等咱们建好围墙他们就没法种了。那个……你怎么穿棉大衣去工地了？这样对咱们企业的影响不好，一定要维护咱们大企业的形象，要随时注意，不能随便了。"

郭金山"嘿嘿"笑了。

经理李宽挺了挺胸脯，抿了下嘴唇，信心十足地说："不是我多事，金山，老总反复强调的事，咱们一定要执行好了。"

秘书侯亮从卧室走了进来，耳朵上还别着耳机。他拿着一把崭新的直尺，走到魏大强身后。魏大强把断一截的直尺扔掉，接过新的，比画了一下，最后固定在了一个地方，心满意足地点了点头。

郭金山坐下，从口袋里掏出数码相机，打开，连在了电脑上。这是一组姑娘的照片：秀美的面颊，大眼睛，长长的腿，穿着棕色的长筒靴，黄色的羽绒服，脖子上围着条粉红色的丝巾，站在大门口朝白茫茫的田野眺望。郭金山一边看一边自语："还不错吧？没想到……哎呀，赵村还有这么漂亮的女孩子。"

侯亮凑过来，用挑剔的眼光看照片。"你偷拍的，金山？我不是很喜欢。"

"你哪地方不喜欢？"

"我就是不喜欢。"侯亮说，"你偷拍她干什么？"

"去工地的路上碰巧看见的。我挺喜欢，我敢说你也喜欢。"

"我一点不喜欢。"

"你呀，真是个神经病。"郭金山点上了一支烟，"以后我就把她的照片放在咱们电脑的屏幕上，专门馋你。"

魏大强听见他们谈话，抬头瞟了一眼，"金山，我觉得放在屏幕上不妥，你还是删了吧，这样给赵村人的印象不好。"

郭金山看他俩都不赞成，生气地一下把相机关了。侯亮吹了声口哨，无聊地凑到魏大强身后看他绘图。经理李宽始终没说一句话。

侯亮看了一会儿图纸，转过身，突然问李宽："经理，咱们什么时候能结束？"

"结束？你是什么意思？"

侯亮说："我们多久能建好围墙？"

李宽摇摇头："我不知道，因为好多事还没弄利索。"

侯亮激动地说："春节咱们会放假吗，经理？"

"我嘛……"李宽说，"这样的事得公司说了算。你想回城过年？"

"是，我想回城过年。"

郭金山："经理，建好围墙，咱们会被总部撤回去吗？不让待在这里了？"

"是这样，"郭金山紧接着说，"这个村的环境不错，村民也好，咱们几个人也可以留在这里工作的。"

侯亮："你是不是相中这里的女孩了？"

郭金山没反驳，叹了声气说："这里的环境不错，村民都住上了小楼，女孩子挺漂亮，我觉得待在这里也挺好。"

李宽长舒一口气说："好了好了，咱们的活还没干完呢。你们两个，是不是等咱们建好围墙后再讨论这个问题。"突然，他的口气严肃起来，"老魏，你的图纸快画完了吧？画完咱们就麻利动工。"

"快了，经理。"

李宽没再吱声，背着手进了自己卧室。他站在卧室的后窗口，望着开阔的绿油油的麦子地。远处是雾蒙蒙的小山，一条碧绿如丝绸般的小河顺着山脚向东流淌，他情不自禁地说："这里真不错……安静、优美，大自然的力量啊……"

门突然开了，侯亮进来，朝他点了点头，"经理，赵主任来了。"

赵振轩进门后，一边搓着手，一边朝李宽点头。他还穿着那件看上去别别扭扭的西装，但领带去掉了。他走到椅子跟前说："不好意思李经理，昨天光瞎忙了，没过来看你。"

"没关系，赵主任。这是秘书侯亮，客厅那俩是办公室主任郭金山和技术员魏大强，你已经见过了。"

"是，都挺精神。"赵振轩说，"还这么年轻。你们缺什么说一声，我保证准备好。"

"谢谢，这已经很麻烦你了。不过，以后那个妇女要是不来闹就好了。"

赵振轩挥了一下手，信息十足地说："这么大的工程，出点事也在所难免。"

李宽严肃地说："只要能把这些事处理好了，我不反对……再给他们点好处，例如纪念品啥的。"

赵振轩扫了一眼侯亮和郭金山、魏大强说："李经理，我们是不是……可以单独谈一谈？"

侯亮知趣地出去了。

李宽扔给赵振轩一支烟，盯着他的眼睛看了一会儿说："怎么？他们又找你了？"

赵振轩颤巍巍地点上烟，"还有三家不大愿意。你说，这都是上头同意的事，他们却一直揪住不放，我也很为难。"

"是的，我明白你在中间很难做，"李宽说，"实际你已经尽力了，我们应该感谢你。另外，我会向我们老总汇报的。"

"谢谢你，李经理，"赵振轩说，"这都是我应该做的。"

李宽转身走到窗户口，向外眺望，又转过身，小声说："你是怎么答复他们的？"

"是这样，我没一口应下他们，就说来和您商量商量咋弄。"

李宽睁大了眼，显得炯炯有神，走到赵振轩跟前说："你没给他们说补偿款已经付完了吗？"

"提了，提了，当然提了。我想到了这一点。"

"那三家要多少钱？还有……你想过这个问题嘛？给了这三家钱，其他十二家再跟着效仿怎么办？这些你都想到了吗？"

"这不大可能吧……当然了，也可能会出现这个情况。"

李宽突然平静地说："所以，这些工作还得靠你赵主任去协调才行呀！你得摸透他们心里到底想的什么，谁先起的头？"接着，用温和、平静的口气说，"你已经做得很好了赵主任，应该受到表彰才对。说实话，老总让我打这个头阵，我应该利索、圆满地完成任务才行。我现在的工作就是先把围墙建起来，同时要和你们村村民还有村干部搞好关系，为以后的顺利建厂打基础。你懂我的意思吧？对了，那三家要多少钱？"

"是是是，我们要搞好关系。那个……他们每家想再要一万块钱。"

李宽摇摇头。"太多了，太多了。我没这个权力调这么些钱。"

"不瞒你李经理，这也是我最头疼的地方。"

李宽好像没听见，自顾自说："钱数的问题已经是我们老总和你们镇长定下的事了，我再说拨这么多钱给他们……你说，那十几家怎么办？难不成也一家再给他们一万吧？"

赵振轩说："李经理，我在这个村当这么长时间的书记了，现在又是主任，还头一次遇见这种来村建厂的大事，反倒让我心里没数了。"

"是，这事难办我能理解，"李宽慢条斯理地说，"但是，从大局来看，我认为最大的受益者是你们村。赵主任，如果你现在还没看透这个问题，我认为以后的麻烦事还会很多。"

李宽说完站起身，无可奈何地望着窗外的麦子地，赵振轩的目光紧盯着他。

这时，门突然被撞开了，门卫老孙头慌里慌张朝房内张望，接着三牛扶着侯亮进来了。

老孙头没好腔地喊："出乱子了，主任。侯秘书的头，哎呀呀，头呀……"

"主任，"三牛紧接着说，"刚才三婶子又来闹，碰巧侯秘书下楼，两人吵了起来，就这么……咔嚓一下，三婶子抄着一根棍子。你看看，侯秘书的脑门肿得这么高，开始渗血了。"

赵振轩"啊"了一声："三婶子，她疯了吗？哎呀呀，侯秘书，侯秘书……"

魏大强和郭金山跑进来，张大了嘴，眼也睁得很大。

李宽气急败坏地说："扶这来干什么？快送去医院。赵主任，刚才咱们怎么说的？出乱子了吧？你还不去把你的人控制起来！"

3

整个赵村，三婶子砸伤人的事传得像旋风那么快。路上行走的人脸色阴郁着，眼神惊恐不安；也有一部分人抱着幸灾乐祸的劲头交头接耳；路边商店买东西的人，心照不宣地相互点点头，接着匆匆回家。西北风越刮越紧，街上显得更冷清了。

村部办公室里依然暖气融融，采暖管散发着热气，灯拉开了，三牛和门卫老孙头正在擦桌子摆椅子。

三牛后退了两步，看椅子是不是摆齐，老孙头背着手瞪着他。

"这么仔细干啥？三牛，"老孙嘟嘟囔囔，"老指挥我。还把椅子搬来搬去的。"

三牛又搬了把椅子放在最后面,并用目光测量了下齐不齐。"主任说要开会,研究研究怎么处理三婶子。他们公司的人让开的。"

"真的?说起来呀……"老孙头酸溜溜地说,"三婶子年轻时真是个大美人呢,现在也是。还有,她也是咱们村摊煎饼最好吃的。"

"是的,我吃过她的煎饼。一个好人呀,就是性子太烈了。"

"三牛,你觉得咱们主任会咋处理她?"

"不知道。关键是他们公司的人,我觉得咱们主任好说话。"

走廊里传来了笨重的脚步声,主任赵振轩和老文书张富贵进来了。赵振轩看起来很疲惫,眼皮低垂着,张富贵碎步跟在后面。

"弄好了,三牛?去烧点水吧。"

他俩走出去,临出门老孙回头瞅了赵振轩一眼。赵振轩走到暖气旁,坐在旁边的沙发上,翘起了腿,张富贵则抽出他的烟袋杆。

"我真不知道咋处理这个事?李经理一个字也没透给我。"

"我也掌握不好,"文书张富贵说,"主任,你要相信自己,这个村还是你说了算。"

"说实话,到现在,好多事我也想不透。"赵振轩说着指了指头顶,"例如这次来村建厂吧,镇长事先也没找我谈话就把这事定了,光让我配合,你说是不是?我能有多大的权力,这不就出了三婶子这件事。"

"我记得。"张富贵岔开话题,"三婶子只有一个闺女,男人是前年病死的。"

赵振轩痛苦地说:"是的是的。要说她呀,咋就这么大的脾气呢?可李经理也是,砸了你的人赔个不是就行了,还费劲开会研究。你说有啥研究的?不就是砸破点头嘛。"

张富贵说:"我看这是做样子给别人看的,杀一儆百,杀鸡给猴看。所以,他们就想开这个会研究,也想告诉咱们村的人,三婶子是犯了错的,还是个大错!"

"是这个理。"

"他们想开会研究,"文书张富贵又说,"还让你我参加,就是想证明你我是站在他们一边,和他们一伙的……"

张富贵的话没说完,门突然开了,进来一位年轻漂亮的姑娘:二十岁左右,修长的腿,大大的眼睛,披肩秀发,围着一条红艳艳的丝巾,面颊通红,很激动的样子。

"主任,我娘她没事吧?您想怎么处理她?"

赵振轩长舒一口气,望着沙发扶手。

"主任,邻居们都说,我娘的事还是由你说了算,毕竟你才是主任,也是书记呐!"

赵振轩摇摇头,直起了脖子,很为难的样子。"花椒,他们真是这么说的?"

"是的,村里的人都这么说。你不会把我娘怎么了,是吧?"

"我不好说,花椒,他们没给我透话。不过,我觉得也不会有啥事。"

屋外,突然刮起了大风,吹得纱窗"嘭嘭"响。花椒看了眼外面,好像有些害怕。

张富贵走到窗户前,抬头瞅了瞅黑沉沉的天空说:"压过来一片云,也许下不下来,因为有大风嘛。"

这时,花椒走近了一步,赵振轩赶紧站起来,把手拍在了花椒肩上。"我知道你娘是个好人,可就是脾气暴了点。"

花椒没接他的话茬，"主任，你不会把我娘送去派出所吧？"

"不会。"赵振轩说，"我怎么能把她送去派出所呢？"

"大家都说，你会为了招商引资的事这么做。"

张富贵插话："花椒，难道招商引资就能砸人家的头吗？"

"不。"花椒气愤地说，"我想你们不了解其中的原因，是因为我家的地先被强征的。"

"花椒，"赵振轩和颜悦色地说，"你是个聪明的孩子，该明白现在咋回事哩。"

"我不明白，主任。地没了，我们以后怎么生活？就凭那两万块钱的补偿款？再说，化肥厂污染环境，咱们村这么好的环境要是污染了怎么办？咱们村以后就完了。"

"没这么严重，花椒。你放心，我会处理好你娘的事。"

"谢谢你主任……"她没说完话，突然转身跑出门去。

赵振轩仿佛卸下了千斤担，长长舒了几口气，坐在沙发上点上烟。这时，三牛提着暖瓶小跑着进来。

赵振轩指指他，"三牛，你现在去二楼告诉李经理，咱们准备好了，可以开始了。"

一会儿，楼上的四个人鱼贯而入。除了李宽经理阴沉着脸，其他三位看不出有多严肃，包括额头上包着纱布的侯亮，耳朵上还别着耳机。

赵振轩和张富贵很有礼貌地站起身。

李宽瞟了一眼赵振轩说："对这件事，赵主任，我不知道有多遗憾。要是不发生这件事就好了。"

赵振轩欠了欠身。

李宽继续说："我欣赏你赵主任，也理解你。但我是有任务的，你应该明白我的意思。"

赵振轩终于答了话："你们当时就该报警，正好把她抓个正着。"

李宽意味深长地瞅着赵振轩，摇了摇头。"如果按你的做法，那就没有意义了。你我都很明白，简单地惩罚她一个人不能表明我们的立场，既然我们要的不是那种惩罚，还是觉得要和你开个会研究一下为好。"

张富贵瞅着窗外说："今晚可能要下雪了。"

"赵主任，你知道我们来的目的是建围墙，公司要建分厂。如果村民不配合，不守法，我只能把这里的情况给我们老总汇报，再由老总找你们镇长处理了。我们必要时……你知道，就会牺牲你们村镇的利益，例如每年的分红之类。所以，你必须协助我们把围墙建好。把厂子建起来就得先把那个女人的事情处理好了。"

赵振轩轻声说："李经理，这样处理行嘛：让她给侯秘书赔礼道歉，外加医药费。"

李宽摇摇头，一脸的不屑。

赵振轩笑呵呵地说："李经理，你要是不满意，难不成想报警或者开个批斗会吗？"

"最好是后者。"李宽没有笑，冷冷地说，"如果你愿意这么做的话，将来会减少很多麻烦。"

文书张富贵气得"哼"了一声，把椅子弄得吱吱响。"这都什么年代了还搞批斗会，我不赞成。主任，你赞成吗？"

赵振轩摇摇头，没吱声。

"我是认真的，赵主任。你好好考虑一下。"

"这不可能。"赵振轩叫了起来，"你也知道，李经理，这点事可以压下去的。"

"你要不办,我现在就去找镇长,最好让镇长也来参加。"

4

中午十二点半的时候,怪风突然停了,又细又薄的雪丝丝飘了下来。

村民在这细丝丝的瘦雪中像是听到了稀奇事似的电话相告:出事了,村里要开三婶子的批斗会了。有的人朝村部瞅一眼,匆匆迈过去;有的人进屋关上大门,但是帘子后面仿佛有很多眼睛在向外张望。一有风吹草动,或者汽车车轮碾过,窗帘就会瑟瑟摆动。

村部会议室里人头攒动,烟雾缭绕,灯都开了,灯光映照着细丝丝的瘦雪,批斗会正在进行。经理李宽和村主任赵振轩坐在主席台中央,两边人员依照职位一字排开。三婶子站在台下,相距主席台五米,旁边坐着村里的队长、组长、医生、老师、会计,还有文书张富贵。三婶子五十来岁,身材细溜,尖尖的下巴,眼眶微陷,嘴唇小巧,她不自然地站着,一会儿握拳,一会儿撩头发。女儿花椒杏眼圆睁,怒气冲冲地站在她身后。

办公室主任郭金山看见相机里的女孩近在眼前,念稿子时突然磕磕巴巴:"三婶子……阻挠,大好的招商引资,对,对,施工方采取了,不理智的、野蛮的……"

赵振轩突然咳嗽一声,郭金山停住了。

"李经理,"赵振轩歪了一下头,望着李宽说,"能不能让三婶子坐下,咱们可以好好交流一下。三婶子,现在开的不是他们传的那种批斗会,就是想和你好好聊聊,给你解开疙瘩。"

三牛赶紧拿了两把椅子,花椒坐在了她娘身后。

郭金山瞟了一眼花椒,清了清嗓子继续念:"……侯亮秘书,看到三婶子来村部闹时,上前劝阻,没承想三婶子以那种突然袭击的方式,打了侯秘书一个措手不及……就这样,侯秘书的头至今……"

村民代表中传来笑声,接着又笑了几下,三婶子也抿了一下嘴。

"……事情的经过,有目击证人勤杂工李三牛和门卫孙大国同志,他俩当时都在场。"

经理李宽点点头说:"花椒娘,你承认你故意伤的人吗?"

三婶子"哼"了一声:"我承认我打的他。可他为啥说我?也不让我进村部找主任。"

"你承认你打的他就行,其他的不重要……"

"事情的经过大家都知道了,"赵振轩突然插进话:"我看就是这么个事,也没啥意外的。要不咱们散会合计一下吧,李经理?"

李宽没接赵振轩的话茬,又问:"你后悔吗花椒娘?对你的举动,特别是在招商引资这件事上,你知道你犯了多大的错吗?要是镇长知道了怎么办?县长知道了怎么办?还有我们老总的朋友、市里的章市长知道了怎么办?还有,什么……你知道你闯了多大的祸吗?"

下面的椅子吱吱扭扭响,三牛不瞒地瞅了旁边几眼,接着摇摇头。

"你应该说,要是总理知道了,就会更严重的。"花椒突然说。

旁边的人笑起来,有人跺脚,接着哄堂大笑。老孙头笑嘻嘻地拍着三牛的肩膀弯下了腰。郭金山却直直地盯着花椒,觉得她生气时愈加美丽动人。

"安静安静,都严肃点,"赵振轩拍了两下桌子,"现在开会呢。李经理,你刚才讲哪了?"

"谢谢你，赵主任。我看……咱俩还是合计合计吧。"

赵振轩点点头："好，先休息一下。大家听好了，该抽烟的抽烟，该撒尿的撒尿，别出大门。我和李经理合计一下就回来。"

两人起身去了隔壁的房间。

这时，侯亮碰碰郭金山的胳膊肘："金山，真没想到赵村还有这么俊的女孩，我咋看这个女孩这么眼熟呢？"

"你小子好好想想？我的相机。"

"对对对，我想起来了，是你先瞅见的，相机里还有吗？"

"有。我偷拍了五六张。"

"开完会发我邮箱去，我好好端详端详，研究一下。"

侯亮说完走下主席台，到了三婶子跟前。会议室里突然静下来，大家都看着侯亮和三婶子，不知道侯亮想干什么。吓得郭金山赶紧跟过来，拉住了侯亮。

侯亮把郭金山的手甩开，笑嘻嘻地说："三婶子，咱俩不打不相识呀，这位是……"

"我是花椒，怎么了？你想打架吗？"

郭金山突然抱住了侯亮："魏工，快过来呀，把侯亮拉回去。"

魏大强扶着眼镜跑过来，跌跌撞撞碰到了几把椅子。

旁边的人突然站起来，把侯亮他们三个围住了。"你们想干啥？不能打架！"

侯亮摇头晃脑地笑了："哎呀，你们真有意思，我哪打架了？我就是想问问她叫什么名。你们都激动什么呀？"

有人说："回去，回去，问也不行！"

侯亮撇了一下嘴，摆着手说："好好好，不问了，我已经知道了。"

隔壁的门开了，屋里顿时静下来，李宽和赵振轩进了屋，上了主席台，两人不约而同端起茶杯喝水。突然，右侧的窗玻璃"咔嚓"一声，一块石子飞了进来，玻璃片飞溅，坐在末席的侯亮转了下身子，用手护着头。

经理李宽跳下主席台喊："伤着了吗？快快快！看看谁砸的？赵主任，这是怎么回事？"

"我的胳膊！"侯亮叫着。

主席台上的人也像被惊吓的飞鸟，忽的一下拥到门口；没有一个人敢去窗户跟前看。

"没事，没事，"赵振轩大大咧咧地说，"三牛，你过去看看。肯定是大狗子那几个毛蛋孩子捣鼓的。李经理，咱们继续开会。那几个孩子……不瞒你说，好用弹弓到处打打的，我都拧过他们耳朵好几回了。"

"不会有人指使他们故意打的吧？"李宽小心翼翼地探着头问。

"哪能！熊孩子们就这样。下回我还得拧他们耳朵，使劲地拧。"

李宽严肃地说："赵主任，事小，性质很严重的。这么小的孩子就敢袭击村部，他们大了还了得！"

文书张富贵呵呵笑了："孩子们皮点好，皮点好，能多吃饭哩。"

李宽不满地瞅了张富贵一眼。

"继续开会了。"赵振轩招呼着大家，"都坐到原位去。龅牙，特别是你，回去好好整治整治你侄子。他奶奶的下回逮住，我非把他的小鸡鸡拽下来。听见了吗？给你大嫂说声。"

众人哈哈大笑,还有人拍了几下巴掌。

5

日子像天上的云嗖嗖地飘,两个星期过去了。瘦雪下了停,停了下,像往大地上撒盐,落在地上一会儿就不见了。赵村红色的屋顶被衬得鲜亮红润,映着青蓝色的天空;远处雾霭霭的小山和雾气腾腾的小清河,把赵村衬托得如泡在温泉里。赵村人很快忘了三婶子的事,尽管那几天赵振轩在大喇叭里通报批评她。可日子还照过,人们还得干活、吃饭,也渐渐出来说话了,只是路过村部大门时,不自然地瞟上几眼,仿佛在等待什么。

在村部二楼,舒适的感觉已经消失,经理李宽为了防止弹弓伤人事件再发生,把南面靠路的窗玻璃都粘上了透明胶带。用郭金山的话说,即使石子打在上面,玻璃也不会碎,就是光线不如以前明亮了。

魏大强还在绘图,因为李宽又想到了几点:两个门卫房,两个厕所,一个食堂,四个工具棚,他想把老总没想到的提前建好。侯亮的额头好了,胳膊肘却包着纱布:玻璃片刺穿了他的衣服,扎进肉里。他这会在网上看电影,郭金山把键盘敲得山响,偶尔瞟一眼粘着胶带的窗户,为他的总结找词顺句。

侯亮点了下鼠标说:"听说村东头王老歪的猪头肉做得很好,就在东边,靠着树林那家,叫老歪熟肉铺。"

"是做得好,"郭金山接过话,"只要是猪身上的,包括大肠、猪肝,还有猪前脸也卤得不错……"

"这话不假,"侯亮说,"他可能是祖传的。你们注意他闺女了吗?乳房那个丰满,还有她的大眼睛,眨呀眨的,老是水汪汪的,像里面盛满了水。"他望望粘着胶带的窗户,轻柔地说,"我见过她几次,不知道她有男朋友了吗?"

魏大强"嘿嘿"笑着,把铅笔别在耳朵上,"估计嫁了,空余就是来给她爹帮忙的。"

侯亮跟着笑起来,"我真想找个这样的老婆,那个漂亮,还会做好吃的。哎呀,不错不错!"

"谁都喜欢。"郭金山突然插了一句。

侯亮说:"你也关心这个丰满的? 那个花椒姑娘不是经常钻进你的梦里吗? "

魏大强酸溜溜地说:"你还说他,你脑子里不是整天也想花椒? "

卧室的门开了,李宽走进办公室,他在里面听见了他们的谈话,但他不想谈这个话题。他说:"昨天咱们工地丢的二十块木板不知找到了没有? 我得去问问赵主任了。"

魏大强慢慢抬起头:"估计能找到吧。要不你催催赵主任? "

李宽搓搓手,拿起电话又放下。"你们觉得,咱们再招两个看门的咋样?"他边想边说,"其实木板很好偷,围墙没建好,他们直接扔出去就行了。"

侯亮还在网上看电影。"我不知道我们什么时候能放假,什么时候能回城里。经理,你想放假回家吗?"

李宽扭头瞟了眼他,脸上挂着一丝失望的表情。"当然想了。不过得等老总的电话,我们还没建好围墙呐。"说完出去了。

这时，有人粗野地敲门，三牛进来。他拎着两个大暖瓶，悄悄穿过桌子，把暖瓶放在了一个废弃的写字台上，没有发出多少声响。放下暖瓶后，他转身就往外走。

"三牛，"侯亮大声喊他，"王老歪的猪头肉还卖吗？"

三牛没有抬头，冷冰冰地回答："不知道，我不知道。"

"你什么意思，三牛？"侯亮叫着问。

"我想回去干活，侯秘书，楼下的桌子还没擦呐。"

侯亮气急败坏地挥了挥那个没受伤的胳膊，像在驱赶一只硕大的马蜂。

"他妈的太气人了！"三牛出去后，侯亮嘟嘟囔囔地骂，"整个人是一个闷屁哩！成心不想告诉咱们。"

"你不该这么轻易地放他走。"郭金山幸灾乐祸地说。

侯亮又抬了抬那只没受伤的胳膊，断断续续地说："他妈的，我想回家了，你们呢？要不放假也可以，把那个丰满的女孩送给我玩玩。"

魏大强嘲笑地看了他一眼："注意，你注意自己的言语，别发神经了。"

刚过下午四点，加上窗玻璃都粘上了胶带，屋里已有些昏暗。魏大强把灯摁开，坐回去严肃地给侯亮说："你如果再讲这样的话，可以给我们说，但不能让咱经理和赵主任他们听见了。你这样发牢骚不好。"

侯亮朝后仰着脖子，刺眼的灯光打在他脸上，显得面部狰狞。他说："真他妈的憋屈，这也不能说，那也不能说，村里的人也不给咱好脸色。他们喜欢在窗帘后面窥视咱们，在黑黢黢的门洞里望咱们，好像咱们是旧时的大地主似的。"

"好了，侯亮，"郭金山安慰他，"你把这些话都说出来了，心里应该好受些。看你的电影吧。"

门呼啦开了，刮进来一股凉风，李宽走了进来。他跺跺脚，拍拍头上和肩膀上的瘦雪，雪丝旋转着落下来，接着脚下湿了一小片。他鼻尖通红，耳朵直挺着一抖一抖。他气急败坏地说："这叫什么事呀……"

"怎么了？"魏大强问。

"我去问赵主任了，他说帮着查。可你看他……笑眯眯地喝大茶的样子像给咱们查偷木板的贼吗？"

"查也没那么快，咱们再等等吧经理。"郭金山说。

李宽凶狠地瞪了瞪眼。"明摆的事，肯定是他们村的人偷的！文书老张头也是一个屁不放，一声不吭。这叫什么呀？想看咱们笑话嘛！他奶奶的。"

"一点木板，也没别的，别放心上了，经理。"魏大强说着安慰话。

"一点木板？要是有下回呢？"

"放心，经理，等咱们建好围墙就好了。"

6

在村凉水塔往南三十米，有一条胡同，胡同口一家的屋顶上还留有一些丝状的白雪，窗户紧闭，微弱的灯光从里面发出来，庭院显得有些冷清。房子里，客厅挂着一盏七瓦的节能灯,卧室的门关着,厨房的门关着,靠西墙有一个铁炉子,上面坐着一口钢精锅。这套房子虽然简陋,但挺温馨:地上铺着白地板,略微熏黑的墙皮,东墙挂着一幅山水画挂历,挂历上方是一个粉红色的石英钟。屋里有两个单人沙发,一张方桌,上面铺着黄花桌布。

三婶子和花椒坐在沙发上纳鞋垫,面前的方桌上堆满花花绿绿的线团。在温暖的灯光下,两人漂亮、整洁。特别是花椒,乌黑发亮的披肩发后面别了一个粉红色的发卡,楚楚动人。她俩飞快地纳着,边纳边看对方一眼。房顶的风时紧时缓,烟筒里的烟气丝丝作响。

突然,花椒手停住,竖起耳朵听,门外传来了脚步声,还有隐隐约约的说话声。声音越来越近,停住,门口有窸窸窣窣的响声,有人敲了一下门,接着又敲了两下。花椒放下鞋垫子,走到门口。

她拉开插销,打开门,两个穿着厚厚实实的人走了进来:是主任赵振轩和勤杂工三牛。两人耳朵通红,眼皮微肿。两人闪进屋,朝四周扫了一眼。

"是我,花椒。"

"快进来暖和暖和,外面挺冷的。"三婶子说话了。

"主任,给你泡杯茶吧,你等一会儿。"花椒说。

"不喝了,不喝了。我来给你说件事。"

三婶子把鞋垫放在桌子上,站起来,走到炉子跟前,端下锅,看看炉膛,勾了勾火,加了一铲子煤进去,让房间更暖和一些。

"花椒,你和你同学做的事我都知道了……"

赵振轩的话音刚落,花椒惊得鼻子尖渗出汗来。三婶子没明白怎么回事,看到花椒这么紧张,意识到可能出事了。

"咋了,主任?"三婶子忙问。

"就是工地少木板的事。其实,我也是没法,他们公司的人紧着催我。"

"怎么扯上花椒了?她整天和我待在家里。"

赵振轩"呵呵"笑了,有些骄傲的样子。"三婶子,不瞒你说,我儿子庆国也有份,他们几个同学是一伙的。"

三婶子还是有些迷糊,一脸茫然。

花椒看她娘紧张害怕,突然"咯咯"笑了,笑完撩撩刘海说:"娘,我们就是几个同学搞了一个计划,叫飓风营救。为了保护咱们村的自然环境,不想让他们公司在咱们村建化肥厂,破坏咱们村的环境。"

三婶子起身,跑到门口听了听,确定没人后折了回来。"你到底想干啥,闺女?这事你赵叔都管不了,你们几个小孩能阻拦吗?"

花椒笑着说:"我们都是在网上联系,还把这事发布在各个论坛上。我们几个相信,做了总比不做强,是吧赵叔?你站在哪边?和我们一伙吗?"

"真是疯了,疯了!他赵叔,你怎么看这事?不会犯法吧?"

三牛站一旁"嘿嘿"笑,仿佛听到了什么稀奇事。

"问题也不大,三婶子,就是几块木板。再说,他们几个也没把木板卖了换钱,我家庆国竟然把木板藏在老村部的仓库里,真他奶奶的想得出来。花椒,你和庆国搞的这个,我不知咋说了,反正你们别干了,就是以后李经理查出来了,你们就哭,说是闹着玩的,他们就会心软不了了之。"

"记住我的话,记住啊!"临出门,赵振轩又交待花椒。

三婶子没心思纳鞋垫了,站起身,在屋里走着圈。

"没事,娘,我们都是在网上说的,别人不会知道。"

"不会知道? 不会知道你赵叔怎么知道的? 你就胡作作吧,闺女。"

"我去网上问问庆国。"花椒去了二楼。

三婶子还是紧张地转圈,不时用右手撩撩头发,脸颊也因为紧张发着红彤彤的光。没一会儿,楼梯砰砰响,花椒欢快地从楼上跑下来。

"娘,我问庆国了,他说是看料场的王大爷看见他们,告诉他爹赵振轩的,他爹就批评了他,也没把他咋了。放心吧,娘。"

"你们几个孩子就是作吧,"三婶子像对花椒说,也像自言自语,"你赵叔是主任还是书记都管不了,你们就想阻拦? 不知天高地厚天高地厚的。唉,上头的人也挺气人的,咱家的地就这样被强征……气死了,不管了,走到哪算哪吧。"

三婶子说完,又走到炉子跟前,把锅端下,加了两铲煤,等她往回走时,外面突然有了敲门声。三婶子浑身哆嗦,紧张地看花椒,摆摆手,示意花椒别出声。花椒却嘟嘟嚷嚷走过去说:"主任,你怎么又回来了?"

拉开门,花椒愣了,看来人有些面熟,却想不起来在哪见过。

三婶子却一下子跳过去,挡在了来人跟前,大声喊:"你是谁? 想干什么?"

年轻人腼腆地笑笑:"三婶子,你不认识我了? 我是来村建围墙的郭金山,东升化肥集团的,我们见过。"

"你不能进来,你想干什么?"三婶子继续挡住他跟前。

郭金山请求地说:"我没有恶意,你就让我进去坐会儿吧,三婶子。"

"让他进来吧,娘。你想干什么,郭先生? 还是喊你郭主任,郭金山同志?"

"花椒,我没有恶意,我就是来说说话,认识一下的。我们已经来村一个月了,还不太熟,不过以后会熟的。"

花椒瞪着好看的大眼睛,注视他一会儿,突然笑了。"和我熟有啥用? 你们把我家的地都强征用了,我们有什么好谈的。"

"不不不,那是没办法的事。不过,你可以去厂里做工,我帮你找个好活儿。"

"算了吧,我一点都不稀罕。"

郭金山舔了舔嘴唇,急切地说:"还有……我把照片给你带来了,是你的照片。"

花椒疑惑地接过照片,看了看,接着气呼呼地瞪起眼。"你照的? 是不是你? 你真是有病呀偷拍我,谁让你拍的? 你给我出去! 出去!"

"对不起,花椒,我没有恶意,"郭金山可怜巴巴地说,"就是看你好看,我就偷照了。求求你别生气。真的,我没有恶意。我把这些照片都带来了,给你,我一张也没留。"

花椒点点头,突然望窗外。

郭金山又说:"真对不起,花椒,我不是坏人,就是……"

"就是什么呀就是,你赶快走吧。"

三婶子还在发愣,她没明白偷拍是什么意思。

"让你走是有原因的,"花椒又说,"我不想让村里的人看见我和你们公司的人有什么瓜葛。那样,我朋友都会不理我,我也不想失去他们。"

"这样……我明白你什么意思了：你们村里的人都烦我们公司的人，包括你。花椒，你也烦我们是不是？"

花椒突然明白郭金山的意思了，她双眼眯了一下，有点恶作剧的神情说："你何必问呢？你们强征了我家的地，你们还要什么？把我家的房子也征给你们？"

郭金山吓得一阵哆嗦，接着"嘿嘿"干笑了两下，听出花椒是玩笑话，小心翼翼地说："花椒，我们只是来投资的……"

"郭秘书，不，不，郭主任，"三婶子缓过了神，"你来就是为了说这些？我知道你们这是来投资，可我家的地却没了，你还想说什么？难不成今天来就是为了还照片？那好，你还了照片就可以走了。"

"是的，我该走了，"郭金山不安地说，仿佛时间不够用，"不过，我想说三婶子，花椒是我……见过，见过长得最漂亮的女孩子，连生气也是这么漂亮。"

"你说这些的意思，是不是想追求我？"花椒突然严肃起来，带有一丝骄傲的神情，"如果你们不在我们村建化肥厂，说不定我真会喜欢你呐。"

"请别这样说，"郭金山不好意思地笑了，花椒也跟着笑，两个人一起哈哈大笑。突然，他不笑了，眼里流露出了凄然的神情，"我自己也不知道……为什么会来找你，你的话语里有很大的不理解。抱歉，我得走了，花椒。真希望你别生我的气，就是照片的事。我走了，再见花椒，再见……"

7

干燥的北风一阵接一阵，时大时小，田里的麦苗已经有筷子高了，顶着雾凇似的白头。每家窗子大门紧闭，只有缕缕的轻烟从屋顶的烟筒盘旋着升起。

村里的道路冻住了，踩在上面啪嗒啪嗒地响。晚上，大街上静悄悄的。村民们早早熄灯睡了，没路灯的地方漆黑漆黑的，偶尔窜出来的野狗野猫会把人吓一跳。

晚上九点，郭金山和侯亮走在回村部的路上。

侯亮拿手电筒照了照一家后墙头说："看见了吗金山？他们每天睡得这么早，一点娱乐活动都没有，有什么意思呀整天。"

"那边有意思，你看看侯亮，两只野狗正制造小狗呢。"

"是吗？"侯亮把手电筒照过去，两只流浪狗吓得一个劲眨巴眼，并没有分开，"他妈的，狗也不嫌冷，什么时候都能干。"

"我家以前有一条母京巴，"郭金山说，"长得挺好看，也乖。就是经常被邻居家的狗弄大肚子，后来，我妈喂它避孕药就好了。"

"你什么时候能让花椒吃那个就好了，说明你俩真搞到了一起。"

"这话你可别让他们听见了。说不定这家人没睡着，正偷听咱们的谈话。"

身后传来了狗的呻吟声，侯亮拿手电筒朝后面照了照，太远，看不清。他摇摇头，把手电筒甩得一上一下，光柱也跟着前后大幅度摆。

"别看了。"郭金山说，"你是不是也想那个丰满的了？你们怎么样？搞上了吗？"

"你说我和兰妮？我们纯洁着呢……哪像你和花椒，听说你都跑人家去了。"

"我是去还照片的，我们也很纯洁。"

村部二楼的办公室里亮着灯，李宽无精打采地在 QQ 上有一搭没一搭和老婆聊着天，魏大强去睡了。办公室已经没有当初的整洁了，到处是胶鞋、纸张、方便袋、工作服，桌上还散落着一些饼干和瓜子皮。

郭金山和侯亮进屋，李宽头也没抬，懒洋洋地问了一句："怎么样，你俩巡检的？"

"不太理想，主任。"郭金山说，"下午东墙刚垒了五米长，现在不知怎么倒了一段。"

"是嘛？质量问题？"

"我看不像，"侯亮说，"外面地上净是脚印，不会是被人故意推倒的吧？"

"看料场的老张和老刘怎么说的？"

"他俩装糊涂，说没看见。我觉得八成他俩看见了也不想告诉咱们。"

李宽挥了下手："问题不在这里，他们想什么时候推就什么时候推，我们无法制止。关键看赵振轩怎么做了。"

侯亮凶狠地说："我们可以让派出所把他们抓起来。"

"是呀，"李宽说，"我们可以这样做。关键我们还得在这里建厂，整天和他们打交道呢。你仔细看推倒的墙了吗？"

"没有。天太黑还没来得及看。"

"这招够损的。"李宽想了想说，"想打击咱们的自信心。你们说，咱们这么大的企业能轻易被几个小蟊贼打败？真是太不自量力了。"

抻了一会儿，侯亮问："这事还用向上头汇报吗，主任？"

李宽摇摇头，右手点着鼠标说："老总知道了，首先就想……建个围墙就办事不利，大惊小怪，会怎么看咱们？不瞒你们，有时候我接到总部的电话，恨不得把电话摔了，他们哪里会想到咱们的艰难，就是大手一挥，干吧，去干吧！很轻松的口气。"

郭金山单调地重复一句话："咱们一定要想法制止这些事……"

"是的，是得想法。"李宽说，"看来我得找赵振轩谈谈了。我现在就去找他。"

"估计他早睡了，主任。"侯亮说，"我和金山回来的路上，家家都闭着灯，他们村里的人都他妈的睡得这么早。"

"注意你的言语，侯秘书。"李宽指着他，"这里是赵村，咱们还在人家的地盘上呐。"

突然，有人轻声敲门，断断续续的，像接头暗号似的。李宽"嘘"了一下，朝他俩点点头，郭金山小心地走过去，把门拉开。

门卫老孙点着头进来了，他不自然地笑着，脸上挂着胆怯、亲善，两只眼睛快速朝屋内扫了一遍，确定没外人，才快速闪到了门后，眼睛直直地对准了李宽，样子像只受惊吓的小猪。

"这么晚了，老孙，你有事？"李宽轻飘飘地问。

"我有点事，李经理，"老孙朝前迈了两小步，站住，回头望了下屋门，"我说了您别生气，你们的谈话我都听到了。是是是，你别生气李经理，我没恶意，我来是向您汇报重要情报的。"

"是嘛……"李宽平静地说，脸上涌出一丝好奇的表情，"你有情报？好好好，我太想听了，说说看老孙？"

郭金山和侯亮像看杂技团的小丑似的，嘴角咧着，想笑没好意思笑出来。

"我说了……你可得给我做主呀,李经理,"老孙头小心翼翼,"因为我知道这些事……都是什么人干的。"

"是嘛?"李宽没把老孙的话放在心上,继续仰靠在椅子上,倒是旁边的郭金山和侯亮惊得张大了嘴,李宽接着说:"你继续汇报,老孙。"

"先讲好,我说情报是有条件的。"老孙头好像被李宽的怠慢激怒了,突然直起脖子,小眼睛喷出了红光,"这件事对我来说,可是犯了杀头的大罪呐。你们不光要替我保密,还得帮帮我。"

"这么严重?"李宽彻底醒了,确切地说被老孙头的神情吓住了,"还犯了杀头的大罪,我得好好听听。那你有什么条件?"

"我嘛……想让您帮帮忙……到时候厂子建起来了,把我闺女安排到里面上班。"

李宽抬头看看老孙,又朝郭金山和侯亮扫了一眼,把手伸进了大衣,掏出一支烟点上。"是这事呀? 但你说的情报靠谱吗?"

"靠谱靠谱,绝对靠谱。我亲耳听到的。"

李宽微微一笑,点了点头。

老孙提了提腰带说:"我前天下午去主任那屋送报纸,正巧……主任和老文书悄悄说木板的事,就这么巧被我听到了。说木板是他儿子庆国和花椒,什么联手,什么什么指挥弄走的,又说他们搞了一个什么计划,好像叫飓风计划啥的名,就听了这些。还有,你们说围墙今晚又被推倒了,我估计也是这伙小青年干的。"

屋里突然静了下来,李宽没表态,使劲抽烟。郭金山和侯亮也愣住了,两人一屁股坐在椅子上。李宽又把手伸进口袋抽出烟,没接着点上,而是把烟攥在手心里,慢慢握起了拳头。"赵振轩的儿子,是他,还有一个花椒。"他嘟嘟囔囔地说,"这个名我听着有点耳熟,好像听过……不过,老孙头,你确实犯了杀头的大罪了……"

老孙头被李宽的嘟囔弄得紧张兮兮,右手哆哆嗦嗦地提了提裤子,小眼睛瞪大,嘴唇情不自禁闭上、张开,印出了几个牙印子。

"李经理,您的话可得算数呀,我真是犯了杀头的罪了。要是我们主任知道我打的小报告,我呀……非被他吃了不可呀!"

郭金山在一旁小声说:"怎么会有花椒呢? 不可能,不可能……她这么漂亮,怎么会有她呢? 奇了怪了……"

李宽缓过神,盯着屋门望了一会儿说:"老孙,你说的……等我查清楚了就会答应你。不过这事很重要,你保证不能再给其他人说了。"

8

村里的事依旧传得很快,一顿饭的工夫,你一言,他一语,就如倾盆大雨,一下子就把地面泼湿了——主任的儿,还有三婶子的闺女花椒,他们几个小青年偷的木板,推的围墙,可能要抓去坐牢。人们在电话里,在集上,在村头大柳树下心照不宣地把这事传了过去。好像得了什么信号似的,人们说话把声音压得很低。

村部一楼的办公室是另一番景象:李宽和赵振轩吵得声嘶力竭——办公桌也被拍得"啪

啪"响，弄得三牛不停地看他们的大手，仿佛巴掌拍在他脸上。

"……就是几个孩子嘛，"赵振轩好像吵累了，突然摆了下手，气喘吁吁地说，"不必生这么大的气，李经理。当然，搁我自己身上也很生气，但不至于给上头的人说吧。再说，咱们也没真凭实据，就这么下定论了，说出去你脸上无光我也好看不到哪里去，是不是李经理？你也不说消息从哪来的，我也晕头转向，咱们还是大事化小小事化了，好好合计一下。"

李宽嘴唇哆嗦，满脸怒容，狠狠地瞥了眼赵振轩说："好好合计？我真想和你好好合计一番，你有什么好法吗赵主任？我倒想洗耳恭听，正好也牵扯到你家公子。"

"李经理，我看还是算了……说到底他们就是些孩子嘛。"

"我看还是当面对质的好，"李宽不依不饶，"麻烦赵主任把他俩叫到这里来，咱们问问不就清楚了？"

文书张富贵插话："李经理，你最好能把给你说事的人叫来，咱们一块儿问。要不然就成一面之词了嘛。"

"这样不行。"侯亮的耳朵上还别着耳机子，他说着拔掉了一个，"我们光问他俩就行，那人你们不需要知道，我们也不会说的。"

"这样不公平，一点都不公平。"站在角落的三牛嘟囔起来，"再说也没有这样对质的，从古到今都没有。"

郭金山心不在焉一个劲地看窗外的烟筒，鼻子尖渗出了汗水，在夕阳的照射下，反射着通红的亮光。

旁边房间的门开了，技术员魏大强走了进来。"经理，公司王部长打来电话，说咱们要的安板房的施工队明天就到位。"

李宽有气无力地点了下头。"赵主任，你听到了吗？我们老总多上心这个厂：我刚打报告没两个星期，这不施工队就呼啦啦派来了。这说明什么？说明我们的计划都在按部就班地进行，咱们可不能因为这点小事耽误了，是该好好合计了。我看……你还是把他俩叫来吧。"

赵振轩看着文书张富贵，他一个劲地皱眉头。

"老张，"赵振轩问，"你觉得呢？咱们要不要开个班子会？"

"是呀，主任，这么大的事是该开会研究研究了。你亲自给李经理说吧。"

"这个还用开会？"侯亮歪着头，气哼哼地说，"你们什么意思，想袒护他俩吗？我们老总知道了，你们镇长也会知道。我想……我们都不愿看到这一步。"

赵振轩满意地点点头："你说得很对。我不想把事情弄得这么糟、这么紧张。说到底，就是几个小青年吃饱了撑的，也没出啥乱子。我觉得这件事到此为止了。再说你们也没抓个正着，他们要不承认我也没法，是不是侯秘书？"

赵振轩正说着，窗玻璃又像上次一样"咔嚓"两声，一块石子飞了进来。这回方向偏了，石子落在了一棵盆栽冬青上。李宽麻利地捂头蹲下，其他人也麻利地蹲下，唯有赵振轩和张富贵愣在原地。

"三牛，三牛，"赵振轩大声喊起来，"你去外面把大狗子逮来，这回我非踢他的腚、拧他的耳朵不可。快去！"

三牛不紧不慢跑出去，经理李宽和侯亮这才站起身。

没一会儿，三牛回来了，两手空空，眼睛却红红的。

"主任,"三牛委屈地拖着哭腔,"我刚抓住一个,另几个小孩就用弹弓打我,我躲不及。你摸摸我的头,都起大包了。"

李宽看三牛的狼狈样,突然"呵呵"笑了,引得魏大强、侯亮也抿嘴笑了。

"看看你呀,连几个小熊孩都抓不住……"赵振轩没好气地说,"我派哪个大人过去,就是闭着眼也能逮住,你却空着手回来了,还被小熊孩们打了……"

"主任。你不知道他们有多厉害:每个人胳膊上都系着红带子,喊着口号,说是搞什么飓风营救,就像当年的小八路似的。"

"喊口号?喊啥口号?"

"他们喊:弹弓,弹弓,专攻开会! 谁要抓我,我就打谁!"

"反了天了,"赵振轩咋呼起来,"要是兔崽子们下回打到我了咋办? 是不是? 看来我得把他们的弹弓全没收了。李经理,你看看,我说得没错吧? 这些熊孩子就是吃饱了撑的,包括那几个大孩子,也是他娘的吃饱了撑的。刚才那事你也别放在心上,不管是不是他们干的,咱们掀过去这页算了。"

李宽坚持说:"这些孩子肯定是有人教唆的,你应该多加重视才对!"说着停了一下,两眼望着窗外,"我们那的孩子没这么调皮,这肯定是有人教的,是不是赵主任? 再说哪有这么调皮的孩子呀?"

"如果你这么认为李经理,"赵振轩说,"真是大错特错了。我们这的孩子就是这个熊样,你说咋办? 总不能天天拧他们的耳朵、踢他们的腚吧?"

"你还是想法制止吧,再说还有他们的父母,不能任由孩子们闹下去。"

"那也制止不住,"赵振轩说得简单明了,"你不懂,李经理,即使我想制止他们,也力不从心,因为熊孩子们跑得比兔子还快。"

李宽气得噘嘴抽烟,过一会儿好像明白了,气呼呼地说:"他们打你们的人可以,要是再打到我们怎么办?"

文书张富贵好像睡着了,眼睛低垂,嘴角松弛,突然插话:"看你说的李经理,他们打你们疼,打我们也是疼呀。你看看三牛,头上的大包估计三天也消不下去。我还想着让他明天休一天班呢。"

窗外,突然传来孩子们清脆的哄笑声。回声传到了屋里,迅速散开,从墙壁上弹了回来。窗框哗啦啦地抖动着,仿佛很害怕的样子。

赵振轩站在窗前,先是紧张地一低头,接着笑了。

又是一阵清脆脆的笑声,这次更近,更响——传到了屋里,回声碰到墙壁返回来,打在每个人身上。

注:本文获"昭通杯"首届全国国土资源题材短篇小说大赛优秀奖。

(刘亮,1975年出生,山东淄博人,山东省作协会员,鲁迅文学院第十五届高研班学员。小说见于《山花》、《长江文艺》、《作品》、《山东文学》、《阳光》等。有中篇小说被《小说选刊》转载。)

灰色地带

■曹　永

一

夜色很浓，仿佛一团墨水，泼得到处都是。王强和弟弟王壮睡下不久，墙角就传来耗子吱吱的叫声。他们都不愿意起来驱赶，任由耗子放肆。王强的睡意就像堆在楼梯下面的包谷，被那些耗子偷走了，他躺在床上，像虫子似的滚来滚去。王强闭上眼睛，试图以此诱惑睡意，可睡意宛若一条狡猾的狐狸，总是远离猎人为它设置的陷阱。王强无可奈何睁开眼睛，夜色就像一匹巨大的黑布蒙蔽四周。

王强躺在被窝里，忽然听到远处传来几声狗叫，接着，一阵急如雨点的脚步声由远而近。通过那串密集的脚步声，王强判断有人正往这个方向飞快地跑来。

果然，片刻之后，他的门被人拍响。

王强不知道谁会在这个时候拍门。拍门的声音愈来愈响，就像一串点着的鞭炮。王强不想理会，他认为拍几下不开，来者自会离开。但他显然低估了来者的耐性，过了很久，门仍然固执地响着。王强的脑子里不停地数绵羊，试图用这种方式捕捉睡意。然而，睡意每一次逼近王强，都被门响声赶跑。从声音上判断，来人开始用脚踹门了。王强害怕外面的人破门而入，于是叫喊弟弟王壮，打算唆使他去开门。王强叫了几声，没有一点回音，回答他的只是王壮均匀的呼吸。王强通过王壮富于节奏的呼吸，判断他在装睡，因为王壮睡着之后，他响亮的鼾声一定会像打雷一样满屋子奔跑。

王强端着油灯往大门跑，让外面的人不要再拍了。他刚拉开门，一股冷风扑面而来，如果不是他及时护住，油灯就被冷风扑熄了。和冷风一起扑进门来的，还有一个叫杨宽松的家伙。王强打着冷噤，说你怎么来了？杨宽松气喘吁吁地说，我喝酒回来，发现家里多了一条裤子。王强打了个哈欠，说那该恭喜你，一条裤子值不少钱哩。杨宽松跺着脚说，我媳妇被人搞了。王强忽然来了兴趣，说你媳妇被谁搞了？杨宽松气愤地说，被曹树林搞了。王强说，村长啊？杨宽松抹了一把额头上的汗水，说正是这个王八蛋干的好事。王强把油灯放在桌子上，搓着手说，是你媳妇自愿的还是村长硬搞的？

杨宽松迟疑了一下，说这个不好判断，村长先剥了我媳妇的衣裳，我媳妇一生气，也剥了他的衣裳。王强听得两眼放光，连声骂娘，骂了几句，他觉得自己兴奋过度，赶紧收回脸上的笑容，说你揍媳妇了没有？杨宽松喷着酒气说，早揍了，牙齿都揍掉了两粒。王强说，这种女人，教训一下以后就听话了。杨宽松说，她喝耗子药了。王强吓了一跳说，那你还在这里干啥？还不送去野马冲找医生啊？杨宽松无奈地说，这不是找你借钱吗？

王强为难地说，那些钱是我凑来娶媳妇的。杨宽松着急地说，再不送去抢救，她就没命了，到时候我也要重新凑钱娶媳妇了。王强说，那就找别人借。杨宽松说，全村我都借遍了，也没借到多少啊。王强想了一下，终于钻进房间里找钱。他钻到了床下，屁股高高撅起，昏暗的灯光微弱地照射在上面。王强从床下抱出一只破鞋子，从里面掏出一叠凌乱的钞票递给杨宽松，说这是我所有的家当，六百块。

杨宽松接过那些散布着脚臭味的钞票，慢慢地数了起来。杨宽松数钱的样子，让王强很不高兴，他皱着眉头，斜眼盯着杨宽松，看到他脖子上顶着一个圆圆的脑袋，仿佛顶着一个南瓜。王强很想挥起拳头，把这粒南瓜打烂。数到一半的时候，王强终于忍不住了，说不要数了，少了我补给你。杨宽松笑了笑，很不好意思地把钱揣到怀里，然后提出请求，要王强帮他把病人抬往野马冲。

尽管王强很不愿意，但作为邻居，找不到拒绝的理由，于是，吹了油灯，关了大门，跟着杨宽松走。路边长着两排古树，上面挂满茂密的叶片，晚风吹过的时候，树叶发出沙沙的细响，仿佛一条小河在流淌。几只不知名的鸟儿，在远处发出嘹亮而急促的鸣叫。

二

杨宽松拆下门板，点起火把，在王强和几个村民的帮助下，抬着媳妇去野马冲抢救。野马冲在二十多公里远的地方，道路陡峭，他们抬着病人在山岭间前行，除了村民们的喘息，山路上没有多余的声音，简直安静如坟墓。黯淡的火把，在风里不停摇晃，似乎马上就要熄灭，但晚风消散之后，火苗立即摆正原本的姿态。

杨宽松举着火把，在黑暗中指引人们前行。王强在上路的一刹那，就丧失了把病人送到野马冲的信心。他觉得自己单薄的身体实在不具备这样的能力。翻越几座大山之后，王强感到体力不支，觉得肩膀上扛着的不是一块门板，而是一座大山。在这座大山的压迫下，汗水像虫子似的钻出他的毛孔，浸透了衣裳。王强抬头张望，但什么也看不清楚，夜色像洪水一样淹没四周。

王强唤过一个村民顶替自己，长长吁了一口气。携带着凉意的晚风像冷水似的迎面涌来，然后躲进路边的树林里。因为村民们很少前往，这条道路显得无比陌生。村民们加快了脚步，希望尽早抵达野马冲，但走了很久，发现目的地仍然遥不可及。

就在村民们汗流浃背的时候，杨宽松的媳妇又虫子似的扭动起来了。由于害怕晃动会加剧病人的痛苦，大家赶紧找个宽敞的地方放下门板。杨宽松的媳妇捏着脖子，像只挨刀的鸡似的不停地抽搐。节奏渐渐慢了，最后，终于停止了抽搐。杨宽松哆嗦几下，说媳妇，你别吓我，我胆子小，你可别吓我啊！

王强伸手在鼻孔边探了一下，说没气了。杨宽松像棵被吹断的树，晃动几下，一头栽在地上。村民们把他扶起来，喊了半天，终于把他叫醒。杨宽松蹲在地上，摇晃着渐渐僵硬的媳妇，说没有你，我还咋过日子啊，你不要吓我了，快点起来，听到没有，快点起来。他媳妇还是一动不动地躺在门板上，没有起来的意思。杨宽松沙哑着嗓子叫喊几声，最后嘴一咧，里面跑出一串响亮的哭声。大家好言相劝，让他把尸体抬回村去。杨宽松使劲摇了摇头，哭丧着脸说，一定要送到野马冲，也许还有救。王强说没有用，已经咽气了。杨宽松忽然抱住王强的脚，说不行，你们一定要把她抬到野马冲，你们不能见死不救啊！

王强试图让他松手，但挣扎几下，徒劳无功，只得任由他抱着。王强说，如果早点送到野马冲，肯定还有救，但现在来不及了。杨宽松央求大家抬去试试，他的哭声就像夜色一样笼罩着大家，让他们感到鼻子隐隐发酸。有的悄悄抹去眼角的眼泪，有的把头扭到一边。虽然大家为之悲恸，但没有接受杨宽松的请求，因为他的媳妇已经死亡。

杨宽松把鼻涕和眼泪抹在王强的裤子上，然后放开紧紧拥抱在怀里的两条腿。他捂着脸哭了几声，忽然抬起巴掌朝自己脸上抽去。王强被他响亮的巴掌声吓了一跳，还没反应过来，他第二个巴掌又落下去了。巴掌一下接一下地落下去，仿佛密集的雨点。当杨宽松在大家规劝下停止抽打时，脸已经肿得像一个大馒头了。

王强把杨宽松拉起来说，你就算打死自己，她也不会活过来了。杨宽松摇着王强说，都怪我，是我害死了她啊。王强安慰说，不怪你，要怪怪这条路不好，要是及时送到医院，你媳妇就不会死了。杨宽松说，真的不怪我？王强回答，真的不怪你。杨宽松抹掉脸上的泪水，说那先把她抬回去埋掉。

王强一行抬着尸体，沿着铺满石板的小路往杨宽松家走去。听到动静，不断有人钻出破旧的草房，跟在他们身后。他们的队伍就像孩子嘴上吹着的猪尿泡，愈来愈大了。这个逐渐膨胀的猪尿泡在进入杨宽松家的院落后，终于瘪了。人们纷纷散开，有的砍柴烧火，有的洗锅做饭……为这场从天而降的丧事忙碌起来。

三天之后，这场丧事接近尾声。王强他们把棺材抬上山，并挖坑埋葬。

杨宽松坐在一块布满青苔的石头上，脸色愈来愈难看了。他实在不敢相信，媳妇前几天还生龙活虎，现在居然被一堆黄土密封起来了。他拿着酒壶，一口接一口地喝，很快，脸就红得像猴子屁股一样了。他咕嘟咕嘟把一口一口酒咽下去之后，忽然说，老子要修路。王强当时正在铲除坟墓前的杂树，听到这个浑沌的声音，放下锄头，走过去说，你说啥？杨宽松张开酒气烘烘的嘴巴，说我要修路，修一条通往野马冲的公路！

王强忽然想起，爹死的时候，一直拉着自己的手，颤抖着说村子连路都没有，像牢房一样把我关了几十年，可怜我活了大半辈子还没有到外面去过……

三

风呼呼地叫喊着，在山岭上奔跑，在树林里奔跑，一些枯枝杂草在风的勾引下离开地面，流浪到远方。浑浊的尘土漫无目的地飘荡在天空，最后降落在古树、野草、庄稼和房舍上。

这是半年之后的情景。迎春社的村民蜂拥而出，就像一群蚂蚁，遍布山岭。村民们在风里劳动，他们斩草除根，伐树碎石。开始的时候，只有杨宽松在此劳动，他像一头任劳任怨的老牛，把汗水洒在这条路上。傍晚，村民们看到杨宽松在夜色笼罩下劳动；早晨，村民们睁开眼睛，发现他已经累得汗流浃背了，仿佛晚上没有睡觉。杨宽松就像一面镜子，照出村民们的自私和懒惰，他们为此感到恐慌，于是像虫子似的躲藏在各个角落悄悄窥探。他们希望杨宽松能够停止劳作，但事与愿违。杨宽松就像眼里的沙子，让他们难受。终于，村民们忍无可忍，他们提起锄头，扛起钢钎，纷纷加入修路的行列。

在这场劳动中，王强就像一个影子，杨宽松走到哪里，他就跟到哪里。他总是把自己保持在杨宽松的视线中。杨宽松把媳妇埋掉之后迟迟没有还钱，甚至绝口不提，仿佛已经忘却，王强无法开口讨要，只能紧紧跟着杨宽松，以提醒他早点还钱。

如此半月，王强没有等来欠款，却等到了一个难题。这天中午，天气炎热，大家停止修路，躲到路边的树林里休息。王强刚刚席地而坐，杨宽松就提着酒壶朝他走来了。走近之后，杨宽松先是和他探讨天气和修路进展，然后一个问题和浓重的酒味飘出嘴巴，他说，王强，我们关系咋样？王强一下子变得紧张起来，说，你是不是有事？杨宽松又问了一遍，坚持要求王强回答。王强拿不准他的意思，但还是点了点头。

杨宽松把酒壶送到嘴边，咕嘟喝了一口，说既然我们关系不错，就帮我一个忙。王强问什么事？杨宽松说，收工后和我去找村长曹树林。王强有些不安，说找他干啥？杨宽松说，是他害死我媳妇，你和我去找他要赔偿费。王强有些吃惊，说他是村长哩，能给你赔偿？杨宽松有些失望，说看来你不打算陪我去了。王强说，我不是这个意思，但他是村长，咋能给你赔偿呢？再说，你媳妇是自己喝药的，又不是村长强行给她灌下去的。杨宽松有些生气，说你不敢去算球了，我自己去。

一阵风吹了过来，把他们的谈话吹进王壮的耳朵。本来王壮躺在不远处的一片树荫里睡觉，听到这些随风飘来的声音，便迫不及待地跑了过来。跑过来后，他把屁股放在旁边的草地上，说怕个球，我们陪你去。杨宽松说，你不怕吗？王壮捞起袖子，说别说他是村长，就是乡长老子也不放在眼里。

王强看到弟弟兴奋的样子，觉得事情不妙，觉得一件麻烦事愈来愈近了。在这个热火朝天的下午，王强看到弟弟一边干活，一边和杨宽松低头交谈，仿佛在讨论接下来的事情。谈到愉快的地方，他们甚至放声大笑，笑声引来村民们好奇的目光。王强看到弟弟的嘴不停地蠕动，不由绝望地皱了一下眉头，恨不能把王壮嘴里吐出来的话重新塞回他嘴里。

太阳西撤，热气锐减。村长曹树林砍倒四棵大树，提着斧子，带着疲惫，打算回家。没走几步，杨宽松王强王壮扛着三把锄头拦在跟前。站在最前面的杨宽松说，村长，我有事找你。曹树林问啥事？杨宽松沙哑着嗓子，说我媳妇死了。曹树林说，我晓得，出了这种事，你要想开点。杨宽松有些激动，说我就是想不开。曹树林安慰了几句，说以后村里来救济物资，我会首先考虑的。

杨宽松红着眼睛，说我媳妇是你害死的，要你赔偿。曹树林笑了一下，说，怎么能怪我呢？杨宽松被那笑容刺痛了，他气呼呼地说，如果没有你，她就不会死了。曹树林说，你要讲道理啊，你咋能把这件事赖在我身上呢？你媳妇明明被你打了，生气了才自己喝药的嘛。杨宽松愤怒地说，如果你不搞她，我就不会揍她了。归根结底这个事还是怪你。曹树林用袖子擦了一下斧子说，是她勾引我，怪不得我。

杨宽松就像一条疯狗，挥着锄头准备扑上去和曹树林拼命，没走几步就被王强紧紧抱住了。杨宽松叫着说，今天我和他拼了，王强，你快点放开我，我和这个狗日的拼掉算了。王强不放,他悄悄对杨宽松说,你真的不要命了,你看他手里有斧子呢。杨宽松一看,曹树林果然提起斧子,满脸凶狠地瞪着自己,斧子闪着寒光。

王壮一直站在旁边抽烟,摆出一副事不关己的样子。他拿着烟杆,把自制的皮子烟塞进烟斗,叭嗒叭嗒抽起来,味道浓烈的烟雾包围了他的脑袋,以致他肩膀上面的部位看不清楚,仿佛一具刚被砍头的尸体。

过了半晌,那团浓烟里跑出一个沉闷的声音,那个声音劝曹树林放下手里的斧子。曹树林说,你们先放下锄头。王壮挥手拨开烟雾,露出脑袋说,如果你再不放下斧子,老子保证把你砸得像死狗一样趴在地上。曹树林说,你敢?王壮慢吞吞地把烟熄灭,把烟斗塞进怀里说,天下没有老子不敢干的事。曹树林让王壮的气势镇住了,他希望有人过来劝架,但村民们都走远了。

曹树林眼里闪过一丝慌乱,他攥着斧子说,快点给我让路,要不然我不客气了。王壮不但没让开,还往前走了几步,说现在是给你机会,过一会儿,你想放下斧子都来不及了。曹树林紧张地退了一步说,谁敢过来我要他的命。王壮忽然把脸一板,举起锄头说,再不放下斧子,老子先要你的狗命!曹树林脸色苍白,简直没有一点血色,哆嗦几下,斧子"咣"的一声掉在了地上。看到曹树林放弃抵抗,杨宽松和王强松了一口气,王强甚至悄悄擦了一把汗,身上绷紧的肌肉也慢慢松弛下来。

王壮把闪着寒光的斧子踢到一边,说现在谈正事。杨宽松看到危险解除,挺起胸膛走过去,要求曹树林对媳妇的死亡给予赔偿。他们站在傍晚的荒野,经过漫长磋商,终于解决了。谈判结束,曹树林意味深长地对王壮说,小伙子,你还年轻,总有一天会后悔的。王壮说,如果你再说一句废话,我马上就让你后悔。曹树林不再说话,只是朝王壮冷笑一下,然后捡起地上的斧子往村子走去。

四

杨宽松获得赔款之后,王强以为他会把钱还给自己,然而,王强判断失误,他在漫长的等待中渐渐失望。杨宽松就像一根鱼刺,卡在喉咙深处,让他无比难受。

事发那天早上,村民就像耕种自己的土地一样埋头苦干,汗水像虫子一样从毛孔里钻出来,浸湿他们的衣裳。男人们脱掉衣裳,赤膊上阵;没有出嫁的姑娘脸上发烫,埋下头,快速地劳动,掩饰自己的羞怯;而已婚妇女无所顾忌,她们像观赏店铺里的衣裳那样观赏男人的体魄,交头接耳发表评论。

杨宽松是一个强壮的家伙,他故意去搬运一块沉重的石头,以展示自己的力量。当他把石头搬运到路边时,看到王强微微显现的肋骨,于是嘲笑他长得瘦小,像只猴子,还说你不该叫王强,应该叫王排骨。王强打量自己的身体,脸一下子红了,说这么大了还尿床,你还有脸说我?

王强的话惹得村民们哄笑起来,大家都晓得杨宽松尿床的事。多年以前,杨宽松的娘总是挨家挨户找猪尿泡,说猪尿泡能治尿床。尽管杨宽松在吃完村里的猪尿泡后不再尿床,但他尿床的事却永远留在人们脑海里。

　　杨宽松在众人的哄笑声里有些生气，说你除了一张嘴像喜鹊似的叽叽喳喳叫以外，还有啥本事？王强说你又有啥本事？杨宽松说，我没啥本事，但我至少还有一身力气，不像有的人，瘦得像根排骨。王强不服地说，我长得像根排骨又咋了？你能干的我照样能干！杨宽松不屑地打量着王强，说就你这个样子？王强说，我这个样子咋了，不要瞧不起人，不信就比试一下。杨宽松问，比什么？王强说，随便你。因为不服气，王强也有些激动，他摩拳擦掌地说，比什么，快点！

　　杨宽松指着岩边一堆松动的石头，说我们比力气，搬石头，谁搬得多谁就赢。王强说比就比，谁怕谁！杨宽松说输了咋办？王强说咋办都行。杨宽松的脸上露出笑容说，和我比，你输定了，到时候要从我的胯下钻过。王强气愤地说，你咋晓得我一定输，如果你输了呢？杨宽松嘴唇飞快地翻动，然后吐出一串声音，那串声音说，如果输了，我就从你的胯下钻过。

　　王强和杨宽松制定了比赛规则，开始搬运石头。他们几乎同时抱起石头，王强脸红脖子粗，青筋像蚯蚓一样在皮肤里蠕动。相比之下，杨宽松显得轻松许多，他抱起石头，就像抱着自己的孩子，很快抵达目的地。

　　搬了几块石头之后，王强终于体力不支，感到一种叫疲软的感觉正慢慢在身上蔓延，他开始后悔这场没有胜算的较量。王强深刻地体验到这场赛事的艰难，在石头的压迫下，渐渐失去了取胜的信心，终于毫无悬念地败下阵来。

　　王强羞愧地抬起头，发现杨宽松的脸上挂着一副胜利者的笑容。王强让杨宽松的笑容刺痛了，抹着汗水，果断地要求他还钱。当时，围观者众多，杨宽松看到大家的目光像箭一般齐刷刷射来，不由得恼羞成怒，他说，我啥时候欠你钱了？王强说出了时间地点，甚至说出了他借钱的用途。但杨宽松拒绝承认，他说，欠条呢？王强说，当时你没给我打欠条啊。杨宽松笑了一下说，那怎么证明我欠你的钱？王强气得差点跳起来说，你狗日的想赖账啊？

　　杨宽松说，你怎么骂人呢？信不信我撕烂你的臭嘴。王强抵上前去，赌气地说，有本事你撕？杨宽松本来是随口一说，并不想撕王强的嘴巴，没想到，王强真把一张臭嘴送了过来。杨宽松看了一下观众，觉得面子有些挂不住，于是推了一下王强。王强猝不及防，四脚朝天摔在地上。地面布满石头碎片，其中一块锋利的碎片，划破了王强的大腿。王强发出一声凄厉的惨叫。

　　围观者回过神来，纷纷上前救助伤者。他们扶起王强，看到他的大腿多了一张嘴巴似的伤口，那张嘴巴不停地呕吐鲜血。救助者赶紧包扎、往伤口敷泥巴等止血，他们每动一下，都使王强痛苦地呻吟。王强满头大汗，感到疼痛像老鼠一样在身上窜，他东张西望，试图让弟弟为自己报仇，然而找了很久，才想起弟弟王壮今天在家修补院墙。王强推开救助者，跛着脚往家走，一边走，一边咒骂杨宽松，说他过河要被水淹死，上山要从崖上摔死，吃饭被撑死……

　　王强来到院子外面，看到大门像河马的嘴巴大大地张开，嘴巴里面有几只鸡在寻找食物。靠近河马门牙的地方，弟弟王壮果然提着锤子在修补院墙。王壮看到他，吃惊地问，出什么事了？王强伤心地说，你大嫂没了。王壮问他怎么回事？王强说，我把娶媳妇的钱借给杨宽松，这个狗东西赖账不还，你快去帮我揍他一顿，把钱要回来。

　　王壮在哥哥的带领下踏上报仇的路，手里提着一柄锤子。在此之前，王壮一直利用那柄锤子敲打石头，那些棱角分明的石头在王壮的打击下变得规整。现在，王壮打算用它来敲打一个叫杨宽松的家伙。王强看弟弟提着锤子的威风模样，仿佛看到那柄锤子砸在敌人身上的情形，感到无比兴奋。他捂着受伤的大腿，带着弟弟往前走。经过杨宽松家门口的时候，王强停了一下,目光落在杨宽松家猪圈上。他忽然想起,这个猪圈,是自己帮忙建的,当时他的手指还被锤子砸伤。

思绪延伸,往事如一张张年代久远的相片在脑海里浮现。王强由此记起,他家的房顶,是杨宽松帮忙翻修的,翻修完房顶那天,杨宽松还顺便帮自己理了个发。王强甚至清楚地想起,那些黑色的头发被一刀两断之后,马上被微风席卷而去……

经漫长的回想,王强在心里重新为杨宽松的形象定位,认为杨宽松是个好邻居。有那么一刹那,差点放弃了报仇的念头,但想到杨宽松不肯还钱,一下子来气了。既然借钱不还,就说明他们的关系已经变质。

王强继续带着弟弟往前走。他们在修路的人群里寻找杨宽松的身影。锁定目标后,王壮就像一条猎狗,提着锤子冲了过去。杨宽松看到杀气腾腾的王壮和他手里杀气腾腾的锤子,吓了一跳,扔下手里的工具就跑。他们展开了一场速度的较量。在这场较量中,王壮仿佛一只野兽,动作敏捷,很快就把试图逃逸的杨宽松扑倒在地。

村民们全都远远围观,没有人敢上前劝阻,他们害怕那把凶狠的锤子会改变打击对象。观众们屏住呼吸,目睹王壮的手不停地挥动,锤子落遍杨宽松身体,每打一下都能打出一个痛苦的声音,仿佛奏响一件乐器。当王壮演奏完毕,杨宽松的皮肤已经青一块紫一块,改变了本来的颜色。

王强站在路上,抬头朝天上看去,天空透明得像一块玻璃,啥也看不见,或者说,天空本来就不存在。这时候,有几只鸟儿像流星一样从远处飞来,但它们没有停下翅膀观看,而是迅速离开。

五

时间慢慢流走,秋天拖着尾巴经过村庄,走过的地方,树叶枯黄。那条公路就像一条成长中的蟒蛇,愈来愈宽,也愈来愈长了。

因为痛击杨宽松,王壮声名大振,村民们对他另眼相看。现在的社会,过去被人称为江湖,过去的侠客,现在又被人称为混混。尽管称呼不同,但这类人在任何时刻都拥有崇拜者。现在,村民们都用一种崇拜的眼光看王壮。王强看到弟弟的架势很威风,他也为此得意。现在,他觉得整个村子最威风的就是自己和弟弟了。

有人向他们兄弟打听杨宽松的伤势,王强放下手里的锄头,抹了一把汗水说,不清楚,不过听说这几天还在床上躺着。那人悄悄说,你们要小心,听说村长早上去野马冲了,弄不好是去派出所哩。

由于地理位置特殊,这个叫迎春社的村庄一年半载也看不到警察的影子。王壮因此没有感到一丝害怕,他哼了一声说,怕个卵,派出所又咋了?那帮狗日的还能咬掉我的鸡巴?

太阳从云彩后面钻出来,来回奔跑的风变得有气无力,修路的村民感到炎热,汗水像蚯蚓一样爬出皮肤,他们只有不停地用袖子朝脸上抹,但汗水源源不绝,最终浸透了衣袖。他们感到疲惫,但所有人都像上足了发条的机器不停地劳动。这条发源于迎春社的公路,像泉水一样缓慢向前流淌。

公路竣工的那一天，所有人都喜极而泣，泪水模糊了眼睛。祖辈的梦想，终于在这一天实现。或许会有人把村民们定位为一群自讨苦吃的疯子，但那些来过村子的人，都无一例外地理解村民的举动。这些人在翻过险峻的山岭，越过深邃的沟壑来到迎春社后，才惊恐万状地发现，原来世上居然还有如此偏远的村庄。

村民的脸上爬满泪水，一种来路不明的酸楚，出现在他们脸上。就在泪水淋湿他们面孔的时候，一阵刺耳的警笛声忽然响起，然后，一辆汽车闯进他们视线。那是一辆警车，他们目睹那辆警车朝村庄狂奔而来，居然比野马还跑得快，转眼工夫就跑到面前。

汽车在村口停下，然后，车门像一个怪物的嘴巴突然张开。村民们看见怪物的嘴巴里吐出两个人，是两个身穿警服的人。那两个身穿警服的走进人群，问他们谁是王壮。在得知结果后，那两个身穿警服的说，王壮打伤了人，要跟他们去派出所。

王强看到弟弟手腕上出现一副锃亮的手铐，还看到弟弟像一个听话的孩子跟着警察朝汽车走去。王强忽然喊等一下，然后飞快地朝家跑去。他跑得很快，像一阵风似的。王强跑到屋子里，拿起一串鞭炮转身跑出来。

王强跑到村口，然后把鞭炮点着。鞭炮就像一条火蛇，不停地扭动，响亮的声音打破了村庄的静寂，远远地传了出去。王强甚至觉得，这响亮的声音能传到天上。鞭炮很快爆炸完毕，地上落满了纸屑，火药的味道在空气里飘荡。这时候，远处的山岭里还隐隐传来回响。差不多所有人都想：他妈的，这是啥鬼鞭炮，居然这么响，简直比打雷还响！

王强朝弟弟挥了一下手，说你放心去，家里有我哩，你放心去吧。因为激动，王强的声音显得有些沙哑。王壮咧嘴一笑，想和乡亲们说点啥，可警察把他推进了怪物的嘴巴。怪物把嘴合拢之后，飞快地朝野马冲方向跑去。尽管路面像一张麻子脸，坑坑洼洼，但警车还是跑得很快，它拖着刺耳的警笛声，转眼就消失在山的弧度后面。

汽车来了，汽车去了，所有人都像做梦一样。醒悟之后，村民们兴奋不已。看着汽车渐渐跑远，最后消失不见，就像送别远行的亲人，每一个人都依依不舍。汽车去远了，他们还仰着头，看着前方。他们的脸上，布满了羡慕的表情。

村民们说，王壮的福气真好。村民们还说想不到，村子里第一个坐上汽车的，居然是王壮这个家伙。还有村民拍打着王强的脑袋，就像拍打一个南瓜，连声说，王家祖坟上冒青烟了，王家祖坟上一定冒青烟了。王强感到脑袋快被拍碎了，但没顾上生气，他哽咽着说，爹，娘，你们看到了没有，弟坐上汽车了，村长还没坐过汽车，可他坐上了，你们看到了吗……

这个时候，鼻青脸肿的杨宽松朝村口飞快地走来，他想看汽车，但来晚了一步，前方空荡荡的，连影子都看不到了。杨宽松悔恨地跺了一下脚，说王壮这个龟儿子，要是没有我，咋会有今天？

警车远去了，但村民还是久久不肯散去，他们踮着脚，像长颈鹿似的伸着脖子朝前方眺望，可啥也看不见，他们目光收获的，只是一条灰头土脸的公路，公路上面有两条车轮碾出的轨迹。那是两条一眼望不到尽头的轨迹。

（曹永，1984年生于贵州省威宁县一个偏远山村，2008年开始写作，已发表作品若干，有文章被《北京文学·中篇小说月报》和《中篇小说选刊》转载。）

艺术女婿

■高茵颖

胡小龙最近结识了一个叫王思梦的漂亮姑娘，回去对父母一说，父母乐得眼睛都笑没了，他们拍着腰包对儿子说："该用的你就用，别让人家小瞧了咱们！"

胡小龙把父母的话传给了王思梦，本想讨好，可王思梦家偏偏不吃这一套。尤其是王大妈："家里有钱算什么，我要的女婿必须有品位，懂艺术，否则，免谈！"

王思梦把她妈的意思向胡小龙说了，胡小龙拍着大腿直嚷嚷："哎呀，烧香拜和尚——你是找对人了。不瞒你说，我从小就是搞艺术的，二十多年的艺术熏陶，那是什么品位？"

王思梦问："你搞什么艺术？"

"画画。"

"真的？"王思梦惊喜得搂着胡小龙就亲，"我妈就爱画画，每天都去老年大学上课。要不，哪天上我们家，给我妈露一手？"

"没问题，保证让你妈眼睛一亮！"

说完，胡小龙就后悔了。他压根不懂艺术，如今夸下海口，怎么收场？抓了半天脑瓜子，只好临时抱佛脚——买了一摞学画的书来啃。

可看了半天书，啥门道也看不出来。正抓耳挠腮，父母回来了。胡小龙的父母做蔬菜生意，最近为儿子的事忙得脚打后脑勺。一进门，他妈就说："儿呀，你不是说思梦她妈爱画画吗？我弄来一张画，你送过去，保准讨她喜欢。"

胡小龙接过来一看，画有些皱巴，上面画的好像是几头驴，可细看又不像，不过，旁边倒是有"白玉斋主"四个字的大红印章。胡小龙这几天没白读书，知道作画且落款盖印的，不会是一般人，于是决定把这张画送过去。

胡小龙把画收好，突然想起一个问题——画虽好，可王大妈一旦问我好在哪里，怎么说？到时候说砸了，不仅丢面子，还会丢媳妇。无奈中，胡小龙记起了初中同学马胖子。马胖子在文化宫画海报，何不找他帮忙想点子？

次日，胡小龙来到文化宫，马胖子拍着他的肩膀说："这有啥愁的？我教你一套评论美术作品的行话，就算是达·芬奇和梵·高站在你面前，你照样能唬得他一愣一愣的！你看，像这种画，根本不用管它像什么，你就说这是集抽象派与印象派于一身，笔墨看似笨拙呆滞，实乃深入浅出，高手妙哉，可谓大俗大雅、大拙藏巧、大音稀声、大象无形……"胡小龙把这些话背得滚瓜烂熟。

准备停当，胡小龙决定登门见准岳母。第一次上门，父母要他买些高级礼品，胡小龙眼一瞪:"俗不俗?你们以后少在我面前耍小市民气,我的艺术天赋都被你们耽误了!"父母互相看看:八字还没一撇,儿子就被未来的丈母娘给统战了。

胡小龙来到王家,与王大妈寒暄几句后,小心翼翼地展开手里的画,一套一套讲起来。这一招果然厉害,把个王大妈听得一愣一愣的,最后一把搂住胡小龙连连喊道:"有水平,有水平啊,我们家的女婿就是你了!"

王思梦也挺高兴,把胡小龙拉进闺房:"真没想到你不光懂画,还是拍马屁高手,说,哪儿弄来的我妈的画?"胡小龙一愣:"你妈的画?"王思梦说:"你是真不知道还是装?那张画就是我妈画的。""那'白玉斋主'的印章是怎么回事?你不是说你妈在老年大学学画吗?"王思梦笑得肚子疼:"这'白玉斋主'是老年大学校长给我妈起的画名。作家有笔名,画家也有画名,你能说出那么多道道,怎么连这都不懂?我妈说了,下回带你自己的画来。"

胡小龙惊出一身冷汗,还要有下回啊?

回到家,他问已上床休息的老妈:"你给我的那张画是从哪儿弄来的?"他妈说:"哎呀,不瞒你说,有个老太太回回到我这儿买菜,总左挑右拣的,有时还要赖说忘了带钱,硬塞给我一张画,与我换几根茄子、辣椒什么的。我看她年纪大了,也不与她计较。画白白丢掉总舍不得吧?于是就留下来了。怎么,你王大妈喜欢?我床下还有一大卷呢!"

胡小龙听得两眼起泡泡,吼了一声:"那就是王大妈画的!"

"你说什么?"母亲闻声从床上蹦下来,"就是那个买菜的老太太?小子你给我听着,咱打八辈子光棍也不和她结亲家。吹,趁早吹!你要是敢和她闺女结婚,我就去跳楼,死给你看!"

胡小龙哪肯死心?好不容易找个对象,怎能说吹就吹?

怎么能让双方老人都理解呢?胡小龙望着床头那卷皱巴巴的画,忽然来了灵感——解铃还需系铃人,得在画上打主意!

半个月后,胡小龙再次来到王思梦家,将一张大红请柬毕恭毕敬放到王大妈手里,老人打开一看,上面一行小字:老有所乐,老有所为。中间一行烫金大字:"白玉斋主"画展。

王大妈迷迷糊糊被请到文化宫,一进门,胡小龙就说:"大妈,这是我给您老搞的个人画展,请审查!"王大妈大喜过望,那些皱巴巴的画被装裱后挂在展厅里,显得那么亮堂。人要衣装,马要鞍装;三分画七分裱,果然不假。

这时,胡小龙他妈手拿请柬在王思梦的搀扶下走了过来,她一把搂住王大妈说:"他婶子,你这么好的画,当初怎么舍得和我换葱换蒜啊?我真是有眼无珠!"

王大妈异常兴奋:"没想到你这个卖菜的老婆子,竟养了一个这么有艺术眼光的儿子!哈哈,我的亲家母!"

一旁,胡小龙和马胖子笑得直捂嘴……

芒果雨

■贾志红

一

除夕那天凌晨,我被一阵淅淅沥沥的细雨声惊醒。

很奇怪的雨声,它若有若无飘落的声音,怎么听都不像是在雨势来去都轰轰烈烈的西非国家。西非从不会下这么缠绵的雨,它总是不来则已,一来就倾盆如注而声势巨大。而这细润、这轻柔、这如袅娜的女子婆婆走过的雨声,幽幽怨怨的节奏令人想到南方。

循着这样的雨声,我的思绪回了一趟我国西南地区。

有一年除夕,我在西南的一座小城里度过,天空就飘着这样的蒙蒙细雨。那座小城,有一条清澈碧绿的小河环城而过,四周是苍翠的山峦,一重又一重隐在薄薄的雨雾中。重重叠叠锁住这座小城的,除了山峦,除了细雨,还有从清晨一直到正午才会散去的雾霭。这些时浓时淡的雾气,笼罩着依山而建的古旧的房子,斑驳的墙壁在朦胧中平添了几分梦境的迷离。

这座小城即使在除夕这样热闹的节日里,也依然宁静得像一幅悬挂在墙上的风景画。小城里的人们不喜欢这样的宁静,他们向往大都市的繁华和喧嚣,年轻人纷纷在外打工,纵使过年也少有回来。在这座安静的小城里,破旧的粉墙黛瓦屋檐下,慢慢走动的大多是步履迟缓的老人。青石板的街巷里奔跑着的孩子们站住凝望你时,神情有些落寞和怯生。

我一遍又一遍地穿过小城窄长的巷子,巷子尽头是哗哗的河水,每一条巷子都通向河边,青石板的小路一直延伸成下河的台阶。平缓的河水,在石板桥下的浅滩上碎成白色的

贾志红 女,笔名楚歌,湖北咸宁人,中国国土资源作家协会会员。热爱散文。散文作品《天堂里飘来桂花香》、《不散的水席》、《中药的味道》、《居延海之约》、《最后的温暖》等获全国及地方散文奖。现供职于河南省地质矿产勘查开发局地勘三院。

水珠。虽是南方,毕竟是隆冬时节,雨中的河边,风也有几分寒意。从农历的除夕到正月初一,我一直在这些巷子里穿行,撑一把碎花小伞。有时会在一扇长满了荒草的门前站立,知道这扇门没有人进了,也再不会有人出,都荒废了,只是门前的青苔在雨中分外苍翠。我也常常伫立河边,看一叶小舟在细雨薄雾中漂浮,不知道它会去往哪里,会在一个承诺里如期归来吗?

雨停了,河上的雾气散去,我会在台阶上坐一会儿,晒一晒小城难得的慵懒太阳。这些异常的举动常常招来老人们探究的目光,有个老婆婆一直追在我身后问:"姑娘,你是在找人啊?"我笑着摇摇头,走开。我在找人,也不找人,我眼前是一堵墙,我试图翻开一个隐在斑驳水痕下的久远故事。我很喜欢这里的宁静,虽然并不是为了寻找一份宁静,千里迢迢在一个几乎人人都回家的重要节日里,独自逆流而出的。

确实有一个故事牵引着我来到这座小城。是他的故事,他青春里最绚丽的故事在这里凄美地结束。此前,我根本不知道在重重的大山里,有一个安静的小城,有一条碧绿的河流。它们日复一日、年复一年地用它们听得懂的话语,悄悄地说着被不知名的藤蔓掩盖在斑驳的墙壁下的故事。

我踏上那次旅途时很忧伤,却因为有忧伤而不觉得旅途漫长或枯燥。

我是在农历腊月二十九登上南下的火车,在火车开动的一刹那,我知道离他越来越远了。远到我无法走近他,远到我只能在他的故事里,找一点温情来暖暖又湿又冷的心。在火车的卧铺上,我侧躺着一直在听一首忧伤的古筝曲,如诉如泣。心随着旋律被徐徐地提起,又一阵激越过后被胡乱地放下,但却空落落的找不到原来的位置。

我在小城里徘徊了两天,当然什么也没有找到。什么都过去了,什么都不存在,草荒了,墙颓了,门废了,我能找到什么呢?在寻找中,我爱上了小城的宁静,它静静地端坐在山脚下,与世无争地与外面那个嘈杂的世界隔绝。再后来,我沿着那条碧绿的河,继续往上游走,在越来越静谧的大山深处,忧伤越来越淡薄,直到二十几天以后我钻出大山,结束了漂泊。走在豁然开朗的春天阳光下,突然有一刻,茫茫然,忘记了这次旅行的初衷……

但是,紧接着,我开始为自己不再忧伤而恐慌。就像乍一从梦里醒来茫然无措一样,那次旅行结束后的很长一段时间,我还反复地听那支古筝曲,寻找曾经的感觉,仿佛只有忧伤才能证明我真情地爱过,才能证明我曾经在西南的小城里寻找过一个无果的故事……

二

这场在西部非洲罕见、宛如我国南方的小雨,还在淅淅沥沥地下着。它在这个凌晨惊醒我,把我拉入一个故事,又把我推进一个虚幻。

这是不是就是西非传说中的芒果雨?它怎么就这么神奇地下在我国的除夕了呢?

芒果雨这个名字,我是从龙翻译那里听来的。

从去年9月,雨季里的最后一场雨,告别这个有一半疆域被撒哈拉沙漠覆盖着的干旱的西非国家,雨就成了一个远去的回忆。它挥一挥手,带走了所有的云彩。在此后的几个月里,我常常站在蔚蓝的没有一丝杂质的天空下,看着远方。

远方是同样颜色的天空,辽阔得没有尽头。有干热的风从北方的沙漠吹来,卷起一阵沙尘,湮没了雨的信息。而到了 11 月,芒果树依然长出了鲜嫩的新芽。我曾经担心这样嫩嫩的生命是否经得住烈日的炙烤。担心还没有落下帷幕,12 月,它们就轰轰烈烈地开出了满树的花!起初是淡褐色,一点也不显眼,像一个羞于见人的丑丫头,试探着露出半张脸;紧接着,就毫不客气了,粉褐色,一粒一粒组成一串一串,饱满而热烈,恣肆而张扬。

其实我知道,我是杞人忧天。西非干热的气候是很适合芒果树生长的。倒是我,一点也不适应这样的干热。在非洲工作了十几年的龙翻译,看到我大口大口地喝水,却仍常常流鼻血,又总在不停地往脸上和手上抹保湿乳,就笑呵呵地安慰我:"也许在芒果树挂果的时候,会下一场芒果雨。"见我眼睛亮了一下,又赶紧补充道:"但是很少见,很多年一遇吧。"

那时,芒果花开得正浓。整条路上都是芒果花的芳香!我一直试图让同事小孙相信芒果花有那样的一种特别的气味。之所以选择小孙,是因为这个小伙子来自中国北方。我固执地认为,如果一个人在北方生活过,他就应该能识别出芒果花特别的味道。

傍晚的时候,我神秘地领着小孙去我天天跑步的芒果园。选择傍晚,一个原因当然是为了避开毒如火舌的烈日,更重要的是只有在傍晚,太阳斜斜地垂挂于西边的地平线,芒果园笼罩在落日的余晖里,那些花儿只有在这个时刻,才会抖尽与骄阳搏斗一天的疲惫,在阵阵柔和的晚风里,毫无戒备地散发它最真实的味道。

我对小孙说:"你闭上眼,想象着自己就站在自家的院子里。"

小孙闭着眼照做了。过了一会儿,我问:"闻到什么味道了吗?"

"淡淡的清香。"

"再闻!"

"还是淡淡的清香呀!"

我有一些失望,我冲这个自称在北方农家小院里生活过的腼腆小伙子喊道:"你难道没有闻出来?是一种浓郁的用当年的新麦子磨的面,蒸熟了,刚刚揭开笼屉,在笼屉里虚腾腾地挤靠在一起的大馒头香味呀?"

我连珠炮似地说完了以后,小孙又深深地吸了一口气,然后笑了。我还是无限失望。从他的笑容里没有看出对这种特别气味的认可,那是一个无奈的笑。我不知道,是他太迟钝还是我过于敏感,抑或是我的嗅觉出了问题?或许,某一种气味对于人,也是有缘分的!

找不到第二个人来帮我鉴别芒果花的味道了。其他的同事大都来自南方,这种味道对他们而言,一定遥远又陌生。或者这个鉴别过程,对于他们这些常年在海外搞工程的粗犷男人来讲,本身就是一件很可笑的事情。那就不用了吧。我只是依然在每个傍晚,伴着这种最朴素也是最温暖的味道在芒果园跑步。其实,我在北方的生活很短暂,但寒冷又苍凉的北方留给我的记忆是那么温情!我喜欢北方的食品,喜欢那些散发着粮食本身香味制作简单的饮食,喜欢妈妈蒸的大馒头,喜欢妈妈熬的玉米粥,还喜欢和馒头一起出笼、烫得边吹气边剥皮的红薯……曾经和妈妈一起回忆那段日子,她说,那段最艰苦的岁月是一生中最快乐的时光!或许因为最快乐,才使那些哼着歌儿做出来的食品,香甜得那么久长!

花儿慢慢地凋谢了,整个园子里再也没有一丝一毫特别的香味了。那种气味因为消失得没有踪影而充满虚幻。我找不到任何东西来证明芒果花开满枝头的时候,曾经散发过那样一种令我无比亲切和怀念的气味。没有了芒果花的芳香,我开始期待那场多年一遇的芒果雨。那时,小芒果已经挂满枝头,一根根细细的藤,像胎儿的脐带一样连着它们和母体,那些在干旱的风里苦苦支撑了几个月的母体,还有多少汁液供它的孩子们尽情吮吸?但是,天空中仍然没有一点要下雨的迹象,总是万里无云,骄阳暴晒大地。夜里,或明月皎皎,或淡月如钩,我常常在熄灯入睡前出门去看看天色。我没有看天色识气象的本领,只是担心,雨是否在我睡着的夜晚悄无声息地来过,又在清晨被干燥的空气偷走,了无痕迹,而我什么也不知道。

就这样,一直等到了除夕,等到了除夕的凌晨,被一阵轻柔的沙沙雨声催醒。

三

这一场雨,就是我一直在等待的芒果雨。

没有烈日的日子,真惬意!我们把桌子搬到屋外的树下,桌子上撑起伞,在伞下包饺子,而人站在小雨中,不躲不避。周围站满了黑人,他们黑黑大大的眼睛一直盯着我们忙碌的双手。他们知道我们今天过节,屋檐下挂着的大红灯笼告诉了他们。

至于什么节日,他们并不关心,只是从我们兴奋的神情里,知道一定是一个类似于他们宰牲节一样的重大节日。他们津津有味地看我们怎么过节,他们是舞台下的观众,我们则在舞台上表演包饺子,雨帘就是我们的大幕。就像我在他们过宰牲节时,站在院子里,看他们祷告、宰羊、吃古斯古斯一样。

而整个上午一直下着小雨,如丝如缕,绵绵不绝,像多年前的那个西南小城。这场雨,真的是我等待的芒果雨吗?我没问龙翻译,那一天我找不到他,听说他喝醉了。

中午的时候,我给300公里以外巴马科的同事小齐打电话,我很兴奋,说:"下雨了,下雨了,芒果雨呢!"

她诧异地回答:"没有啊!太阳毒着呢!"

我又给75公里以外锡卡索的中国医疗队杨翻译打电话,已经没有了兴奋,只有询证:"小杨,你那里下雨了吗?"

"你想雨想疯了?要到6月,雨季来了,才会下雨的。"小杨回答得干脆利索。

我挂了电话,看看天空,雨已经停了,钻出云层的太阳如火如荼,干热的风肆意吹过。

饺子也吃完了,桌子已经收进了屋子,那些黑人们早就散了。

大红灯笼依然在屋檐下、在烈日里,像火焰一样。我手里的那把小花伞,干干燥燥的,没有雨的足迹,只有阳光的味道。

我找不到了,找不到那场芒果雨来过的印记了。我站在烈日下,迷茫地看着天空,然后低下头默默地念叨,我又找不到了。

恍然嗅到芒果花的芳香,亦恍然回到了很久以前钻出大山,站在春天的阳光下,茫茫然的那一刻。

转山——冈仁波齐

■王黎萍

　　我虽然已去过西藏三次，但对被誉为"神灵之山"的冈仁波齐一直心驰神往。这次转山，我从 7 月 28 日到 8 月 2 日，和藏族同胞一起连着走了三圈。冈仁波齐转山一圈是 54 公里，徒步线路都在海拔 4600 米到 5700 米之间。

　　冈仁波齐山峰那雄伟险峻的景色，藏族同胞那虔诚笃定的信念，转山路上那令人难忘的情景，不仅写在我日晒雨淋后黑红的脸庞，更深刻地留在激情澎湃的心中。

苦涩初尝

　　每年，藏族同胞都有徒步冈仁波齐的宗教习俗，并把它称之为转山，夏季来转山的大都是藏族同胞，还有不少国内外的游客和"驴友"。

　　拉萨开往阿里的长途汽车，经过冈仁波齐所在的塔尔钦镇，路上要走 24 小时。途经札达县境内海拔 4900 米处时，我开始有了高原反应，呕吐了两次。到塔尔钦镇休息一夜后，感觉好多了，就匆忙吃了泡面，穿上抓绒衣裤和冲锋衣，戴好头灯，拄着登山杖，打开虚掩的大门。

　　野外星光满天，我茫然地看着，不知何处是转山的路。

　　这时，前方不远处就有光束，一条由手电光组成的游龙徘徊着，我也就跟着这支队伍走。路到了巴嘎乡政府前成了丁字路，我跟着队伍向左走顺时针右绕，没走多远就觉得很憋闷，汗水全捂在冲锋衣里，只好脱掉冲锋衣裤轻装上阵。随着路程的增加、海拔升高、空气的稀薄、体能的衰减，背包里那些备用的东西便成了沉重的负担。

　　天已大亮了，山风顺着峡谷吹着，脖子感觉很冷，我就用长围巾裹住头和脖子，很快就觉得喘不过气来，只好任凭山风扑面亲吻。突然间，风急雨骤，只好停住脚步，放下背包取出雨披，仍旧把湿帽子戴在头上。没过几分钟雨停了，我兴高采烈地收起雨披，装进背包轻松地走着。可惜好景不长，山头的云又变成了青色，向下坠着，又下雨了，再次披上雨披。正为中午的骄阳而烦闷，雨来了；还没有享受够雨水的清凉，又被含着强烈紫外线的太阳灼烤，山风顺着峡谷一直刮，吹得人头更痛了。五六个小时，变化无常的天气频繁地重复着，让人无法悲喜幽怨。

　　到了格萨尔王马鞍处，也就是冈仁波齐峰脚下。雪白的山头在阳光下泛着白光，一股甘凉的雪水顺着山坡流淌着，漫过路面，汇入山涧。冈仁波齐峰山顶是金字塔形，每一面都是一个大三角,现在这一面朝着太阳,终年积雪不化,纵横交错的深槽就像佛教的"卐"字,成为冈仁波齐峰的象征。虽处在阳面,山表面的积雪却非常厚,因风小而终年云雾缭绕,偶有阳光能照到山顶,却因为山太高,山头的温度低,即使山上的雪慢慢融化,部分雪水也会蒸发而形成山顶的云雾,云雾又在寒冷中化作了雪花落在了山巅。雨雪云雾就在这面的山巅循环往复,给山的这面永远戴上白色的冠冕,让人们充满了遐想和崇敬,在风云变化中更是以一睹神山的雪容为荣。

我行走的速度与一群来自青海玉树地区的藏族同胞差不多。他们8个大人,带着6个小孩。有一位受人尊敬的长者走得很慢,10年前他做了膝关节手术,腿不能打弯,拄着拐杖,直着右腿缓缓地走。孩子中有一个才8个月大,一个两岁多,分别由他们的母亲背着。

按着医疗求助指示牌指示,我们去了止热寺旁边的医疗求助点,然后又回到对面山脚下休息。低矮的一排平房,房子内横竖摆着几张床,遮挡顶棚的塑料布破裂了,狭窄的窗户透过阴暗的光,散发着一股潮湿的霉味。才下午4点,我拖着疲惫的身体一头钻进湿冷的被窝,靠体温温暖着自己。躺下不到半个小时,外面就没完没了地下起了雨。

大家说好了第二天早晨6点出发,刚5点就听到屋外的人纷纷呼唤着翻山。看到身旁的人们依然熟睡,我顾不了许多,也就在黑暗中融入了雨幕,气喘吁吁跟着人流前行,却不断被后面的人超越。我深知自己的适应能力,远比不上这些藏族同胞,体能也比不上内地那些"驴友",这次转山无疑是对自己身体和心理的双重挑战。

山路更加陡峭,雨也变成了雪,大雪纷飞中,更加稀薄的空气和愈来愈困难的行走,似乎钝化乃至窒息了我的思维,伴随着心跳的加快和头痛,我不时大口喘着粗气,一步步向前慢慢挪着沉重的脚步。过了天葬台,湿滑中缓步平走过一条狭窄的石路,又迎来一面山的漫长坡道。道路狭窄崎岖,雪水顺着路面四处流淌,大小不一的石块堆满路面。雪越下越大,身上的抓绒衣服潮潮的,手套已经湿透了,我又冷又渴又累,走几步便伏在登山杖上歇息片刻,然后随着转山的人群慢慢移动着身体。

大概是走得确实太吃力了,风雪中不断有人回过头来亲切地问我:"还行吗?"一位藏族大哥掏出几片自家腌制的咸菜,示意我咀嚼。这种咸菜比较干硬,吃起来像蔓菁的味道。一位藏族大姐不容分说把放着糌粑粉点燃的木炭放到我鼻子跟前,呼吸着上边冒着的烟,感觉暖和了许多。几位藏族兄弟姐妹要帮我背包,我感觉体力还能翻过山去,就没有给他们添麻烦。

到了卓玛拉最高垭口,漫山遍野盖满了雪,经幡拉成了一道天幕。五彩的经幡与白雪相映,没有平日迎风飘扬的洒脱,多了几分圣洁和沉着。在卓玛拉标志处的路中央,人们在一个大石头上点燃成堆的香草、糌粑和一些吃的东西;一些人唱诵着经文。我着实太冷了,停下来吸了一阵冒出来的烟,烤了烤手,暖和暖和身子。

卓玛拉垭口周围堆着许多玛尼堆,人们给一个个小石头套上了衣服,像生怕把那个小生命冻坏了似的。卓玛拉的一山一石,一草一木都和一个个生命融为一体,卓玛拉是生的象征,是天地之间沟通的地方,不是一个不可逾越的死亡垭口!到了最高点,我没有征服的感觉,只是仔细地谛听,一种心灵的体验!走过最高点,顿感身心轻松了许多,或许那些热烟起了作用,或许下山要容易些。

过了卓玛拉垭口,带的水已经喝完了,看见路边雪地里有半瓶矿泉水,就捡了起来,喝了一小口含在嘴里,嘴里一片冰冷,来回漱了几下慢慢咽下去,整个身子觉得冰凉。好在已经下山，不是很费力气，尽量不把脚踩在有些融化的雪水里就行。

这时，昨天同行的人中有3个年轻人赶了上来，有两位父亲分别抱着8个月和两岁的孩子。孩子那么小，我以为他们在天亮前不会翻垭口，没想到他们跟着父母一起行走在这冰雪山川中。我对他们充满了崇敬，也为自己不遵守约定，独自先走而自责。那个年轻女人还想帮我背行李，我谢绝了。我想在重负之下更深切地体验高原徒步的感觉。

中午11点半，从卓玛拉垭口下来，雪变成了雨。还有22公里山路，我在帐篷里吃了碗泡面，稍事休息后就赶路了。这段路顺着敞开的峡谷扯了开来，没有了遮挡，山风更强，尽管我把头、脸和脖子包裹得严严实实，还是被冷风灌得酸痛。我的肩膀不能负重，稍微背点东西脖子就难受，只得把带的东西分成两部分，像褡裢一样一前一后搭在肩膀上。天气依然时雨时晴，雨披的取出和装入影响着前后褡裢的轻重，为了在前后褡裢之间寻求新的平衡，我反复把东西倒来倒去。

人生不也就是这样反复寻求平衡吗？因为世事难以预测，心理不够强大，未来没有保障，一些爱好难以割舍、一些习气无法改变、一些责任不能放弃、一些重负不会释放、一些矛盾不能回避、一些是非难以辩解……就这么扛着，为了调和它们与身体和心理的矛盾，不得不暂停脚步来整理思绪、心情乃至生活，而时间不经意间溜走了，精力也不知不觉消耗了，直到最后，才知道一切的忙碌都是多余的。

体味甘甜

晚上9点才回到青年客栈，抓绒衣裤依然湿着，客栈自己发电，电量不足，不允许夜间用吹风机吹衣服。我休息一夜后不累了，看见大家又准备转山，也开始收拾东西。衣裤还湿，穿着有点冷，就把雨披穿在外边。谁知，这样穿更加难受，走了一个多小时，觉得状态越来越差，就打了退堂鼓。往回走了不到20分钟，可能是因为下山容易吧，我感觉很轻松，就又转过身开始朝着转山的方向走。

在检查站前第一个挂满经幡的地方，我赶上一家3口人。年迈的老父亲腿脚不方便，一手拄着拐杖，一手被儿子扶着，右脚拖到地上，一瘸一拐地走着。儿子除了搀扶父亲外，还背了一个硕大的背包，女儿背着厚重的铺盖卷。我说："沿途都有住的地方，没必要背铺盖。"女儿指着父亲的腿脚说："我们走得慢，随时需要休息。"告别了这一家人，我匆忙走着，忽然间意识到这就是一种孝心。

回头望去，云雾缭绕的青山中，漫长的道路上只有蹒跚而行的他们一家。他们面色黝黑，老者脸上露出久经病痛折磨后的淡定，儿子脸上透着奋勇直前的气概，女儿目光坚定而自然。不知他们要几天才能转山一圈，也不知道他们将要经受怎样的困难，只是默默地祝愿好人一路平安！

在节奏不断加快、竞争日益激烈的今天，父子相守的情形已经离我们愈来愈远了。此时此刻我理解了父母的孤独和需要，我却放不下繁忙的工作，陪伴在他们的身边。这兄妹俩却能以"转山"这样方式来尽孝心，我被他们对父亲虔诚的奉养所打动，不禁潸然泪下。

每年11月到来年5月，冈仁波齐就会冰雪封山，缺乏训练的普通人就不能转山了，而6

月到 10 月来这里转山的人也面临着生死考验。每年转山时都会有许多人休克、死亡或失踪。冈仁波齐就像竞技场，不经过一番磨难不可能适应这里的环境。

卓玛拉山口海拔 5700 米，接近于珠穆朗玛峰大本营海拔 6000 米的高度。尽管藏族同胞大都生活在海拔 4000 米的地方，来冈仁波齐转山还是感觉头痛，也要准备专门应对高原反应的腌制食品。而沿途补给点的人说，转山死亡的人以年轻的藏族人为多，大多是想一天走下来的疾步快走者。每年来转山的印度人也会死七八个，就算他们骑着马转山，有的人下来喝茶的时候，走不了几步路就跌倒了，再也没有起来。

尽管如此，我在转山中仍然能见到很多磕长头的人。在崎岖的山路上，他们把比较平坦的路面留给其他转山人，自己在布满石子的路面上，五体投地磕着长头。在尘土比较厚的路段，可以清楚地看到他们跪拜过的痕迹，小小的三步刚好是他们的一个身高。他们先弯下腰瞬间双手向前扑倒在地，当额头触及地面时双手在头外画成的圆弧连在一起，而这个长头的痕迹和下一个长头的痕迹首尾相连，他们用这样一种感人的行走丈量着山路。

每看到跪拜的痕迹，我便小心地绕着走不敢踩踏，生怕亵渎了他们的虔诚。与这些磕长头的人们相比，我的转山又算得了什么？只是为能不期而遇地感受浓郁的藏族风俗和文化而高兴。

又下了一夜的雨，早晨听到雨停了就起来赶路。只见东边的山顶，明亮的云彩升腾，从下向上呈现出橘红、红色、灰色。很快越来越亮，金色的霞光从底部渲染着天空，红色的光芒在上方呼应，云彩顷刻成为彩色的织锦，疏密有致、浓淡相宜，金光当中有一团白光努力喷涌着，终于摆脱了金光的包裹，跳跃爆发出来，白炽一片。突然一片浓厚的黑云袭来，天空阴暗了片刻，金光再次闪耀，祥云飞舞，白炽撕裂了金黄，裂变了火焰，逼着金光向上升腾，白色的火球以不可抵挡之势光芒四射。

云雾继续缭绕在层峦叠嶂的山头，金黄的山顶时隐时现，一会儿最高的山顶露出金顶；风云变幻间，刚才的金顶或被云雾所遮，或显出了山峰本来的面目，瞬间低处的山腰金黄一片，金光闪耀得让人有点睁不开眼睛。

转山的人们在朝霞中，如同穿过梦幻般的时光隧道，一个个举起了相机或者手机，记录这终生难忘的时刻。前三天都没有见到金顶，此刻祥云和彩霞妖娆，山川大地更是金光一片，我也拿起相机激动地对着蓝天、白云、雪山、金顶不停地拍照。陶醉在人间仙境中，身体也感到很轻，甚至能小步快走着下山了。

刚下到休息点，就看见有两位藏族老阿妈被搀扶进了警车。我问一位搀扶老阿妈的警察是怎么回事。他说两位藏族阿妈都 89 岁高龄了，转山出现高原反应，要赶紧送到山下的塔尔钦镇去救治。89 岁了还来转山，竟然也翻越过了海拔 5700 米的卓玛拉垭口，真钦佩她们的勇气和体力。

夜幕降临。蓝色夜幕下，一座座覆盖着白雪的山峰绵延成片，金色的云彩从山顶升起，如火焰般渲染了半个夜空，奇异无比。出山路的前边，蓝色云彩密布，与地面相接的地方是一长片白云，像天际一条宽宽的河流，河流中间有一团黑云如船形，船的上方慢慢变成了一头大狮子，红线形的云彩勾勒在狮子渡船的蓝色祥云之间。路右边则浓云密布，黑压压的乌云中透出一片白云，白云映衬下又出现一团黑云，使船形更加形象逼真。这些虚幻的映像给枯燥的行走带来了不少乐趣，也让转山变得轻松。

感悟人生

转山两圈下来，脸晒得开始蜕皮了，肩膀磨破了，嘴唇裂了，手也皴了，眼睛和脸有些肿胀，好在腿脚一点痛的感觉都没有，还能走第三圈。天气的变化已经不再影响我的心情，路两旁的景色也不会令我驻留脚步。走第三圈我没有带相机，惟愿用心去感受一切。

第三圈在走到格萨尔王马鞍前，不出意外，肯定不会有啥问题。但是过了格萨尔王马鞍处，吃饱喝足休息好后，到止热寺前的4.8公里路，我再次困乏、腿软、口渴、走不动。真是奇怪，前两次翻越卓玛拉垭口只是感觉空气稀薄、呼吸比较急促，没有出现胸闷、头痛的情况，为什么连着两次在这里都行走困难呢？我仔细回想，翻垭口时我都喝了抗高原反应的"红景天"，而且是早晨翻越，精力比较充沛。后边两次徒步从塔尔钦镇出发得都比较晚，尽管在途中喝了葡萄糖水，也吃了能提供高热量的熟黑芝麻，但是每次都是下午三四点才吃午饭，远远过了平时的午饭时间，这时候太阳和紫外线都比较强，虽然吃过饭了，体能却跟不上，才有脑袋指挥不动腿脚的感觉。或许这也是一种高原反应。

前两天还感觉不算太累，今天却举步维艰，看来还未能完全适应高原气候。冈仁波齐再好，如果无法适应，人也只是一个匆忙过客而已。不得不承认，是这方水土养育了这方转山的人。转冈仁波齐是生活在高原的藏族同胞的福祉，但对其他地方的人或缺乏锻炼的人来说可就是危险之地。且行且谨慎！此刻，冈仁波齐山在我心中高高升起了，我在心中对它顶礼膜拜，不想徒步第四圈了。

就这样，两次走过最高垭口的我在低处退却了，以告别的心情第三次翻越卓玛拉垭口。在冈仁波齐山下的帐篷中安静入睡，自然醒来，平静地翻越卓玛拉垭口。中午12点半，终于到了不动地钉的补给点休息吃饭。身旁两位内地来的女士，因为高原反应趴在桌上不说话，同行的伙伴照看着她们。左边桌的那位女士大概受风寒了头疼，喝着同伴冲好的生姜红糖水驱寒；右边桌的那位女士呕吐着，直到喝了热水后才有所缓解。

吃完饭，刚走出帐篷，又看见一位妇女有了严重的高原反应，七八个藏民一起帮助她，边给她吸氧气，边搀扶着她走。到了下一个警察执勤点，其他人赶路去了，留下来自玉树地区的父子俩照顾她，只见这位妇女胳膊的肌肉僵硬痉挛，他们一人一侧给她揉搓胳膊。他们说，在翻越卓玛拉垭口时，这位妇女在前面艰难地走着，忽然间就倒在雪地里不省人事了，大家一起紧急抢救，用了十多罐氧气。这时候，我才看清妇女脚上的球鞋很小，靠鞋带系在脚腕上，几乎整个脚后跟露在外边，用脚尖挑着鞋子才能走路。她左脚前边磨的大水泡破了，皮已经磨不见了，脚底的肉都是红肿的；她穿着薄薄三件单衣服，只有一条旧的秋裤和裤子，她肯定被冻坏了。我深深地向她鞠了一躬，含着眼泪退出帐篷。

我跑到川道的草原上面，对着汹涌的河水失声痛哭。她也太苦了，转山没有一双合适的鞋子穿，冰天雪地里行走只有薄薄的单衣服。她要用这样的转山方式来证明什么？她虽然冻得僵硬不能说话，但她刚毅的脸上、清澈的眼里，看不到丝毫懊悔或者沮丧，她的内心是安详的，看来她不顾生死来转山是有心理准备的。是什么支撑着她的苦行？我泪眼汪汪地抬头看天空，白云在蓝天上飘过；低头看着大地，河水不舍分秒地向前流去，一切都是那般自在。

　　我一个人默默地赶路,刚才救援妇女的父子俩从我身边走过,去追赶前面同行的人。这边山路上每4公里有一个警察执勤点,就在两个执勤点之间的路上又拥了一堆人。只见一名汉族男士坐在路边,一个藏族妇女靠在他身边吸氧。一罐便携式氧气很快就吸完了,接着她又吸了两罐氧气还是没有反应。一位印度男士又取出了一罐氧气,吸完这罐氧气后,那位妇女的手才动了动。这时,一位穿着迷彩服的医生,上气不接下气地从山下跑了过来,妇女在人们的搀扶下已经能站立了。医生问了妇女的情况后,确认她已脱离生命危险,就让两个身强力壮的人搀扶着她缓慢行走。

　　徒步冈仁波齐山不光是凭借体力用脚来丈量,更是与众多的人们一起互帮互助的过程;不在于你走得多么顺利,而是在艰难中克服困难的决心和毅力有多大,是一个不断与自身挑战和外界融合的过程;不在于你走得多么快,而是能帮助多少人激发出大爱。

　　神奇的冈仁波齐给我无限的美感,善良和勇毅的藏族同胞让我无限崇敬。此刻,我理解了人们来冈仁波齐转山后为何变善良了。是路上的所见所闻感动和改变了他们,是大山般的伟岸和深沉的情怀感染了他们。我愿再次投入大山的怀抱。

　　(王黎萍,女,中国国土资源作家协会会员。多篇作品见于《人民日报》、《中国国土资源报》、《大地文学》等。现供职于陕西省杨凌示范区国土资源局。)

30 年后的汇报与敬礼

■吴文峰

尊敬的杨在葆老师：

您好！此时此刻，我面对着眼前的电脑思绪万千。时光飞逝，转眼间整整 30 年了。不知道您还记不记得我——1984 年夏天那个给您写过一封信的山东小伙子，一个年轻的地质队员。但我永远记得，记得您的回信中的每句话，特别是您对地质队员的肯定与赞誉"地质是强者的专业，唯独有气魄、有理想、有雄心的高尚的人才配干这一行"！

1984 年 9 月 2 日，《中国青年报》(星期刊)以《来自山峦的期盼》和《开拓生活的宝藏》为题，同版刊发了我们的通信。很快，就有信件从四面八方飞来。当时秋收放假，我回到了鲁北农村的故乡。来信被我所在的"山东省地质局物探队"的同事先转到位于济南郊区的分队部，再转寄我家。那一阵子，整个村子里就像开了锅，以为是我刊登了"征婚广告"，因为来信者女孩子居多。四川自贡、广东茂名、辽宁阜新、新疆石河子、江西南昌、江苏南京等地都有，有的信只有一页纸，有的信则是数千言，但几乎表达的都是一个心愿，那就是对地质工作的向往，对地质队员的敬仰，当然有的也流露出要与地质队员交朋友的想法。

记得新疆石河子农学院一位姓巩的朋友，在来信的最后写道："爱神丘比特一定会给你们一只金箭的！"有一个湖南的朋友还在信中夹带了矿物样品"云母片岩"，问我是否有价值。对收到的来信，我都一一认真回复。归队后，大队团委书记找我了解情况，并专门组织编印了一期《工作通讯》特刊，摘要发表了一些来信内容，发送给各分队团支部及地质系统内的兄弟单位。我的母校——南京地质学校也在校报上转登了咱俩的通信。这是半年后，新来的学弟们告诉我的。

由此开始，我结交了不少爱好文学的朋友。有的寄来诗歌让我修改，有的寄来小说让我先睹为快，进一步激发了我创作的热情。随后，我和同事们组织起"绿野文学社"，不定期编印刊物《山水情》，刊物的口号是"用笔在山野竖起文学的钻探，开拓地质生活的宝藏"。从那以后，我和同事们的文学作品相继见诸报刊。可以毫不夸张地说，是您的一封信引领我走上文学之路。1993 年，我调到山东省地矿局机关报社从事记者、编辑工作。后来，地矿局与土地、测绘等部门组建为国土资源厅。至今，我仍在山东省国土资源厅《国土资源导报》工作。

在葆老师，看了您当年主演的电影《年青的一代》，因为崇敬主人公肖继业，我填报了地质学校。过去跑野外，四海为家、风餐露宿，时常在山巅唱起《年青的一代》电影插曲《勘探队之歌》：是那山谷的风吹动了我们的红旗，是那狂暴的雨洗刷了我们的帐篷……一唱起来就精神倍增、豪情满怀。后来,我当记者走南闯北,深入地质队采访,也时常和年轻人唱起这首歌"我们满怀无限的希望,为祖国寻找着富饶的矿藏"。至今,在某些聚会上,我也爱引吭高歌这首"我们用火焰般的热情,战胜了一切疲劳和寒冷"的难忘之歌。不为别的,我就是想唱,想抒发自己的感情。

2004年,在您我通信20周年之际,回忆当年,我写出了《此生无悔搞地质》一文,在9月21日的《中国国土资源报》副刊刊发。编辑孙洪悦老师为此还写了一段编后:过去20年了,杨在葆给吴文峰的回信,今天读来仍让人心潮澎湃。他对地质队员的赞扬,实际上是一个时代对地质事业的肯定……以电影《年青的一代》的主人公肖继业为象征的一代地质人,形成了一种不畏艰苦、无私奉献的精神,这种精神激励一批批青年献身地质事业、献身于祖国建设,包括本文的作者吴文峰。一封信,更加坚定了作者献身地质事业的信念,一封信,浓缩了一段激情燃烧的岁月。今天,肖继业的名字已经有些陌生了,但地质事业仍在为国家建设提供强有力的支持。当此时刻,展读这样一封信,回顾一代代默默奉献的地质人,我们的心中满怀敬意。

在2009年共和国60华诞之际,我写了一篇散文《遥想年青的一代》在《中国国土资源报》上发表。2010年,我写了一篇散文《心中的红旗永远飘扬》在《地质勘查导报》上刊发。两篇散文写的都是对那部电影和那首歌的所思所感。

在葆老师,这些年来,我一直关注您的行踪。您参加了2002年国土资源部举办的"纪念新中国地质工作50周年"活动,在接受记者采访时,您说,"地质队员是真正的英雄",并提笔写下了"地质队员有着金子般的心、钢铁的意志、水晶的品格",更让我浮想联翩。2012年2月16日,您在人民大会堂参加了《大地之约——国土资源节约集约利用宣传文艺晚会》,和虹云老师表演朗诵主题音诗画《呼唤》,呼唤人们珍惜每一寸土地,让我再一次从电视上看到了您的风采。我想,接下来的经典歌曲联唱中的《勘探队之歌》,一定也会勾起您对电影《年青的一代》的回忆吧?

不知道您注意到没有,这几年,反映地质队员生活的文学作品明显增多。电影有张艺谋的《山楂树之恋》,长篇小说有张炜的《你在高原》和刘玉栋的《年日如草》等等。2011年年底,张炜到山东省地矿局赠书,他把十卷本的鸿篇巨制《你在高原》称之为"一个地质队员的手记",并为我题字"文学与可爱的地质人不可分离"。

当代地质工作者及其先进事迹,也被不断挖掘和宣传。浙江地勘局地质七队不是通过微博和宣传引起全社会的关注了吗?江西省地矿局赣南地质调查大队地质工程师杨衍忠同志为地质事业忠诚奉献的事迹,正在走向全社会。这些年来,我也采访了不少年轻的地质队员,他们的理想和作为,常常让我感动。目前,我正在筹划,写一篇非虚构文学作品,反映60年来地质人的故事。

地质生活是非常艰苦,但探索地球的奥秘总得需要人去做。2010年,我唯一的外甥牟庆伟在我的鼓动下也选择了地质行业。去年,他从甘肃省工业职业技术学院(原天水地质学校)地质调查与找矿专业毕业后,考到山东省地勘局工作,目前正在泰国进行地质勘探。那年,我千里迢迢去送他上学。到学校后,资源系的王稚岑书记也是一位老地质,他告诉我,一进校就对新生进行传统教育,其中一项就是学唱《勘探队之歌》,让他们知道干地质的艰苦与豪迈……

30年,弹指一挥间。我已由20来岁的小伙子变成了半百中年人。屈指一算,和您当年给我回信差不多的岁数。从网上看到,您的生日是 6 月 25 日,这个日子也是"全国土地日",这份巧合不也说明您与地质有缘,与国土有缘吗?

前段时间,《中国国土资源报》副刊部的编辑杨旋从网上搜到我的散文《遥想年青的一代》和我通了电话,再次勾起我的美好回忆。我真想有机会前去北京拜望您,聆听您的教诲,感受您的地质情怀。当年,您给我写信是署名"名誉地质队员杨在葆",其实,这 30 年来您一直是地质队员的偶像、朋友!

窗外,秋高气爽、蝉声嘹亮。就在今天上午,我去了山东省图书馆,找到了那年那月那期报纸,看到泛黄的纸页和您充满男子汉气质的照片,我又一次想起了您的一个个银幕形象,想起了当年给我来信的那些朋友们!

今年,中央电视台新开了一个大型寻人节目《等着你》,每周二晚上 22 时以后播出。我甚至妄想,若是能请主持人倪萍老师发动大家去找一找那些朋友们包括您,一起话话家常,那该多好!这跨世纪的 30 年啊,国家、行业、家庭、个人,发生了太多太多的变化。但正像您演过的电影《血,总是热的》,我们地质队员都在想念您呢。

不奢望您再次回信,但愿您能看到。

谢谢!

祝万事顺意,幸福安康!

　　此致
　　　　敬礼

老地质队员　吴文峰

2014 年 9 月 2 日于济南

(吴文峰,中国国土资源作家协会会员,山东省作家协会会员。在国内报刊发表各类文学作品 700 余篇,并获得"书香国土·智慧人生"第二届全国国土资源系统读书大赛一等奖。现供职于山东省国土资源厅《国土资源导报》。)

此心安处是吾乡（外一篇）

■叶浅韵

每一方山水都有自己独特的走势，依偎在这种地脉中长大的人也就有自己独特的秉赋。在同一方山水中孕育出来的人们除了血脉相连的亲情，一定还有许多剪不断的乡情。而这些情怀，只有远离故乡才有被检阅的机会。

我在离故乡不远的小城里居住，我的存在，成了故乡的人从村庄通往城市的一个驿站，更或许是一个桥梁。无论是孩子上学、老人看病，还是借钱、购物、托人办事，因为有我，他们就觉得与这个城市的关系不至那么陌生。尽管有时我显得那么力不从心。

因为他们一直对我寄予着种种希望，有时，我就特别害怕自己对不住故乡的山水，所以一直保持手机昼夜开通的习惯。我曾在深夜的电话里听到鸡鸣狗叫的声音，及时知道村庄失火的消息，用最快的速度把车开到家里，与父老乡亲一起面对着可怕的灾难。以致我对一些信息有了免疫的能力。陌生的电话号码打进来，早早的电话，深夜的电话，我保持着高度的敏感。那一定不是让我难过要让我耗费精力的事情。

这些年，我习惯了。习惯了把自己当成一头耕牛，艰难地行走在故乡贫瘠的土地上。

我知道自己只是不小心成了游离于故乡怀抱的人。故乡的山水草木，故乡的亲人邻里，就成了梦里别样的画卷。

在男人们忙着寻根问底时，女人对于故乡的概念像一根水草，根基不稳地守望着故乡。当我在祖先的墓碑上看清自己的来路时，却成了不能走在这条路上的人。即使后来我坚定地走向一座桥，我也必须不时地回望着那条路。

在异乡的时间长了，就如一种植物寄生在另一种植物身上，自然或是不自然地生长在一起。一旦回到自己的故乡，匆匆几日，又逃离了故乡的怀抱，仿佛故乡只适合存在梦境里。

可以割裂故乡的景物，而对于故乡的人，无论我梦着还是醒着，几个数字之后的铃声，再一张从故乡通向城市的班车票，我的全身就必须投进故乡的怀抱。

明知道有些钱从借出的那一天开始就知道它打了水漂，有些人明明就是落井下石的小人，而心中留存的那份情，却容不得我拒绝。我忍不住要伸出手去，不，我恨我不能长出千手。

夫取笑我，说我不是强大的美利坚合众国，却要充当世界警察；也不是千手观音，救不了人间苦难，更不是圣母玛利亚或特雷莎修女。其实，我知道我是那么渺小，常在心力不足之间抱愧不止。而我却拒绝不了，忍受不得。

在疲惫乏累的夜里，梦是一片沉睡的海平面。这时，我忘记了故乡的一切。我梦见清澈的小溪，静静地、轻轻地淙淙向前行走。醒来，想起苏轼的那首词，"试问岭南应不好？却道：此心

127

安处是吾乡。"

我不知道在明天那片山水之间生存着的人，他们会给我喜讯还是悲伤？但我知道，我永远无法割舍与故乡连接的那条线，即使在闭上双眼时，我成不了故乡山水的一部分，我的灵魂也一直行走在故乡的土地上。

山洞里的秘密

河流隔开青山的两岸，两山之间宽不足千米，窄不过百米。青山脚下，河流的两岸，一个个村庄被绿色的竹林掩映着。村庄里的人世世代代把这条河流当做母亲河，他们从河里汲水，在河里浣衣，也拉着牲口在河里饮水。河两岸的峭壁上，有些不同形状的山洞，大大小小，形态各异。

河流在不同的季节有不同的姿态，水清了，水浊了，水涨了，水干了，都与村庄里的人们息息相关。唯有那些山洞，千百年来以同一种姿态静默在山崖上。

大人们爱讲一些与山洞有关的故事。故事的版本不外两种，一种与仙人有关，另一种与鬼神染指。但故事无一例外地有个不二主旨，那就是要敬畏仙人和鬼神，不要轻易去亲近那些山洞。

然而，大人们越是让孩子们远离那些山洞，越阻止不了孩子们的好奇。他们打着手电，点上明火，偷偷地进入大人们限定的禁区。大人们从家里摆放着的异样的石头上发现了秘密，顺手拿起扫帚，从村庄的东面追到西面。到了晚上，几个大人就编故事传播一个孩子失足掉进山洞的消息。即使这样，也阻止不了一群孩子探索新奇的愿望。

自一个私塾先生失踪了三天，又从那个山洞走出来后，那个山洞就变得仙气顿生。先生说他在洞中与白胡子的仙人对弈了一盏茶的工夫，而洞外已是三个白昼。从此，人们就对山洞里居住着神仙一事深信不疑，还编造出给神仙借碗借筷的故事。他们一代又一代地讲着同一个故事，有好事的小孩子躺在祖母的怀里，瞪大眼睛想亲眼看看那种神奇的事，祖母的回答也惊人地相似。她们总是说，仙家是食素的，凡间人不珍惜借来的东西，打破了的，油腻了的，弄得仙家生气了，再不与凡间人来往了。

山崖的壁上有个葫芦形的山洞，据说，那是仙家的居所，有云有雾时，仙气弥漫，缥缈灵动。峭壁上有些细小的山洞，或者说是一种细小的裂纹，活脱脱地把一个和蔼可亲的老仙人面容印在壁上。从我记事时起，他就保持着同一种微笑。无论从哪个位置看去，他都在看着我微笑。传说与现实的印证，增加了人们对故事本身的可信度。那个山洞，就成了远近闻名的山洞。无数人来验证过它的神奇，却谁也不能说出它的神奇，更无法说出它究竟哪里不神奇。

凡是与众不同，并难于解释的事物，都会被赋予一种神秘。越是神秘，就越能激发人们探索的欲望。尤其是村庄里那群半大的孩子，他们总是梦想着有一天也能遇见山洞里长着白胡子的仙人爷爷，或是在山洞口叫声"芝麻开门"，就能捡到无数的财宝。这种神奇的幻想支撑着他们想去探索山洞里的秘密。

他们钻遍了足迹所能到达的每一个山洞，对黑乎乎、扑腾腾飞过的蝙蝠早已不再害怕。

甚至踩到脚下小小的骷髅、尸骨时,也不会再集体逃亡。除了没遇到过仙人,没捡到财宝,山洞里的世界也算奇妙。姿态各异的石头,成群结队的蝙蝠,滴水穿石的神奇。光亮所射之处,处处都有新鲜的事物:慌忙躲藏的虫子,乱窜的小动物,甚至一条小花蛇。惊险而又刺激的场景,除了害怕,还想接着害怕。分明是到了绝境,突然又生出一个小洞,躬着身子钻过,又见另一个宽敞的大洞。柳暗花明,别有洞天的妙趣,极大地满足了孩子们探险的欲望。

晚上,回到家里的孩子们有的头疼了,有的肚子疼了。在大人们的追问下,山洞就成了造孽的主宰,他们开始说起谁家短命了的孩子,就丢在那个山洞里。然后,端着一碗水在孩子的头上念叨着什么咒语,孩子们发现疼痛慢慢缓解了。孩子们更加确信有鬼神的存在,山洞的神秘色彩又增加了一层。

某天,一个孩子发现了山洞的秘密。他问大人,为何每个大的山洞口都有人造的痕迹。它们残破地存在着,塌陷了的,站立了的,留下一些可以辨认的痕迹。可以确定,这些山洞里曾经在某个时期被人们深刻地重视过。

小脚的祖母们泪水涟涟地说起了往事。故事的开端不再是很久很久以前,而是从那年那月开始。孩子们睁大了眼睛,竟然比听仙人和鬼神的故事还带劲。

那些兵荒马乱的岁月,这些山洞曾经是人们避难的居所。抢匪们扛着枪,扯成线的一队队人马开进村来,见啥抢啥,每次都满载而归。剩下一个空空的村庄和一群哀哭的村民。没有武器的村庄,成了任人宰割的羔羊。村庄里那个瞎了一只眼睛的太婆,另一只眼睛毙命在一个凶悍土匪的枪托子上。她当时只是哀求他们放过她那双心爱的绣花鞋。村庄里一声"躲贼了",男女老少都往后面的山洞奔去。有一个壮汉,他不想失去他的白马,拼命地想牵着它朝后山奔,在山坡上,一颗呼啸的子弹夺去了他的性命。

那些小小的山洞,原来装着这么多秘密呀!孩子们你看看我,我看看你,最后都不做声了,奄奄地回到各自的家里,到了第二天,都做了些与山洞有关的奇怪的梦。孩子们在知道了山洞里第二个版本的故事以后,对山洞探索的热度豁然降温了。慢慢地,那些山洞的洞口都结上了蛛网,长了野草。

孩子们又从教科书里知道了人类的起源,总是不自觉地抬头看那些山洞,揣测着祖先们的来历会不会跟这些山洞有关。事实上,他们从未发现过一片能证明人类文明的器皿。当然,不是每个山洞都藏得住人类文明的历史,但是,每个山洞也必然承载着自己的使命。正如,村庄后面那些大大小小的山洞,它们曾深深地吸引着好奇的孩子们,还坚实地保护过这群孩子的爷爷的爷爷们。

(叶浅韵,女,本名魏彩琼,中国国土资源作家协会全委会委员,中国散文家协会会员,中国电影文学学会会员。在《散文选刊》、《大地文学》、《云南日报》、《边疆文学》等发表作品40余万字。著有散文集《陌上花开时》、《必须有那样一个人存在》,获2013年中国散文年度奖、2014年滇东文学奖、第五届中华宝石文学奖提名奖。)

我的九一二队情结

■江华洲

一

熟悉江西省地矿局九一二地质队的人，若登录"江山文学网"看小说《千山万壑》，一定会发现《千山万壑》写的就是九一二队，里面的许多人和事都是我们非常熟悉的，对号入座也许可以找到自己当年的影子。

这是一个庞大群体的故事，人物众多，头绪纷繁，把握的难度相当大，让我煞费心思吃尽苦头。写作的冲动早就有了，真正动笔是在2008年。我早就去了广东，九一二队对我而言已是非常遥远的记忆。很不幸的是，我所在的是一个特别好赚钱的单位，身边都是有钱人，身价过千万元根本不算什么。如果我把心思用于赚钱，身价也会迅速提升。

而我当时正好走火入魔，很多事情发生在眼前却视而不见，属我分管的事情完全交给手下的人去处理，人家多来敲几次办公室的门还特别心烦。最终结果是，我手下的人个个比我有钱。到今天，我虽然不至于成为一个穷光蛋，但仍手头拮据，捉襟见肘。

这就是写作《千山万壑》所付出的代价，当然这段时间我还写了另一部长篇，也是30多万字。回过头来思考：在一个物欲横流的年代，又是在那样一个地方，我居然能坐下来写出两部无处出版、只能在网上连载的东西，连我自己都感到惊讶。唯一的解释是，我是九一二队出去的人，九一二队出去的人就应该是这种样子，做事痴迷执着。早年的经历在我心里的烙印太深，我要不把这些经历写出来，就没法对自己这一辈子有个交待！

二

《千山万壑》的故事发生在铁砂沟。实有其地的是弋阳铁砂街。那是我参加工作所去的第一个矿区，时间是1975年12月4日。吃过早饭从临川火焰山大队部出发，到达铁砂街已是黑夜，与小说描述青工奔赴野外的情景一样。

当年待在弋阳铁砂街的是二分队。一年后，二分队转战金溪熊家山，之后迁入贵溪冷水坑，与一分队合并。

冷水坑是故事的真正发生地,一些真实的地名用上了,诸如大王渡、陈家墩。那里有一台三八钻机,有一大群形形色色的男男女女,故事的丰富性得以保证。三八钻机最终被一把大火烧掉,与《千山万壑》的大结局一样。

根本就不用去虚构,很多事件都是现成的。我刚到弋阳铁砂街,师傅应保秀就给我讲了不少故事,诸如工程队修路,一个光膀子大汉被落石砸去一条胳膊,最终死在火车上;拆卸钻塔,一名工友忘了卸下安全带,与拴在钻塔上的一根塔梁一块坠地而亡。还有很多故事,是通过别人讲述听到的,不少都在《千山万壑》用上了。

在金溪熊家山,两名随队家属在探槽中被塌方的泥土掩埋,我就在救援现场,当时那惨痛的一幕至今还触目惊心。生死场面我是见过一些的,这只是其中一桩。

九一二队的丰富性不是一篇小说能说得清楚的,半个世纪的风雨岁月,几代人的生命进程,有多少精彩的人生大戏不断上演!《千山万壑》不过取其一小部分,且挂一漏万留下无数的缺憾。

永平铜矿大会战是九一二队历史的起点,九一二队最早的根就在那里。时至今日,九一二队很多上世纪五六十年代出生的人还能讲一口很溜的永平话。故土情结,早已深深扎根在他们的血脉中。

我感兴趣的是永平的故事,以及从永平走来一路发生的故事。重新审视及组合那些故事,让我动容。这其中,有一大群多么纯朴可爱善良的人,他们真实地存在着,就是你最熟悉的邻家面孔。一些人的遭遇让我心碎,就算神志已经不健全,依然有他们的优雅高贵。更遑论那些大起大合生离死别,不知多少次让我掩面而泣,哭得自己都难为情。就算是那些曾经狠狠伤害过你的人,回头往长远看,你难道不会发现,跟外面的很多人相比,他们绝对不坏,完全可以列入好人之列,甚至极有可能是你这一生错过的最值得交往的一个朋友。

有一群美丽的女孩,在三八钻机待过,后来陆续嫁人。她们的故事如果不放进《千山万壑》,那就根本没有写作《千山万壑》的必要。我希望遥远的回忆还能让你感受到她们曾经带来的温暖,更希望你也能为她们的壮举感动一次。

三

在老一辈地质人员身上,有一些东西是我非常着迷的,总想去解读,却一直看不透。

青工时代,我最羡慕的就是搞地质的人,特别喜欢去的地方也是地质组办公室。看他们大声争辩,一个个脸红脖子粗,是一件非常有趣的事。他们的日子总是在争吵中度过的。凡事都要较真,哪怕微不足道,也要分出个是非。

1978年6月,我以第一名的成绩带薪入读队办"七二一"职工大学。我的古生物学老师黄学琴教高等数学、地质力学,与教遥感地质学的老师王京贵,都是学者型知识分子。王京贵是印尼归侨,英语和中文一样溜,上课特别有激情,声音始终处在高音区。那时,计算机语言和二位进制,听得我云里雾里。黄学琴更叫我惊讶,一本厚厚的《古生物学》可以倒背如流,讲课从不带讲义夹,站在讲台上,他两眼很多时候都是闭着的,拉丁文的物种学名就可以从他嘴里滔滔不绝而出,或"嚓嚓"几下用粉笔定格在黑板上。这样两个人,在九一二队扎堆的知识分子中有几个人服他们呢？倒是他们身上的一些趣闻轶事经常被当做笑料，在饭后茶余的闲聊中让众人乐上一阵。

二十多年前，我写了一个中篇《至死不渝》，男主角板邓的生活原型在九一二队家喻户晓，他在金石山普查分队工作时犯下了生活错误，处分是停发工资只发生活费留队察看一年，后来其妻出了工伤事故，好像是一条手臂没有了，才调回老家萍乡。这人备受诟病，跟他在一起共事气都会被他气死。那时还是六日工作制，平常上山干活是怎么回事我不清楚，星期天他总是一个人上山，肩上还扛把锄头，这样的行头在任何一个地质人员身上都看不到。有一个星期日，他好像就是从大王渡过卢溪河，正好碰上了山洪暴发。此时应该天色已晚，渡口那艘免费渡船被铁链子拴在彼岸的老树上。板邓久呼无人应答，只好涉水过河，差一点就淹死。

板邓的很多故事是杨相洪讲给我听的。杨相洪说话慢条斯理，讲起板邓的故事娓娓道来。我在区调分队工作期间和杨相洪短暂共事，终生受益的就是结识一帮没齿不忘的朋友。这支队伍各色人物都有，资历最老的在五十年代当过大队技术负责，之所以到区调分队来填图，是头上有一顶"老右派"的帽子。后起之秀更不简单，出了一大批总工程师、副大队长、党委书记、大队长直到省局领导。

有许多人，如今模样已经模糊，连名字都想不起来。他们或早就离开了九一二队，或已不在人世，或老态龙钟，或还在外面当高级顾问。冷水坑找矿的重大贡献，功劳簿上应该列出一长串名字。时过境迁，你可以在他们身上找出一大堆臭毛病：迂腐，刻薄，尖酸，呆板，偏执，自以为是，心胸狭窄，目中无人，自己身上的臭闻不到别人身上的香闻不到……但有一点是共同的，他们有滋有味地活在自我的世界里，特别在乎做人的尊严和精神的独立，都不甘屈人之下，都想拔尖，都想有所作为，身上除了风骨还有傲骨。

就说板邓吧，平常苦点累点就行了，星期天你一个人上哪门子山？没有一分钱奖金，也没人领你的情，图的是什么？你老是这样表现自己，岂不是把别人衬托得一无是处？如果那次真的被山洪冲走了回不来，算因公还是算别的什么？可毕竟你不是在工作时间出的事，而且违反劳动条例。按照以前的规定，一个人是不允许上山的。如果不算因公，也说不过去，毕竟人家在非工作时间干工作上的事。

板邓是不屑于想这么多的，这样想就不是板邓了。相信很多老地质队员都是这样，只是形式不同。

四

上一代人是怎么走过来的，《千山万壑》里略有表述。

当时，工作和生存条件艰苦卓绝，有些人一大家子吃一个人的口粮，在刚收割的田野里，我曾见到过他们脸黄肌瘦衣衫褴褛的孩子捡拾稻穗，也碰到拎着口袋翻山越岭到处去买米买红薯的随队家属。连温饱都不能保证，经常饥肠辘辘，却要号子声震天动地人拉肩扛，星期天参加钻机大搬迁，半夜三更到机台上去打吊锤，炎炎烈日下汗如雨下身上结满了盐霜，风雪弥漫中登上塔顶拆卸钻塔……如此情形下，究竟要什么样的脊梁才能挺直腰杆？他们过得实在不易呀,最终把幸福的接力棒交到我们这一代人手中!

作为后来者、见证者、受惠者,我应该感谢他们,还是应该为他们流泪?

大约是两三年前,我回九一二队,有一天朋友相聚,人家告诉我,一直到今天,九一二队的人还在坐享前辈的福荫(说的是一个重大找矿发现所衍生的经济效应)。我的理解并不限于此。老一辈固且不能遗忘,精神上的东西更应该传承。

他们那一代人有自己独特的标记,无法混淆,亮出来一看就知道是不是他们的东西。而对于我来说,这就是最好的精神养分。我浸润其中,心灵得以健硕成长。书写他们的故事就是挖掘最丰富的宝藏,四处漫步,随意行走,就会有意想不到的惊喜和发现。

五

九一二队有一大批比男人更出色更了不起的女人!

不是因为干了什么惊天动地的大事,她们的出色了不起,是通过一桩桩一件件日常小事体现出来的。

有这样一位随队家属,每餐饭都要让丈夫先上桌,好菜一股脑往丈夫的碗里堆,理由直白而朴素:丈夫是家里唯一赚钱的人,只有吃饱了吃好了才有力气干活。长期坚持熏陶出良好的家风,四个女儿学会了谦让礼仪,日后个个都有出息,对长辈特别孝敬,真正成了父母的贴心小棉袄。

我相信,这种做法,不是每个九一二队的女人都认同。让一大群孩子看着大人吃东西自己只能站在一旁流口水,毕竟有些残忍。但在困难年月,勒紧裤带自己天天饿肚子,让丈夫儿女尽可能吃饱吃好的女人在九一二队比比皆是。她们有一个全世界最伟大的称谓:母亲!还有一个让男人备感温暖的称谓:妻子!从前,我经常为这件事惭愧:一个经常让自己心爱的女人饿肚子的男人,算什么男人?痛苦的记忆伴随我大半生的,也是这件事。那种揪心的疼痛,是一辈子都无法释怀的,轻轻一碰就会流血。

还有一个女人,怀着身孕参加省运动会,给九一二队拿回一银一铜两块中长跑奖牌。2008年12月,她在广州动了眼部手术,取出良性恶性各一个肿瘤。医生要她做放疗,她拒绝了,术后一个星期就回到九一二队。这几年,她一有时间就开着一辆电动摩托车跑到郊外去挖泥土,一袋袋泥土用电动摩托运回小区,先上电梯,再由十八楼搬上十九楼,然后爬木梯运上二十层楼顶,硬是在楼顶上开出一大片菜地。前不久,我上过一次她家的楼顶,空着手爬上去都心惊胆颤。那里西瓜、南瓜、茄子、辣椒、西红柿、姜葱、紫苏,还有一些叫不出名的菜应有尽有。除此之外,她家还喂了鸡,养了狗,种了多棵果树,如果忽略这是高空,完全就是一户乡村人家。

六

借这个机会,我必须说出,九一二队在我心目中到底处在一个什么样的地位。

　　我一生有两个故乡，一个是江西抚州，我的童年和少年时代是在那里度过的。另一个就是九一二队，我的青壮年时代、我一生最美好的岁月、最珍贵的记忆，全留在这里。我对九一二队的感情就是一个游子对故土的感情，任何时候都不能改变。

　　从1993年初借调北京，再从北京南下广东，这二十多年我一直在外面漂泊，再没为九一二队做任何事。

　　一个根深蒂固的看法是：九一二队培育了我，历练了我。九一二队给了我很多，而我的回报甚少。

　　一直有一个想法：有朝一日，我能为九一二队做点什么。

　　如果我不是一个这样的人，如果我在外面的这些年能再努把力，这个愿望也许能实现。时至今日，我年岁已大，能量耗尽，恐怕只能抱憾终生了！

　　（江华洲，中国国土资源作家协会会员，1975年在江西省地矿局九一二队参加工作，上世纪八十年代中期开始写作，作品《父亲的箱子》获首届宝石文学奖。1993年年底南下广东，当过报社记者、公司职员。2013年至2014年，创作有长篇小说《像风一样远去》和《千山万壑》。）

王子勇　摄

草原放歌

■金文革

虽然——嗬嗬嗬——有辽阔的草原嗬嗬嗬依，
不知道——嗬嗬嗬啊嗬嗬依——何处有泥潭。
虽然——嗬嗬嗬——有美丽的姑娘嗬嗬嗬依，
不知道——嗬嗬嗬啊嗬嗬依——她的心愿。

——长调《辽阔的草原》

一直都有在草原上唱歌的念头。那一年,我到了内蒙古乌兰察布的四子王旗,第一次站在了草原上。好像心里藏着什么,不想让别人知道,我躲开了同伴,一个人在葛根塔拉草原上走。那年干旱,草盖不住下面的土,感觉有点斑秃。

干旱的草原也是草原。草原辽阔,宽宽荡荡的,也因辽阔而安静。轻风把草的气味温柔地灌进我的鼻子,胸肺立刻很舒服。不远处的一群马在水边很安静地甩着尾巴,头顶的云也是安静的,没有飘动。只有远处的缓丘上,敖包上的彩色旗幡打招呼般地偶尔招招手。我的视线从脚下的草开始向远展开,沿着草原的浑圆和起伏抚摸着。蓝天白云、敖包马群还有风中的草香,似乎该有的都有了,但还是感觉缺点什么。

是的,这时候怎么可以没有歌声啊?很自然的,我的嘴里发出了《辽阔的草原》的旋律。唱了一遍自己不禁感到,怎么唱得这么好啊! 这样的舞台,对着天上的云、脚下的草、远处的敖包和可爱的马儿,别的歌都是不合时宜的,甚至是苍白无力的,唯有长调。再唱一首《小黄马》:"小黄马儿任性地游荡,颠得我心中难以平静。想起姑娘可爱的性情,我心中泛起兴奋的波浪……"

太棒了,赞我自己,赞这舞台,赞这感觉。我唱的不算是长调,但是在我心里,这就是长调。此时天地间,唯有我放歌,唱着唱着,没有预兆的眼窝湿润了,睫毛终于没有拦住泪水。这是怎么了?我回答不了。也许云知道,草知道,马儿也知道。

我喜欢长调。年轻的时候,不经意间几缕长调侵入我耳朵感染了我的心,后来逐渐发现我成了终身感染者。当时不知道这种唱歌的方法,或者说这种声乐形式叫长调。最真实和直接的感觉就是,只要短短的几句,我的脑海里有关草原的元素就瞬间浮现了。究竟是爱草原还是爱长调,我真有些说不清楚了,但是可以肯定,没有草原就没有长调,没有长调的草原,还会那么美吗?

我想很多人也都喜欢长调,著名音乐家胡松华的《赞歌》就是以长调开头的,这经典的歌生命力经久不衰。我被长调感染,很大的原因就是它的独特。文化的差异带来了文化的独特性。内蒙古的长调、陕北的信天游、宁夏的花儿,给人带来的就是独特的感觉,具有自己鲜明地域特征的音乐形式。

人们最初唱歌大致就是为了两个目的,一是宣泄内心情感,二是交流思想感情。一般高亢辽远曲风的形成,都是因为地广人稀。信天游给人的印象是高亢嘶吼,隔着黄土高坡的沟壑,情歌唱给那边的妹妹,不高不吼是她听不见啊,听不见就没法交流啊。再有就是旅途和放羊的时候,唱唱歌解解闷。歌子曲调高亢了唱着累,所以就歌词少拉长音。就像人和人之间,离得远了就喊话,喊话的词语都言简意赅。离得近了就窃窃私语,字词密集间隔很短。

苍穹下的茫茫草原,是蒙古民族生活繁衍的家园。长调的起源有很多理论学说,有说可追溯到匈奴时期,有说元代中期等等。有一种提法说草原牧歌是长调的源头,这个有道理。长调就是牧歌,是牧人放牧时候唱的歌。长调是独特的、唯一的,不必在前面加上蒙古两个字,因为长调只属于蒙古民族。

我认为长调最初从牧人的嘴里流出,就是为了抒发内心的孤独情感。在草原的深处,家庭是以蒙古包为单元,家庭间相隔遥远。牧人们平时很少人与人的交流,更多的时间是个体的孤独。所以我说长调的产生是因孤独的感怀。试想,牧人游走天地间,牛羊马匹为伴,举目苍穹,俯首草原。环境艰苦生活艰辛,内心何尝没有孤独压抑。久而久之这种孤独压抑,在伟大的蒙古民族、在被草原赋予了灵性的牧人口中,生成并升华出一种旋律,一种长歌,歌中有草原、骏马、骆驼、牛羊、蓝天、白云、江河、湖泊,更有生命、母爱、爱情。从此,长歌在蓝天草原上自由无羁地飞翔,并完完全全融入了这一片富有魅力的土地,融入了牧人的血液。这就是长调。我喜欢长调的独特,也喜欢它的孤独感和苍凉美。

我爱长调。朋友说我有草原情结,我弄不懂啥叫情结。朋友分析说你是找到了能适合你的性情,能宣泄你的情感,并且最适合你嗓音的一个歌唱形式。我说这说法有道理,长调就是唱着心里舒服,身上感觉得劲。能在草原上忘情地歌唱当然是舒服的,可我不是牧人,我也没生活在草原,想唱长调,想学长调却没有环境啊。看过一篇介绍草原歌王哈扎布的文章,里面哈扎布说,没在草原生活过,没喝过奶茶,没骑过马没放过牧很难唱好长调。我理解就是艺术的生命在于土壤。我没有草原的环境,但是我有蒙古族朋友。尽管这些朋友和我一样,生活在现代的都市,但是他们的根在草原,他们就是我的草原。经常和他们聚一聚,感受他们民族特有的性情,常有身在毡包里的感觉。

酒过三巡在餐桌上便即兴放歌,这在别的场合是绝对没有的。蒙古民族是天生的歌手,歌声有激情有感觉有味道。听了他们用蒙语唱的家乡民歌,感觉到很多时下流行的所谓草原歌曲,都是赝品。我融入其中,乐此不疲,酒酣脸热的时候也会放出一首首心中的歌。即使是现代化的都市,我仍觉得周围依然是草原的氛围。

而当我感觉找到了土壤的时候,却始终没听见最心仪的长调。我的思维是,长调是蒙古族的歌,蒙古族人大多都应该会唱。然而事实不是这样。我一个蒙古族好朋友坦言:现在很少有人能拿出那个调。

其实我也知道,长调不是生下来就会的。长调演唱艺术是代表蒙古歌唱艺术最高成就的艺术形式。长调悠扬,长调绵长。多少年来在蒙古高原的蓝天下回荡,在草原子孙的口中流转,靠的是口承心授。口承心授说明了长调的传承点,有些东西文字表达是不到位的,只有心灵的领会。还是哈扎布说过,用嗓子唱歌的人我不教长调。长调的艺术感染力在于它的悠长、辽远、深情。最具特色的就是行腔中的诺古拉(颤音、波折音)。一支长调中,没有诺古拉就不成为长调,但是诺古拉太多又失去了长调之悠长。每一节诺古拉之间的长音散板,应该是诺古拉合理存在的载体。如果说,长调就是草原,诺古拉就是点缀在草原上的羊群、或一座座星星点点的蒙古包。如果满地都是羊群那是羊圈,满地都是紧挨着的蒙古包,那就是蒙古大营。没有空旷就没有意境,就像中国画的留白一样。诺古拉在歌曲中应该出现多少次,唱到什么地方该有诺古拉出现,每个歌手的感觉不同,是只可意会的内在节律。

朋友告诉我,去前郭尔罗斯吧,那里有长调。于是,今年"十一"长假我去了前郭尔罗斯,去找那让我心颤的声音。经朋友引荐,我见到了前郭尔罗斯蒙古族艺术传承中心(前郭歌舞团)的新巴雅尔老师,朋友们都叫他新巴。见面一起吃饭,边吃边聊。听了我的来意他有些意外也很高兴。他说没想到,很难得。他说我没收过学生你也别叫我老师啊,大家一起交流吧,再说你还比我年龄大得多,也叫我新巴吧。

没有太多客套,我们很快就进入了正题。学习这种事见到了老师要主动,我也不客气,把我的有点像长调的东西唱给新巴听,他听了居然说,里面有点意思啊。接着他说,我唱你听听。当长调清流般从他嘴里缓缓流淌出来,我的脸开始发热,心跟着每一个诺古拉在颤动。这才是真的长调,味道十足的长调!我下意识地喝干了一整杯的白酒,好像是就着这歌声喝下去的。新巴雅尔性情真实坦诚,不厌其烦地示范和指导我,整晚我们都是聊长调和蒙古族音乐。那天晚上,我们换了三个地方,我喝了一斤白酒和大量啤酒,居然还很清醒。

那天晚上,因为长调,我又一次流泪。

我和新巴雅尔最后一站喝酒是在当地的蒙古酒吧。酒吧里永远都是昏暗的,但是酒吧里的乐手和歌手还是一眼就认出了新巴雅尔,热情地打招呼,并请他上台唱一首歌。新巴雅尔是歌舞团的专业长调歌手,俗称台柱子。悠扬的马头琴响起,他的歌声弥漫在酒吧的昏暗中,我坐在角落倾听。歌声深情悠长,餐台的烛火轻轻晃动。新巴在台上唱着,台前两桌男女聊着喝着。新巴还在唱着,两桌男女仍在嬉闹着。我不禁潸然泪下,新巴多么优秀的歌者,可这天籁般的歌声唱给谁听呢?那一刻,我感觉自己很孤独,感觉新巴也是孤独的。其实,我们都不会是孤独的,这歌就是唱给我听的,而至于新巴,不管什么环境和场合,只要他张嘴,歌就从心里流出。他的脚下就是辽阔的草原。

午夜的街头,与新巴分手,我依然兴奋。嘴里哼着不地道的长调似乎有了一些感悟。用自然平和的心态来唱长调,无论是长长的散板行腔,还是让人心颤的诺古拉,都不要刻意,唱者自然,听者也自然。如果刻意追求诺古拉的技巧,而忽视了平稳悠长的行腔,就失去了长调的质朴感觉。换句话说,没有长腔的铺垫,怎么能显现诺古拉的魅力;没有平川,哪能显出高山?要想展现诺古拉的魅力,更应该把长长的散板唱好。没有刻意的卖弄技巧,没有刻意追求华丽,没有刻意取悦听众,这才是高的境界。长调本来就来自草原,是唱给大自然的艺术。

生活亦如长调,岁月长长,多是平淡。喜悦、波澜、激情、高调不会常有。安于平淡,才能享受喜悦。平淡和高调,个中滋味和规律只有自己体会。

回到宾馆,那一夜我睡得真香。

(金文革,中国国土资源作家协会会员,中国国土资源报社记者。现任吉林省地矿局办公室副主任,《吉林地矿》主编。有散文、报告文学等发表于《中国国土资源报》副刊。)

你恰好等于我所爱的一切

■张　洁

我们都不是沉默的人

我们都不是沉默的人
但此刻
语言已属多余
也许,我们更适合在仓颉之前
在杭育杭育之前
诞生,相爱,厮守一个家
然后杭育杭育,然后造字,作诗

我们都喜欢温暖的山坡,草甸
像我们脱去的毛皮
斜逸的树枝,在一棵老树上继续等待
就像此刻,那么静,那么静

不说爱你也爱,因为
你恰好等于我爱的一切
清洁的水,冬夜的火,喉咙里的歌声,还有神
那不可分割的一切

在圣诞节前

手边的咖啡已凉透了
他还在埋头书写
两三个金发卷
安静地垂在年轻的前额,它们滑向低处
像时间,不成为打扰

夏季的傍晚很长

阳光很长
海风很长
美少女们的长发很长
相互缱绻着的事物,满足和幸福很长

也许再过一会儿,或者还需要很久
一叠圣诞卡将被专注填满
收到它们的人,应该住在遥远的地方
应该有足够长的海洋和陆地空着
用以存放想念,期待,惊喜
以及它们必然的受孕和强大的繁殖

有人轻轻离开
有人闪身进来
邻座的人低声交谈
……这一切,都在外面
写信的青年,独自在里面,或者
早已回家

理想主义者的爱情

当我想你时
我感觉到轻
因为我在飞
当我想你时
我就在你身边
因为想你就是靠近就是消灭距离
当我想你时
我就想你
像一根输电线一样想你

138

像一张老照片一样想你
当我想你时
我就一点一点地想,耐心地想,吝啬地想
像地球上最慢的那只蜗牛
当我想你,我就静静地想,纯粹地想
不嘤嘤嗡嗡,不把水羼进酒里
我就想你
不是想你的手,也不是想你的唇
就是想你
想到天都亮了
天都黑了
想到雪飞走,又飞回
想到天鹅孵出了幼鸟,水面献出了涟漪
想到石榴自动开口,叫出你和我的名字
哦,那遥远的
已经切近
我在想你,夜色在濯洗着尘世

风 中

风声,在风中
呐喊,或者絮语
有时你听不见它,但你知道:
当你临窗而立
风,总会捎来些什么

日子一天天旧了,我们也旧了
但是有风
风吹一遍,就是一次更新

这是必然的:
山坡上有蜿蜒的小路,小路上有偶然的相遇
你看:
风过林梢,叶子压抑着微小的激动,如同按
着小小的裙裾
一片叶子或者就是一只眼睛?噙着内心
的光明
去年柔嫩的刺芽,如今黑铁般坚硬

槐花落时,伤感的诗句也落下来
洁白的字,在洁白的纸上
别的人看不见它们
打开窗,闪身进来的,是风
它停住脚步,仔细辨认

这也是必然的

雨天有寄

雨点啪啪地落下来时
心反而静了
骤雨凸显出一间房子或者一个屋檐
存在的意义
就像逃窜的心找到了温暖的胸膛

天地相连,事物的界限模糊起来
没有高与低,没有远和近,只有雨
是中心,我们分居雨的右边和左边
就像很久很久以前,我们在同一个屋檐下避雨
那时我们叹气,跺脚,咒骂着鬼天气
那时我们急着赶往目的地
没有留心看一眼雨

那时我们不知道
很久很久以后,我们将木立窗前,看茫茫的雨
我们眺望望不见的一切
雨点在窗台愈来愈清晰地破碎
我们抱着心,只是前所未有的安静

晚安,早上好

窗下,那黑暗的角落
今夜仍属于你
月亮的传送带斜过头顶
哗啦啦,光抖落一地,而黑暗
属于你

如果光线懂得弯曲
它们应该落在你身上，头上，衣服和袜子上
就像你应该得到的那些爱，和亲吻

黑暗恰如其分，它那么果敢地
取消了你的影子，你高大的身躯
现在是黑暗的两边

慢慢地啜饮，直到喝尽
余下的半瓶

这些年

这些年
依然有不知降自何处的馅饼
掉进我邻人的嘴巴里
这些年，地上到处都种满了星
我这黑暗的陶罐，被光所溺，奄奄一息
这些年
蒲团上跪下的人愈来愈多

各种体气，令神和我都感到眩晕
退守孤独，打坐于自己的体内
信仰愈发坚如磐石
这些年，我陈旧如书，图书馆终日寂寥
阳光隔窗看，清风吹不动
这些年
我开门关门
声音愈来愈轻
一些门关上了就不再打开
一些门打开了还是会关上
我愈来愈喜静，有时终日有字无语
这些年
我未练瑜伽，不会柔道和太极
站立和走路好看，舞姿僵硬
这些年的病痛，彼此为敌
这些年，我强大的胃，消化了一场又一场战争
这些年，看啊，这些年
一年一年加入进来，道路愈来愈拥挤
而我愈来愈迷
短暂的失忆，然后是瞿然惊醒
——啊，这些年已经过去！

（张洁，女诗人，中国国土资源作家协会会员，居襄阳。著有诗集《草上的月亮》、《60首诗·张洁卷》、诗合集《十二女子诗坊》。获首届"金迪诗歌奖年度优秀诗人"、《新诗大观》2013年度优秀诗人"称号。）

微 光

■孙大顺

月光书

月光跟在风的身后，万物变轻
大地洗手，谷子金黄
时间的脚尖，芭蕾一样走出阴影
群山的远方，银光闪闪的海面
渐渐远逝的潮声，一支秘密的船队

运走了温暖的中秋，成就一个孤独的船长

月光是用来浪费的，那些纷纷坠落的叶子
赶走了惹是生非的上半夜
就要喝完一贫如洗的下半夜
我不能把所有的皎洁，献给一个辽阔的夜晚
绕不过柔情，留不住心跳，但一张过时的票根

总能抵达歌声悠悠的故乡

万物都在安睡,我沦为月光的看守
在丘陵的屋顶,替青草,替伤口
替深深的河床,遥望星空
今晚,我不再是病人,月亮也不是一枚药片
由下而上,是贴近我胸口的第三个纽扣

微 光

一株悄悄分枝的杨梅
把一个光秃秃的黄昏
削得尖尖。天空被梳妆后的晚霞
烧了一个大窟窿,几声毛边的鸟鸣
隐藏着,被时间没收的线索
今夜,一束闪电划破天堂和水

道路上空无一物。渐渐变黑的雨水
再也无法落向地面。波浪驱赶着大海
语言无法抵达救赎的暗礁
我被指派到这里,让出生锈的位置
必须倾斜,才能看清逃亡的路线
才能带上陶罐,渔网和一张年过半百的脸

山峰像积木一样陷落了
野草交出了魂。星星们一哄而散
把死亡和福祉交给湖水吧
我们还能均匀地呼吸
还有力气拂去桌椅上的砂砾,
还能拾起一朵朵久病的棉花
当鸽子煽动着剧院里,残余的钟声
我们必须大声合唱
余音缭绕。生生不息

寂静修筑了时间的长堤
那道光捞起了落水的风
捞起了悲悯、软弱、怀疑、担当
竹林摇曳,扑灭了乌鸦的谎言

要守护春光渐失的村庄
必须迎来雷声
收集吸水的根和聚光的叶子
准备一双亡者的舞鞋
还有一盆未被收买的雪水

悲伤的人在自己的附近站久了
就能从深渊里盗走月亮
献给寒冬的坟头。献给未来的孩子们
醒来的流萤,它们细若游丝呼吸
修剪着不安的夜色。要靠什么来修葺
逝去的河流,倒塌的荣耀
我们越来越僵硬的身体

像夜莺一样眺望黑夜
像蜻蜓一样飞得低一点
学会散步,劈柴取暖,做春风的知己
我们还要学会收养飘零的时光
切除腐烂的幸福,把丝绸放回不落的风中
不要尝试填平沟壑,以体温融解
生命的汁液。那道光还在
在我们成长的上空,埋下了伏笔

给陌生的世界取一个名字

给那边的大海取一个名字
用海一样的深蓝挽留一小段琴声

等不来风,他就老了
像礁石一样,堵住时光的井口
停下来,把跑在前面的自己
拉回来,在丘陵和大海之间
浪费一点暮色,用诗歌支付一笔旧账

在越来越清晰的空白里
坐到风生水起,星光黯淡
终于,他用一个缓慢的早晨
抽出大海的淤塞和成片花团锦簇的忧伤

木鱼响起，古老的颂词缓慢入水
去看看吧！迷雾重重的地方
就是回声与岸的终点，隐秘的鱼群
汹涌又莽撞，悄悄陷入辽阔的困境

给那边的早晨取一个名字
一封又一封，蘸着悬而未落的露水
给久病不医的丘陵写封回信，在那儿
在干净的晨光里，他那么年轻，没有疼痛
没有饥饿。野草和青苗在他的身后疯长
瓜果还是那么甜，麦子还是那么金黄

叫喊吧！叫醒归林的山鸟
蹑手蹑脚的天空。炊烟懒懒上升
屋檐上就要坠落的瓦片，跟着飞了起来
从来没有离开，藏在信封里的少女
在海面上散步，在草原上生火
在粗糙的人间，把春风当做爱情
把爱情捏成了落日。剥完青春，剥完喧哗

剥完收买的身份，他接着豢养月光
洪荒，香料，音乐，一箩筐的眷恋

给那边的热爱取一个名字
让一条河流守护，不会说谎的身体
天晴的时候，做个笑出声来的孩子
露出草根般青涩的心愿
当夜幕蛊惑一只灯笼，只有阅读和诗句
能给干净的心路，贴上一张通缉令
铺上丝绸，撒上毒针和暗器
猎杀那只坐享其成的老虎

绝不给灰烬任何机会
给惦念和爱永久的偏头痛
给柴火映亮的粮仓，越来越满的稻谷
给那边的春天，不易觉察的边界
这样慢，慢到世界失语。慢到尘世
亲密不再无间。慢到他取走了阳光下
不能落地的阴影，穷得只剩下空气和水

（孙大顺，中国国土资源作协全委会委员、签约作家，安徽省作协会员，鲁迅文学院第21届高研班学员，诗文散见《诗刊》、《星星诗刊》、《诗歌月刊》、《诗选刊》、《文艺报》、《解放军文艺》、《北京文学》、《山花》等刊物，现居安徽怀宁。）

平原上

■李斌平

小　镇

一条河
像三点水的偏旁
绕着小镇
浅浅地流

几条小巷　连着

一条街道　一个简单的字
横竖就这么几笔画

离镇中心不远的电影院
如弯钩里的一点
我想起早年的黑白电影
和电影里的那场乡村爱情

紧邻小镇的是

马关村　中河村
仿佛小镇的两只口袋
装着几缕炊烟
几声蛙鸣

还有夹在镇中心的
农业银行
能否取出往昔的
旧时光

大　雪

一场大雪　勾兑
几间灰色的土房子

母亲　一碗滚烫的热水
解冻了井口的冰凌

粮仓里
几只窜来窜去的鼠
眼睛　像几粒秋后的麦种
闪着光

谁捂着领口走在回家的路上
手里拎着几副中药

童年画在墙上的一列火车
正冒着浓烟
吃力地跨过了　一道
时间的裂缝

小镇邮局

虚掩的门　没一个人影

显得有些隐秘
斑驳的邮箱　挂在墙上
在等待谁最后的投递
墙角　不见了那辆沾满泥泞的
绿色邮车　年轻的邮递员
还在记忆中穿行
站在邮局门口
仿佛自己是多年前寄出的一封信
又被岁月退了回来
揉皱的信封　疲惫
尴尬　沾满灰尘

而这栋破败的小镇邮局　一封
永远寄不出去的信
遗落在了岁月的夹缝里

手　掌

母亲的手掌　一张
残损的老地图

后院　低矮的猪圈　村西三亩二分的水田
门前四分的菜地　一条平静的河流偶尔卷
起一点涟漪
村北墓地　父亲不久前在那躺下
五里外　常年卖菜的小镇　70年了
邻村的娘家
坑坑洼洼走了一辈子　仍牵牵挂挂
方圆3.5公里　是她一个人的祖国

这些纠缠纵横的掌纹
岁月　在她的掌心
只留下一枚空巢

（李斌平，笔名牧风，作品散见于《诗刊》、《星星诗刊》、《诗选刊》、《中国诗歌》、《诗歌月刊》等杂志。）

诗 博 会

秋天的认证
■乔 浩

从来没有这样认识过
秋天是一个被认证的过程
季风吹来，光影在变化
蝉声已稀少，有些东西尚未成形

我有多久没有注视它们？
这土地，这远山，以及这
长满稻谷的现场`

在自然必要的限制里
构成生命的事实

——到来的，都绝不是
偶然的事情……

空 巢
■方 刚

一个人坐久了，也会成为荒野
野草围攻而来，他簌簌地落着叶子

矮房子囤积灰暗。寂静
像压水井手柄上堆积的锈
每天，他只需少许的水

儿女住在手机里
叫一声亲人，心中升起一轮太阳
又很快熄灭，他甚至来不及一一擦拭那些乳
名

一条小路能不能抵达城市
这些田地，小河，鸟巢……他折回身
村口，一只狗在树根处嗅来嗅去，像是
在寻找什么东西

羊 倌
■李 栋

村小学合并
他回村做了羊倌

一百朵彩云
牧在村后的荒坡上

带着两个班的队伍
他得意得像个小学校长

花了几天时间
在每只羊背上涂上编号

他把一些好动分子
任命为班干部

还是管不住"女班长"和"体育委员"
青梅竹马

转天下雨，"生活委员"死在羊圈里
鼓鼓的肚子

仿佛三年级坠河的姚木岱
他嘤嘤地哭了一宿

班里的娃少了一个

他像班主任那样哭了一宿

高粱生活

■朵 拉

无疑,这是一副生活的担子
扛着酸疼的汗水
那段日子,总以沉甸甸的红结尾
嵌入一个袒露的脊梁,风一吹
还有穗儿声声,会传得
很远

她抱住一股香味
小日子里浸满果实,炊烟与火
单纯,与朴实
扣住柔软的部分,挂在低垂的高粱穗上
饱满,植入温润的土壤
直到甘泉涌现,仿佛苦痛
被一洗而空

一个人的村庄

■刘成渝

一个人的村庄,像
黑夜中一盏复明复灭的灯。

一个人的村庄,简单明了
像一个被简化的句子,删去左邻右舍
鸡鸣犬吠,留下孤独的主语
自言自语。

一个人的村庄,就是一个人固守老屋
整天伺机着,一截一截地从草木的嘴里
夺回啃食的道路,然后把庄稼
一粒一粒派出去。

一个人的村庄,就是一个人乐此不疲地
把一盏复明复灭的灯
不断地刨亮。

父亲的陌生

■木 鱼

田边的老人,他对我的陌生感
让我心头悬起一万把刀尖儿。
我拽住他衣角掩住惊慌的眼神
已是二十年前的事。可如今
我拽住他的手,他竟有些犹疑
他惶恐的眼神是我遗失的童年
是我晾在岁月里的,那件旧衣衫。
我多想抱住他古铜的皮肤
钙流失的骨头,抱住他多年的关节炎。
他躲闪了,就像一块被风吹斜的云绕了过去。
攀谈,如攀爬一架悬空的梯子
从根基往上,就摇晃,散碎
我越爬越高,越寒,越孤冷
像坐在高处的鹰,挨近蓝天却远离大地
"你多像那只温顺的兔子,我的每个俯冲
都会让你,陷入突如其来的惊慌。"

在南山村

■极目千年

此时,能够翻过山岭的
唯有萨克斯管流出的金子
晚风的水分刚好
秋草倒伏,心底的十万旌旗
没了声息

这是多少回勾勒过的
最初的恋情
当秋一层层定义成深褐

群山在霞光中练习倒立
或者是我，反转的取景框里
看见了季节深深的咽喉

不敢想象，每一个陌生人眼中
我裸露的国土啊
南山村，你的大静
一遍遍拉长，生命的焦距

花盆中的土

■胡学举

菊花死了，
小梅树死了，
我认为它也死了
——那盆被我请上楼的乡土。

但我错了，
这个生性木讷的乡下土，
正在用一棵白菜向我呼救。

掏　空

■王　磊

掏空了心，就去掏山野
掏山里的羊群，野兔，还有鸟鸣和蛐蛐声
只剩下过滤出泥沙的溪水
掏空了肚子，就去掏庄稼地
掏地里的玉米，高粱，还有南瓜和土豆
只剩下高过膝盖的杂草横生
掏空了自己，就去掏村庄

掏村庄的白云，炊烟，还有鸡鸣和犬吠
只剩下倚在土坯墙上的老窑洞
掏空了这些，最后我把那些地上的或地下的
和我有着血缘关系的亲人也一一掏空
只是无论怎么掏都掏不空夜晚
掏不走那些伤我的飞镖和那半弯匕首
也总能听见老村庄在风中咳嗽
而我这个既不能上前搭把手，也不能开口的人
只能在纸上写下一行行乡愁
夜夜躲进里头，掏空一盒烟或者一瓶酒

衰　录

■柳　苏

圈棚敞开着，出去啃坡的牛羊再没回来
隔窗，听不到槽头嚼料的声响

疼啊，那些属于庄户人的好时节
三月莺飞草长，七月油菜花香

三十年河东三十年河西，古话没空的
记忆清晰，人欢马叫已成过往

有什么疼，能比心疼更疼
苦心几十载打开的画卷，被一阵风合上

村口，蹲着六七位老人，一字排开
半醒半睡，脸上涂满忧伤。背后

老树，老戏台，老院落，一样颤颤巍巍
说不准哪时哪刻，就飘起挽歌

诗 悦 读

北 风
■大 解

夜深人静以后 火车的叫声凸显出来
从沉闷而不间断的铁轨震动声
我知道火车整夜不停

一整夜 谁家的孩子在哭闹
怎么哄也不行 一直在哭
声音从两座楼房的后面传过来
若有若无 再远一毫米就听不见了
我怀疑是梦里的回音

这哭声与火车的轰鸣极不协调
却有着相同的穿透力
我知道这些声音是北风刮过来的
北风在冬夜总是朝着一个方向
吹打我的窗子

我一夜没睡 看见十颗星星
贴着我的窗玻璃 向西神秘地移动

在有限追寻无限,在瞬间获致永恒
■苗雨时

夜深人静,万籁俱寂,正是人们安歇、入睡的时候,然后诗人却由于外界声响的侵扰,而睡意全消。那究竟是什么声响呢? ——是火车隆隆而过,它"沉闷而不间断的铁轨震动声",整夜不停;——是"谁家的孩子在哭闹",那声音"从两座楼的后面传过来",时远时近,若有若无,好似"梦里的回音"。一个是宏大的轰鸣,一个是幽缈的哭声,但这"极不协调"的声音,却对诗人的体验具有"相同的穿透力"。为什么呢?因为生命对生命的感应总是比生命对机器的感应来得敏锐和亲近,所以,婴儿的啼哭加大了冲击力。诗人的这种心灵纠葛,表明他对人的关怀,已抵达生命原初的搏动,播撒到生活的每一个角落。而这一切外界的声响,都是"北风刮过来",北风也一夜不停,"吹打我的窗子"。这里的"北风"喻指时间,一夜北风吹。因为只有时间伴随着事物,才是一种真正的推动力量,使诗人的感应得以延长和深化,所以诗人"一夜没睡"。诗人一夜无眠包含了怎样纷纭的思绪:物质与精神、无生命与生命,它们乘着时间的罡风,从哪儿来,又到哪儿去?人和物,究竟有没有同一性,拟或只有相峙性?人的主体意识,从孩童到成人,从蒙昧到觉醒,到底有什么价值?最后,诗人在思绪迷茫之际,把心灵的视线转向星空,从那些星子永恒的闪亮中,领略了宇宙的高远和神秘,从而感悟了天人之道,警醒了自己的生命意志:今夜星辰,明日朝阳。人只能在有限中追寻无限,在瞬间获致永恒。于是,诗人找到了人生的支点,确立了生活的勇气、动力和理由。

这首诗艺术构成的独到之处,在于诗人设置了一个带有"本事"意义的聚焦点,即一夜无眠。因此,他不用像白天那样奔波与劳碌,而是在寂静中,让外物来亲近自我,饮吸无穷的时空于心灵,以自我的感应来吐纳外界的事物,从而揭示生命的奥秘。同时,他以此为核心,在大与小、远与近、轻与重的辩证中,架构了宏大的情感和智力空间,凝聚而开阔。诗人的灵魂,可以在这一审美空间,自由翱翔,从大地飞往那神圣的天宇!

(苗雨时,生于1939年,当代诗评家,廊坊师范学院文学院教授。主要著作有《诗的审美》、《河北当代诗歌史》等。)

质 问

■李元胜

昨晚，有一条鲨鱼来拜访我
它接近窒息，抱怨
我从未贡献过一滴海水

难道真的没有伤感的事吗，它问

短诗的语序

■昌 政

　　短诗忌直白，必须营造波折，使之幽深。波折与叙述有关，不能平直。蔡其矫说过，要把重要的词放在句末，台湾现代诗则在转行时，将重要的词置于下一行句首，目的都是让它凸显，造成奇峭。但诗句的字面要简白，好读，深的是字里行间形成的意味。每一行要有小冲突，行与行之间不能顺接，要有层次感、落差，加上语气变化，让诗腾挪跳跃起来，摇曳多姿。李元胜是个短诗高手，他的《质问》可谓收万里江山于尺幅。

　　"鲨鱼来拜访我"，多么不可思议，然而有了"昨晚"二字，知是梦。写梦境而不粘滞于梦，直接以现实场景呈现，让惊奇感更强烈了。正面写鲨鱼，就一行，从"接近窒息"到"抱怨"，转换迅速，避免了沉闷。第三行的主语为"我"，可避叙述的平直。鲨鱼来求海水，又是一奇，强调"一滴"，显示的是极端状态，便于诗意蓄势待发。第二节只一行，却是倒装式的长短句，好处有三：其一是强调了所问；其二语气多变，避免了主语始终在前的单调；其三，与前一节结合，错落有致。

　　以上所述为技艺，训练可成，而产诗的灵机属于智慧，是天生的。

（昌政，诗人，诗评家，福建省作协会员，《三明日报》副总编，现居福建三明。）

看 戏

■保定老乐

渡江。便是东吴
避开月下松竹。在古井旁，勾
你的小心思

不贪。不嗔。不痴
猜你会说：不拉手，俗
其实，你我心知肚明
只需一个温暖的眼神就够了，足以
让你妩媚生羞
只当我
喂你一颗糖豆

此刻，不提鹬蚌和渔翁
快，过来——
伸小手，拉勾勾。我用江山
换

真正的爱情岂能交换得来

■夏文成

　　很多人都看过戏，但将自己情不自禁看得入了戏的极少，能够由戏入诗的更少。保定老乐先生一不留神不仅入了戏，还入了诗，创作出了一首简洁却意味深长的好诗。

　　《看戏》破题颇为别致，劈首就是"渡江"，这个极具动感的场景一下子将读者拉入了情景之中，接着作者笔锋一转，点出渡江目的地——东吴，读者的思维与视线不由得穿越时空，回到了群雄并起的三国时代。大跨度的想象弹跳和时空穿越，让人目不暇接,体现了诗人不凡的想象力。由渡江至东吴,读者由此可以联想到剧情可能与吴蜀有关,想到孙刘联姻。想到这是一则"周郎妙计安天下,赔了夫人又折兵"的历史佳话。

但诗人有意淡化这一史实,而着重写"我"和"你"之间的浓情蜜意。陶醉于爱情之中的"我",似乎忘记了尔虞我诈的政治斗争,只顾品尝爱的甘霖,而忘记了"渡江"的目的,"不提鹬蚌和渔翁",实则心猿意马,心在此意在彼,心中悬着的还是他的"江山"。爱情不过是小孩拉勾勾的小游戏。在"心中",爱情固然令人陶醉,江山则性命攸关。没有了江山,何谈爱情?"不提鹬蚌和渔翁"不过是浓情之时,一句骗人的鬼话。一句"我用江山换",泄露了天机——真正的爱情,岂能是交换得来?

《看戏》巧妙避开政治这个沉重的话题,而借男女之情来传达自己对历史与爱情的思考,真是四两拨千斤,妙不可言。政治军事斗争需要谋略,爱情当然也需要"小心思"。尤为有趣的是,诗人将小儿游戏"拉勾勾"引入诗中,替代海誓山盟,在增强诗歌趣味性的同时,还有着极强的暗示性,即在当时那种严酷的斗争环境中,在"我"的潜意识里,爱情,不过是一场政治博弈中的小游戏、小插曲而已。说白了,就是和一个有野心又有心机的"政治家"谈恋爱,是要承担很大风险的,孙夫人后来不知所终就是例证。

(夏文成,云南省作协会员,昭通作协常务理事。曾获人民文学征文奖、孙犁散文奖等。)

我总被自己点燃

■伤　水

我总被自己点燃

以变成焦炭在冬天使我温暖

我想我应该是一条船
就设计扑灭自己的滔天风浪

为一只杯子我捏造了无数圆形的水
为听到天籁,必须换来弹奏的手指

——我就毫不犹疑地在当铺
抵押了耳朵

我不再醒来,就为了
梦想在梦中真正地实现

夸张的比喻

■风之子

对现实生活与现实社会的认知,每一个人都有不同体验。对生活混沌模糊的认识,体现在文字表达上,就有了异乎寻常的方式。夸张的比喻可以使一首平淡的诗,内在的声调得以提升。

我自己能够度过寒冬,就把自己点燃并烧成焦炭。陌生的表达,呈现出超现实的弯曲的生活轨迹,风浪中的一条船、一只杯子中晃动的水,都有着激荡的曲率,新奇超验。为了听到更多的声音,而不得不去当铺抵押不能缺少的耳朵,只为延后的时日能够听到每一次点燃自己发出的噼啪声。

人生不尽如人意的地方很多,作者交给读者一种应对的方法,抵押自己的耳朵,暂时的失去听力似乎是好事,可在梦中实现渴望听到的声音。

(风之子,原名唐良健,60后诗人,诗评家。现居西安。)

诗 雅 韵

徐峙诗词四首

■徐 峙

杂 感

莫负东篱九月黄，强扶病体上高堂。
眼前秋色催豪饮，昔日书生是酒狂。
瘦骨难支尘似马，壮心老作鬓如霜。
近来唯觉浮生苦，不爱书香爱药香。

与诸君共勉

长铗蒙尘久不弹，男儿心老怕凭栏。
如今且为君出鞘，斫取清光换酒钱。

秋夜追怀

西风昨夜到西楼，满目山河不自由。
寒雀初惊枝上梦，孤灯长照枕边秋。
十年浪子穷诗客，一介书生少白头。
欲把金樽思往事，伤心唯见月如钩。

鹧鸪天·记梦

残梦仍留口齿香，欲寻无迹谩嗟伤。无边夜色沉如水，一派山河小似窗。

风瑟瑟，鬓苍苍，十年献赋心茫茫。东篱何必春光好，诗酒又催菊蕊黄。

张静诗词四首

■张 静

青山秋色

谁倾彩墨染林廊，姹紫嫣红绕壑梁。
白桦肌含琼玉色，丹枫面露燕脂妆。

溪清倒映奇峰秀，雾重氤氲野草香。
拙笔难描幽境美，诗心荡漾酒千觞。

无 题（新韵）

大漠苍苍暮色昏，荻花沐雪卧荒村。
仰头遥问云中客，同梦天涯有几人。

龙城苍鹭

龙城绮梦惹情诗，跃上枝头不自持，
笑问往来名利客，谁能破解我心痴。

鹧鸪天·重阳节

淫雨霏霏送晚凉，时光转瞬又重阳。西风漫卷疏桐落，冷露寒凝稚菊殇。

蝉语歇，雁声长，关山悠远客程茫。经年游子情何切，醉卧三更梦故乡。

王玮诗四首

■王 玮

南湖访秋不遇

南湖草木不知秋，璇玉雕栏碧水流。
柳恋娇莺情未了，诗人何处觅闲愁。

峡山秋韵

凤城大地沐金风，落叶知秋景不同。
雁叫长空惊日落，峡山归隐打渔翁。

甲午中秋

他乡夜冷未知亲，月上梢头思绪新。
奋笔疾书邀老友，烹茶煮酒结新人。
湘江问道常提楚，渭水行舟喜论秦。
梦里关山无觅处，长歌声咽泪沾巾。

登泰山

江城带火起新烟，东岳寻吟谒万仙。
岱庙纶音召佛子，天门玉旨唤婵娟。
鸦啼涧谷松针落，雁叫崖垠雾气悬。
楚女春心无处寄，暂抛乱绪赏名泉。

韦树定诗词六首

■韦树定

慈元殿怀古

宝殿威仪万古留，犹从旧壁认前仇。
已悲兵甲成吴沼，未肯降幡作楚囚。
蹈海英灵精卫伴，回天事业道人谋。
至今香火供昭烈，潮怒时闻一段愁。

吊杨太后

可怜宋室凤鸾姿，苦振朝纲欲坠时。
跃马萧萧风过木，向洋忽忽鬓飞丝。
何须残喘延皇运，但见成仁亦母仪。
家国沧桑终痛定，红颜垂范后昆知。

吊"三英烈"

何处英雄埋碧血？东风往事泣黄杨。
长城半壁投身筑，浩气三忠放眼量。
传诏马蹄纷许国，拥兵鱼腹更勤王。
招魂每出崖山外，无限春波似泪长。

满江红·应天书院怀范仲淹

惟大贤人，能千古、与天同立。惟胜地、
可藏神哲，可兴文脉。厚重睢阳开道统，恢宏
梁苑思陈迹。有硕儒、桃李列庭前，声名赫。

其出将，安边邑；其入相，安家国。济苍
生霖雨，不遗余力。六艺播乎关内外，二忧唱
遍江南北。到此间、且抚履霜琴，吹羌笛。

题范治斌老师画作二首

江上微波漾玉时，一堤烟柳散千丝。
阿侬归去斜阳晚，送尽春愁总不知。

临风裁剪旧腰肢，每向郎夸金缕衣。
衣上鸳鸯衣外蝶，要郎珍重此双飞。

姚传敏诗四首

■姚传敏

过芷江

布瓦杉墙翠竹环，村居两两半藏山。
秧田水足江新满，常被青崖撞个弯。

蔡甸嵩阳寺

山藏古刹秀如屏，一段晨钟云也听。
半日偷闲学僧坐，松风洗得满头青。

鹤庆道中

路入重峦似蟒缠，几家村寨半山悬。
老天不是瘾君子，何故烟田种上天？

游故宫

赫赫威仪镇万方，古来谁敢逛明堂？
黎民海内生朝气，天子家中挂夕阳。
凤辇龙墀花已老，宫灯殿幄影犹凉。
游心一遇珍妃井，转觉无能是帝王。

触摸老时光

——读王安忆的长篇小说《长恨歌》

■张晓辉

　　王安忆的《长恨歌》不知是不是借了白居易《长恨歌》之名,故事虽是大相径庭,却都将"恨"以"歌"的形式宛转呈现,有异曲同工之妙。

　　在《长恨歌》里,王安忆的一支生花妙笔,透过一个女人半生情感纠葛与个人命运起伏,勾勒出了上海从1945年秋到1986年春四十年的光阴剪影。旧时斑驳,人事沧桑,四十年于历史而言只是一瞬间,对一座城市而言亦不过是尺璧寸阴,却已足够让一个国家书写新篇,让许多人大步向前,抛却旧光阴。

　　阅读《长恨歌》,像是一趟时光之旅,将人带回旧上海狭窄幽深的老弄堂。

　　老时光一去不回,正因为无法回头,才愈发地让人体会到其中的缠绵悱恻与惊心动魄。被裹挟进历史的烟云迷雾,个人命运就这样辗转腾挪,其间的风景也大不一样。但就是这样的"风景",赋予了《长恨歌》独特的魅力。

　　《长恨歌》中的老时光可以说是纯粹用语言架构起来的。没有王安忆极具"张爱玲"印象的语言,就像蒙娜丽莎失去了微笑,《长恨歌》也失去了那份迷人的忧郁与朦胧。作者写旧上海的弄堂、弄堂里的流言、闺阁乃至城市上空飞翔的鸽子等,都写得极好,把灵魂和骨子里的东西都展露了出来。

　　写旧时光里的弄堂——"上海的弄堂真是见不得的情景,它那背阴处的绿苔,其实全是伤口上结疤一类的,是靠时间抚平的痛处。因它不是名正言顺,便都长在了阴处,长年见不到阳光。"委婉的比喻后面却有种嬉笑怒骂的市井泼辣。写老弄堂里的流言——"流言总是带着阴沉之气的……它不是那种阳刚凛冽的气味,而是带有些阴柔委婉的,是女人家的气味。是闺阁和厨房混淆的气味,有点脂粉香,有点油烟味,还有点汗气的。流言还都有些云遮雾罩,影影绰绰,是哈了气的窗玻璃,也是蒙了灰尘的窗玻璃。"烟火气息里仍有端着的矜持,就像是作者塑造的女主人公王琦瑶。写王琦瑶生长的闺阁——"上海弄堂里的闺阁,其实是变了种的闺阁。它是看一点用一点,极是虚心好学,却无一定之规。它是白手起家和拿来主义的……它也讲男女大防,也讲女性解放。出走的娜娜是她们的精神领袖,心里要的却是《西厢记》里的莺莺,折腾一阵子还是郎心似铁,终身有靠。"这难道不就是在写王琦瑶吗?矛盾的王琦瑶生长在这矛盾的闺阁里,从王琦瑶身上,能看到多少女人的影子?能看到多少上海的影子?作者又写上海的鸽子——"它们是唯一的俯瞰这城市的活物,有谁看这城市有它们看得清晰和真切呢……它们眼里,收进了多少秘密呢？它们从千家万户窗口飞掠而过,窗户里的情景一幅接一幅,连在一起……这城市的真谛,其实是为它们所领略的。"借鸽子的眼睛写上海,借上海写女人,借女人写老时光,借老时光写"长恨",环环相扣,由此构建出一个独属于王安忆的城。可以说,《长恨歌》的语言是女人的语言,字里行间充满着女儿家婉转的小心思,诡异多变,捉摸不透,却给人留下经久难忘的回眸。这种风格比之张爱玲少了些辛辣犀利,多了些柔和圆润。

若说语言是架构起老时光的砖瓦,女主人公王琦瑶无疑是一扇落地大窗,让我们得以透过她,真真切切地看清老时光里的风景。这样一个女人和几个男人的故事,很容易落入俗套,作者却独辟蹊径,以上海为背景,"醉翁之意不在酒",表面上是写王琦瑶与几个男人的情感纠葛,从鼎盛繁华写到落寞寂寥最后尘埃落定,并将之打上时代的印痕,给它罩上一层老时光的纱帐,浓墨重彩、娴熟老道地从容道来。

像最初,"王琦瑶是典型的上海弄堂的女儿。每天早晨,后弄的门一响,提着花书包出来的,就是王琦瑶;下午,跟着隔壁留声机哼唱《四季歌》的,就是王琦瑶;结伴到电影院看费雯丽主演的《乱世佳人》,是一群王琦瑶;到照相馆去拍小照的,则是两个特别要好的王琦瑶。每间偏厢房或者亭子间里,几乎都坐着一个王琦瑶。"这有点泛泛,似乎每个少女都可以是王琦瑶。然而,随着时光荏苒,这个少女在作者笔下被赋予了独特的品格,变成了一个具象的"王琦瑶",独具个性却又不得不随着时代的浪潮、社会的变迁随波逐流。

王琦瑶的感情经历极具时代色彩:从"沪上淑媛"到竞选"上海小姐",以致被李主任这样有头有脸的军政要人包养,成为爱丽丝公寓里的"金丝鸟"。后随着时局动荡,李主任坠机身亡,王琦瑶也从天上掉到地上,"避难"于乡下。在乡下遇上钟情于自己的阿二,因阿二她回到上海,又有一段与蒋丽莉、程先生的"三角恋"纠缠其中……这故事泛着老照片一样陈旧的色泽,现如今的人却都能从中找到自己,无论男女。王琦瑶的爱情、亲情、友情也不再是她自己的体验。由此,阅读的过程不再是单行道,而是变成了一个发现自己、发现人生的过程。时空赋予了故事别样的内涵,也使得这一人物形象超越了时空,得以名留文史。

书中的后半部分,或者说王琦瑶的后半生,都是遮遮掩掩、吞吞吐吐的。新与旧轮番上演,使其眼花缭乱,心也动荡不安。她过得如何？王琦瑶自己还有点说不清道不明;说出来难,不说出来也难,以至于留给读者的,是无穷的猜测与窥探。从年轻时"典型上海弄堂的女儿"王琦瑶,到后来别具一格的王琦瑶,她表面上风平浪静,内心深处却无时不暗流汹涌,渴望再次波涛起伏,重温当年的风光,最后却"死于他杀",徒留"此恨绵绵无绝期"。

王琦瑶的结局出乎意料,充满命运无常的诡谲,可又在情理之中:当初李主任送给她的那些金条最后成为垒砌她坟墓的砖瓦。当王琦瑶的人生大幕款款落下时,鸽子成群飞过天空,结成一片云一片云似的,叫声穿透整个上海——那是王琦瑶人生的最后挽歌。她与旧上海的时时刻刻、分分秒秒、点点滴滴紧紧联系在一起,她身上旧时光的影子是对旧日上海某一侧面的反映与折射,更是时代的传递与代言,俨然成了一种符号与心声。

时代随着时间一味向前,向前,如同一辆飞奔的陈旧列车,载着王琦瑶的人生,一去不回。从解放前到解放后,再到各种运动包括"文化大革命",以及八十年代出现的各种新气象、新景观,都能找到王琦瑶的身影。她就像是身处夹缝之中,一边是呼啸而去的过往,一边是锣鼓喧天的现在,乃至更加不可预知的未来。王琦瑶自愿不自愿地不断经历新的,还一味地怀念旧的：旧人旧事还有旧物。旧的不去，新的又来——王琦瑶的人生便在那怀念的纠结心思与絮絮叨叨中"厚重"起来，老时光便被作者用这样一种特别的方式，拴在了这列车的车尾，跟跟跄跄地追上时代。

王安忆就是这么向我们讲述着旧日上海的爱恨。"王琦瑶"是旧上海的魂魄，人死了，魂魄还在。旧上海也一样。如何"魂兮归来"，让旧时光留存，王安忆无疑已作了有力的回答。

只是，老时光毕竟是老时光，现在的人读来，它确实已经"老"了，连弄堂本身，似乎也成了老时光的代表。但正是由于弄堂的独一无二，以及呈现出的"丑陋"的一面，才显得难能可贵。说弄堂是有价值的史料，并不虚夸。尤其对于上海这样的大都市，在人类与社会的历史进程中，它承载着什么，担当着什么又履行着什么，不言而喻。也难怪这本书在 2000年获得了当代中国文坛最具荣誉的大奖——茅盾文学奖，《长恨歌》也由此被赋予"现代上海史诗"的美称。

常常翻阅老时光吧！不，应该说是触摸老时光——因为触摸才更能感受到时光的质地：温热冰冷，酸甜苦辣，情仇爱恨……这还只是就个人而言。时代呢？一路高歌猛进，锐不可当。四十年的光阴如白驹过隙，要想留住，让记忆不老，恐怕只有《长恨歌》这样的文字能够做到了。

（张晓辉，男，生于上世纪七十年代，祖籍河南，曾就读于黑龙江某高校，现客居广西北海。作品散见于《大河报》、《工人日报》、《羊城晚报》、《大公报》、《杂文月刊》、《邯郸文学》、《吐鲁番》等。）